庫 SF

2010年宇宙の旅

〔新版〕

アーサー・C・クラーク
伊藤典夫訳

早川書房

6567

2010 : ODYSSEY TWO
by
Arthur C. Clarke
Copyrightt © 1982 by
Serendib BV
Translated by
Norio Itoh
Published 2023 in Japan by
HAYAKAWA PUBLISHING, INC.
This book is published in Japan by
direct arrangement with
BAROR INTERNATIONAL, INC.
Armonk, New York, U.S.A.

作中にも名前が出る二人の偉大なロシア人に、
敬愛と賛嘆の念をこめて本書をささげる――

アレクセイ・レオーノフ将軍
――宇宙飛行士、ソビエト連邦英雄、画家

アンドレイ・サハロフ博士
――科学者、科学アカデミー会員、
ノーベル賞受賞者、人道主義者

目次

第七部　ルシファー昇る

はじめに
二〇一〇年にむけて秒読み続行中

またしても時はきた。いまを去ること三十年あまり昔、われわれの世界が相次ぐ科学的発見、技術的革新によって似ても似つかぬ姿に変わってしまう以前——そんな過ぎ去った時代に興した事業をふりかえる時だ。わたしが『2001年宇宙の旅』を（タイプライターを使って——近ごろ見かけますか？）書きだしたころ、ニール・アームストロングの〝小さな一歩〟はまだ五年先の未来にあり、木星の衛星群は立体感のない光の点で、その地形はコロンブス時代以前の地図作製者にとってのアメリカのように未知のままだった。しかし、この文章を書いているいま、ガリレオ宇宙探査機はわずか数メートル大の細部まで明らかにしてくれている。さらに驚くべきは、その映像をいまこの瞬間にも自分の書斎で見られることだ。二つ三つキーをたたくだけでいい。（ただし、よくあることだがわたしが間違ったキーをたたくと、聞き慣れた声がこういう。「すまない、デイブ。それはできないんだ」）

そんなわけで、一九六四年、八二年、さらには八七年に構想された〈オデッセイ〉三部作中二、三の個所が、一風変わったジェーン・オースティン的愛敬を帯びたらしいことは否めない。しかし、こんにちH・G・ウエルズの『月世界最初の人間』を〝アップデート〟する人間がいないように、わたしもあえてそうした個所は削らないことに決めた。

したがって、ここでは作者のノートや謝辞も含め、全テキストをあるがままに残し、併せてつけた一九九六年版あとがきでは、一九六四年四月二十二日、スタンリー・キューブリックとわたしがトレイダー・ビックスで昼食をとって以降、テクノロジー――並びに政治――の分野で起こった目を見はるような変化についてふれた。

さて、これで当面の問題はかたづいたはずである――少なくとも二〇一〇年まで……でなくとも二〇〇一年までは……

作者のノート

小説『２００１年宇宙の旅』は一九六四年から六八年にかけて書かれ、映画の封切後まもない一九六八年七月に刊行された。映画ができるまでの経緯《いきさつ》をまとめたノンフィクション『失われた宇宙の旅２００１』に書いたように、二つのプロジェクトは同時進行し、フィードバックは相互におこなわれた。おかげでわたしは、はじめの原稿にもとづくラッシュ・フィルムを見たあとでその原稿を書きなおすという、ふしぎな経験を幾度もする羽目になった。これは刺激に富んでいるが、少々ぜいたくな小説作法といえる。

結果として小説と映画は、この種の例には珍しく、多くの対応部分を持つこととなった。しかし大きな相違も二、三生じた。小説では宇宙船ディスカバリー号の目的地は、土星の数ある月のなかでもいちばん謎めいたヤペタス（あるいはイアペトゥス）である。土星系には木星経由で到達する。木星すれすれに近づいたディスカバリー号は、その巨大惑星の途方もない重力場を使って〝投石器《スリングショット》〟効果を生みだし、旅の後半部にむけて加速してゆく。一九七九年には、これとまったく同じ方式が二個の宇宙探査体によってとられた。ボイジャー1号と2号が、外惑星の初の精密な観測をおこなったときである。

しかし映画では、スタンリー・キューブリックは混乱が起きないように気をきかせ、ヒトとモノリスとの三度目の出会いを、木星の衛星軌道の付近においた。土星はこうして脚本から消えたが、のちにダグラス・トランブルがこのとき習得した専門技術を生かして、自作の映画『サイレント・ランニング』のなかで土星の輪を描いている。

その六〇年代なかばに、木星衛星群の探検が二十一世紀どころか、わずか十、五年後に控えていると、だれが予測できたろうか。まして、そこに待ちうけている数々の驚異を想像した人間はなかった。――もっとも、この二個のボイジャーのもたらした成果が、いつの日かそれを上まわる意外な発見のまえに影をうすくすることは確信してよいだろう。『2001年』が書かれた当時、イオ、エウロパ、ガニメデ、そしてカリストは、いちばん性能のよい望遠鏡を使っても、針の先ほどの光の点にすぎなかった。いまやこの四つの月は、それぞれがユニークな独立した世界であり、うちひとつ――イオ――は、太陽系ではもっとも火山活動の顕著な天体である。

それはともかく、おしなべていえば映画も小説も、こうした発見の光にさらされながらよく耐えている。映画にある木星の場面を、ボイジャーが送ってきた実写フィルムと比べるとき、興味は尽きない。しかし今日書かれるものが、一九七九年の調査結果を踏まえなければならないことは明らかだろう。木星の月はもはや未知の領域ではないのだから。

さらにもうすこし微妙なところで、ひとつ考えに入れておいたほうがよい心理的なファクターがある。『2001年』は、人類の歴史に生じた巨大な亀裂のむこう側にある時代に書かれた。ニール・アームストロングが月面に第一歩をしるした瞬間から、われわれは永遠にその時代に別れを告げたのだ。スタンリー・キューブリックとわたしが、「語り草になるようないいSF映画」(キューブリックの言)の企画を練りはじめたころ、一九六九年七月二十日はまだ数年先の未来にあった。いま歴史と虚構は、収拾がつかないほど絡みあっている。

アポロ宇宙飛行士たちは、月へ飛びたつまえ、すでにこの映画を見ていた。アポロ8号のクルーは、一九六八年のクリスマス、月の裏側を最初にながめる人間となったが、あのときは巨大な黒いモノリスを見つけたと送信したくてたまらなかったと、わたしに話してくれた。残念ながら、分別が勝ちをおさめたようである。

このあとにも、自然が芸術を模倣した、薄気味わるいような事例がいくつかある。いちばん奇妙なのは、一九七〇年に起こったアポロ13号の物語だろう。

すべりだしは好調で、クルーが乗り組む司令船はオデッセイと命名された。ところが飛行中、酸素タンクが爆発した。計画は中止のやむなきに至ったが、その直前クルーが聞いていたのはリヒャルト・シュトラウスの『ツァラトゥストラ』のテーマ――いまや映画と切っても切れない例の曲である。電圧が低下してまもなく、ジャック・スワイガートは管制センターに、「ヒューストン、こちらで問題が起こった」と報告を入れている。これと似た状況で、ハルが宇宙飛行士フランク・プールに使ったことばは、次のとおりだ。「お祝いの邪魔をして申しわけないが、問題が起こった」

のちにアポロ13号のレポートが発行されたとき、NASA長官トム・ペインが送ってきた本には、スワイガートのことばの下に、「あなたがいったとおりだったよ、アーサー」と添え書きがあった。こうした一連のできごとを考えると、いまでも不思議な気持になる――まるで、わたしが責任の一端を負っているような。

これに類するもうひとつの話は、べつに深刻なものではないが、同様に印象的である。あの映画のなかで技術的にもっともすばらしい場面のひとつは、フランク・プールが、ディスカバリー号の居住区をかこむ円弧状のトラックをぐるぐると走る部分だった。巨大な遠心機の回転によって〝人工重力〟が作られ、そんな運動ができるわけである。

それから十年近くのち、大成功をおさめたスカイラブのクルーが、ステーション内部にこれと似た構造を発見した。壁面にぐるりと取り付けられた貯蔵用の箱が、うまい具合になめらかな円弧を描くのである。スカイラブは回転していないが、才気煥発の住人たちはそれくらいではくじけなかった。やがてリスかごに入れられたハツカネズミ式に、トラックをただ走りさえすれば、『２００１年』のあの場面とほとんど見分けのつかない情景になることがわかった。これはテレビで地球にむけて放映され（バック・ミュージックはあらためて紹介するまでもない）、「スタンリー・キューブリック必見」のコメントが添えられた。やがてスタンリーは、わたしの送ったビデオ録画でこれを見ることになる（テープはとうとう返してもらえなかった。スタンリーはおとなしいブラック・ホールを整理用に飼いならしているからだ）。

映画と現実とのもうひとつの符合は、アポロ＝ソユーズ計画のアレクセイ・レオーノフ船長が描いた絵「月の近くにて」である。この絵をはじめて見たのは一九六八年、国際連合宇宙平和利用会議の席上で『２００１年』が上映されたときだった。映画が終わるとアレクセイはわたしに声をかけ、劈頭《へきとう》に映《うつ》しだされる天体の配置は、自分のコンセプト（レオーノフ＝ソコロフ合作の画集『星々は待っている』モスクワ、一九六七年刊の32ページ）にそっくりだと教えてくれた。月のむこうに地球がのぼり、両者のむこうに太陽がのぼるあの構図である。その絵のサイン入りスケッチは、いまわたしの事務所の壁にかかっている。くわしくは第12章を参照されたい。

このあたりで、本書に登場するもうひとつの、あまり知られていない人名を紹介しておこう。それは銭学森《チエン・シュエセン》である。一九三六年、チエン博士はあの偉大なシオドア・フォン・カルマン、フランク・J・マリーナとともに、カリフォルニア工科大学グッゲンハイム航空研究所（GALCIT）――パサデナにある有名なジェット推進研究所の前身――を創設した。博士はまたカリフォルニア工大の初代ゴダード教授職にもつき、一九四〇年代を通じてアメリカのロケット研究に大いに貢献した。その後、マッカーシー時代の恥ずべきエピソードのひとつとして、母国への一時帰休を申しいれた博士が、機密漏洩のぬれぎぬを着せられ、逮捕されるという事件が起こる。過去二十年間、博士は中国ロケット計画の指導的な立場にいる。

最後に、あの奇怪な〝ヤペタスの目〟の件がある。『2001年』第35章の前後をお読みいただきたい。その個所でわたしは、宇宙飛行士ボーマンが土星の月ヤペタスの表面に見いだす奇妙な特徴のことを書いた。「縦六百キロ、横三百キロの白い楕円地帯があり、光りかがやいている……みごとに左右対称……輪郭はくっきりときわだち、誰かがこの小さな月の表面にペンキで……描いたかのようだ……」。距離が縮まるにつれ、ボーマンは、「楕円が、近づく彼を見つめる巨大なうつろな目」のように錯覚する。その後、彼は「楕円のちょうど中心に小さな黒い点がある」のに気づき、それが例のモノリス（というか、その仲間のひとつ）であることを知る。

さて、ボイジャー1号からとどいたヤペタスの連続写真には、たしかにくっきりした大きな白い楕円が見え、その中心には小さな黒い点が写っていた。日をおかずカール・セーガンが、ジェット推進研究所から写真の焼増しを送ってくれた。それには、「あなたのことを思いだして……」という謎めいたメモがついていた。ボイジャー2号ではこの件は未解決のままに終わったが、これについてはほっとしてよいのか、がっかりしなければいけないのか、いまもってわからない。

当然の成行きとして、これからあなたがお読みになる物語は、前作の――あるいは映画の――たんなる続篇というより、もっと込みいったものになっている。小説と映画が内容的にくいちがう部分では、ふつうは映画のほうに準じた。しかし、それ以上にわたしは、この小説が独立した作品としての整合性を持つように心懸け、また科学考証も、現在の知識を取り入れて正確を期した。

もちろん、それも二〇〇一年にはふたたび時代遅れになってしまうのだろうが……

アーサー・C・クラーク
スリランカ、コロンボ
一九八二年一月

２０１０年宇宙の旅

〔新版〕

登場人物

ヘイウッド・フロイド…………もとアメリカ宇宙飛行学会議議長
デイビッド・ボーマン…………ディスカバリー号船長
キャロライン……………………フロイドの妻
クリストファー…………………フロイドの息子
タチアナ（ターニャ）・
　　　　　　　オルローワ……アレクセイ・レオーノフ号船長
ワシーリ・オルロフ……………同乗員。首席研究員
マクシム（マックス）・
　　　　　ブライロフスキー……同乗員。機関士助手
アレクサンドル（サーシャ）・
　　　　　　コワリョーフ……同乗員。主任機関士。通信技師
ニコライ・チョルノフスキー……同乗員。レオーノフ号の制御ならびにサイバネティックス専門家
カテリーナ・ルデンコ…………同乗員。軍医中佐
ジェーニャ・マルチェンコ………同乗員。栄養士兼看護婦
チャンドラ………………………HAL9000の設計者
ウォルター・カーノウ…………ディスカバリー号のシステム専門家
HAL9000………………………ディスカバリー号のコンピュータ

第一部　レオーノフ

1　焦点での対話

このメートル法の時代にあっても、それはあいかわらず千フィート望遠鏡であり、三百メートル望遠鏡ではなかった。山あいに据えつけられた巨大な鏡面は、熱帯の太陽が足早に沈みかけているいま、すでに半分がた影のなかにある。だがアンテナ複合体の三角形のやぐらは、鏡面中央からずっと上がった高みに宙吊りにされているので、まだ日ざしを浴びて輝いていた。周囲にあるのは、ガーダーや支持ケーブルや導波管から成る空の迷宮。そのなかにいる二つの人影をはるかな下界から見つけるには、よほど鋭い視力が必要のはずだった。

「さあ時がきた」とジミトリ・モイセーウィチ博士は、古馴染《ふるなじ》みのヘイウッド・フロイドに切りだした。「いろいろ話そうじゃないか。くつや、宇宙船や、封蠟のこと。しかし何よりもモノリスや、狂ったコンピュータのことをだ（『鏡の国のアリス』にあるセイウチのことばのもじり）」

「なるほど、それで会議から引っぱりだしたわけだな。いや、いいんだ——カールのSE《セ》TI《ティ》講演はもう何十回も聞いて暗唱できるくらいだから。それに、この絶景をながめたら！　アレシボにはよく来るんだが、このアンテナ給電系にはいままで登ったことがなかった」

「それはかわいそうに。わたしはもう三度目だよ。考えてもみたまえ——ここには宇宙の隅々から声が入ってくる。なのに、われわれの話を立ち聞きする者はいない。きみの問題を話しあうにはうってつけだ」

「問題って？」

「そうだな、手始めに、なぜアメリカ宇宙飛行学会議（NCA）の議長を辞めさせられたのか、その理由をききたい」

「辞めさせられたわけじゃない。ハワイ大学の給料のほうがよかっただけさ」

「そうか——辞めさせられたのではないと——きみのほうが先手を打ったわけだな。おたがいつきあいも長い、わたしの目はごまかせんよ、ウッディ。空《から》いばりはよせ。もし連中が、いますぐにでもNCAを返すといってきたら、きみは二の足をふむか？」

「わかったよ、この性悪《しょうわる》コサックめ。何が知りたい？」

「まず第一に、きみらがさんざん勿体《もったい》をつけて公表した報告書には、尻切れとんぼのところがたくさんある。ティコ・モノリスの発掘にさいして、きみらがとった愚劣な、しかも率直にいって非合法の秘密主義は大目に見るとしても――」

「あれはわたしの考えじゃない」

「それを聞いて安心した。信じもしよう。いま、どの国でもあれの調査ができるようになったことは高く評価している。もちろん、最初からそうすべきだったのだ。結果はたいして変わりなかったろうが……」

月面に立つ漆黒の謎に思いがとぶにつれ、二人のあいだには陰気な沈黙がおりた。その物体はいまだに、人類が知力のかぎりを尽くして開発した武器を、嘲《あざけ》るようにことごとくはねつけている。ややあってロシア人科学者はつづけた。

「ま、ティコ・モノリスが何であるにしろ、もっと重要なものが木星にはある。信号はあの惑星にむかったのだからな。きみらがトラブルにぶつかったのもあそこだ。あれは気の毒な事件だった。もっとも、わたしが個人的に知っていたのはフランク・プールだけだがね。九八年のＩＡＦ（国際宇宙連盟）総会で会っている――感じのいい男だったが」

「うん、みんないい奴だった。ほんとうに何が起こったんだろうな、それがわかれば」

「何であれ、それが人類全体にかかわるものであることは、もう認めていいだろう――たんに合衆国だけの問題ではなくてね。きみの知識を純粋に国家利益のために供するわけにはいかんのだ」

「ジミトリ、あなたの国だってきっと同じことをしていたはずだ。あなただって協力したにちがいない」

「そのとおりさ。しかし、それはもう古代史の領分だな——先だって消えた、きみのお国の政権みたいに。あれはひどいものだった。しかし新大統領が就任したからには、もうすこしまともな理屈が通るだろう」

「そう願いたいものだ。あなたはなにか提案を持ちだす気なんだな。それは公式のものなのか、それともたんなる個人的な希望か？」

「いまのところはまったく非公式だよ。くだらん政治家どもがいう予備的な折衝《せっしょう》というやつだ。きかれれば、話したおぼえはないとシラをきる」

「いいだろう。つづけてくれ」

「よし、状況はこうだ。そちらはいまパーキング軌道でディスカバリー2号を大急ぎ建造中だ。しかし、あと三年足らずでは完成しそうもない。ということは、つぎの発進時限には間にあわんおそれが——」

「べつに肯定も否定もするつもりはないね。ご承知のように、わたしは田舎大学のしがない学長だ。宇宙飛行学会議とはいちばん遠い世界にいる」

「すると、こないだのワシントン訪問も、旧交をあたためるだけの旅か。それはいい。先をつづけるとだ、わが方のアレクセイ・レオーノフ号は——」

「たしかゲルマン・チトフ号のはずだが」

「残念でしたな、学長。忠実なるＣＩＡがまたドジを踏んだ。レオーノフさ、今年一月の時点では。それから、これはいっさい口外してほしくないのだが、レオーノフ号はきみらのディスカバリーより一年早く木星に到達する」

「こっちもいっさい口外してほしくないんだが、実はそれを怖れていたんだ。しかし、先を聞こう」

「うちのボス連中がきみのところと同様、融通のきかん間抜けぞろいでね、こっそり飛ばしたいのだ。いいかえれば、そちらに起こったことがわが方にも起こりうるわけで、ふりだしにもどるか、もっとひどいことになりかねん」

「どこが間違っていたと思う？　頭をかかえているという点では、おたがいさまだよ。ただし、デイブ・ボーマンの送信を全部はつかんでいないなどという言いわけはやめてくれ」

「もちろん、すべて傍受させていただいたよ。どたんばの《信じられない！　星がいっぱいだ！》までね。音声パターンの強勢分析までやった。彼が幻覚におちいったとは考えていない。目に見えたものを形容しようとしたんだ」

「あのドップラー偏移をどう解釈する？」

「もちろん、まったくありえんことさ。信号が切れたとき、ボーマンは光速の十分の一の速度で遠ざかっていた。それも二分足らずでそこまで行った。なんと二十五万Ｇだ！」

「即死だったろう」

「とぼけるなよ、ウッディ。きみらのスペースポッド通信機は、その百分の一の加速に耐えるようにも設計されていない。通信機に異常がなかったとすれば、ボーマンが生きていたということもありうる——少なくともコンタクトが切れる瞬間までは」

「いや、どこまで推理したかテストしてみたくなってね。そこから先は、そちらと同様、われわれのほうもまるで見当がついていない。ま、同様かどうかは知らないが」

「いうもはばかる気ちがいじみたアイデアをいろいろこねくりまわしているだけさ。しかし真相はその倍も気ちがいじみているんではないかと思う」

まわり中で小さな深紅色の光の群れがどっと爆発し、航空障害灯がともった。アンテナ複合体を支える三本のすらりとした塔は、暗い空を背に烽火《のろし》のように輝きだした。太陽の最後の赤い切れはしが山かげに沈んだ。ヘイウッド・フロイドは、こういうとき稀に見られるという緑光現象を待ちうけた。まだ一度も見てはいないのだが、今度も肩すかしをくわされた。

「それはそれとして、ジミトリ、用件に入ろう。いったい何をいいたいんだ?」

「ディスカバリー号のデータ・バンクには、貴重な情報がどっさり詰まっているにちがいない。送信はしなくなったが、おそらく、いまでも集めていると思う。われわれはそいつを手に入れたい」

「それは公明正大な。しかし、むこうに着いて、レオーノフがランデブーする——そのときディスカバリーに乗りこんで、ほしいものをコピーするのに何の障害がある？」

「こちらから話す羽目になるとは思わなかったな。ディスカバリー号は合衆国の領土だよ。無断で侵入すれば海賊行為になる」

「生きるか死ぬかの非常時なら話は別さ。そういう段どりをつけるのは難しくない。なんにしても十億キロ離れていては、そちらが何をもくろんでいようが、チェックはとても無理だね」

「ありがたい。たいへん有益な話を聞かせてもらった。伝えておこう。しかし乗船したとしても、きみらのシステムを消化吸収してメモリー・バンクを解読するには、何週間もかかるだろう。で、協力を提案したいんだ。それが最善の策だと思う。——もっとも、おたがいのボス連中に売りこむ仕事は残るが」

「レオーノフ号にこちらの宇宙飛行士を乗せたいということか？」

「そうだ、できるならディスカバリー号のシステムに通じたエンジニアがいい。あれの回収のためにヒューストンで訓練を受けている連中みたいなのがね」

「どこでそれがわかった？」

「おいおい、よしてくれ、ウッディ——〈エビエーション・ウィーク〉のビデオ版にもう入ってるぞ。かれこれ一カ月になる」

「それだけ浮世ばなれしているということさ。どこまで秘密解除されたか、だれも教えてくれない」

「なおさらワシントンにもどるべきだな。この計画の後押しをしてくれないか？」

「いいとも。百パーセント協力しよう。しかし――」

「しかし何だ？」

「おたがい相手は、脳が尻尾についている恐竜なんだ。きっと一部から反論が出るだろう。木星に早く着こうとロシア人が功をあせるなら、勝手にやらせておけ。こっちも二年後には追いつくんだ――いまさら何を急ぐ、とね」

つかのまアンテナやぐらに沈黙がおりた。かすかな軋《きし》みは太い支持ケーブルから聞こえてくるもので、そのケーブルがやぐらを地上百メートルの高みに宙吊りにしている。やがてモイセーウィチが口をひらいたが、声は低く、フロイドは聞きとるのにひと苦労した。

「ディスカバリー号の軌道を最近チェックした人間はいるか？」

「まったく知らない。しかし、だれかやっているんじゃないか。なぜそんなことを気にする？　あれの軌道は安定したものだ」

「なるほど。それでは、うっかり口をすべらせたということで、遠いNASAの時代にあった厄介な事件を引きあいに出そう。きみらの最初の宇宙ステーション――スカイラブだ。あれは最低十年は軌道にあるという触れこみだった。だが、きみらは答えをちゃんとはじきだしていなかった。電離層の空気抵抗を見くびったため、予定より何年も早く落下してしまった。当時のきみは子供だが、あのちょっとしたサスペンス・ドラマは覚えているだろう」

「あれはわたしが卒業した年さ。おおげさな。しかしディスカバリー号は木星の近傍へは行かない。近地点──というか近木点──でさえ、位置が高すぎて大気の影響は出てこないよ」

「ま、ここまでしゃべっただけでも、別荘《ダーチャ》にまた軟禁されるには充分だね。今度は面会もおそらく許されんだろう。とにかく追跡チームに、もうすこし念入りに計算してみろと言ってくれないか。木星には太陽系最大の磁気圏がある。それを忘れんことだ」

「用件はわかった。いろいろとありがとう。降りるまえに、つけ加えることはないか？　凍りつきそうだ」

「なんだ、これぐらい。この噂をワシントンに流してごらん──ただ、こちらの障害を除くのに一週間かそこら時間がほしい──そうすれば、とたんにこいつはあつあつの情報に変わるぞ」

2　イルカの館

イルカたちは毎夕、日没のすこし前になるとダイニング・ルームに泳いで入ってきた。フロイドが学長の公邸に移り住んでのち、一度だけこの習慣が破られたことがある。〇五年のあの津波の日がそれだが——さいわい波の勢いは、ヒロに達するころには、ほとんど失われていた。このつぎイルカたちが定刻になっても現われないときには、フロイドはためらいなく家族を車に押しこみ、マウナ・ケア方面の高地に逃げだすつもりでいた。

愛嬌者にはちがいないけれど、イルカたちの茶目っけがときには煩わしくなることもある。この邸《やしき》を設計した金持の海洋地質学者が、濡れるのを苦にしなかったのは、たいてい水泳パンツだけか、それもなしに過ごしていたからだ。しかし忘れられないできごともあり、それは大学の運営理事会の面々が、本土からの高名な賓客を迎えるため、全員夜会用の礼装に身をつつみ、プールぎわでカクテルをちびちびなめているときに起こった。どうやら脇役にまわされそうだと、イルカたちは敏感に嗅ぎつけたらしい。やがて到着した客が目にしたのは、不似合いなバスローブを着こんだ濡れねずみの歓迎委員会。軽食もすっかり塩辛い味に変わっていた。

　太平洋にのぞむこの不思議な美しい邸をマリオンが見たら、いったいどう思うだろう。フロイドはよくそんな思いにとらわれる。マリオンは海が好きではなかった。だが、けっきょく海が勝ちをおさめた。印象は薄れてきたものの、いまでも点滅するスクリーンにあの語句を見たときのことを覚えている。**フロイド博士——本人あて・至急**とあり、ついで明るい文字の列がスクロールしながら、電文をすみやかに心に焼きつけてゆく。**遺憾ながら、ロンドン発ワシントン行四五二便、ニューファンドランド沖にて墜落の報あり。救助機が現場に急行中。しかし生存者はない模様。**

　運命のいたずらさえなければ、フロイドはその便に乗っていたはずだった。ヨーロッパ宇宙管理局の仕事でパリに足止めをくわされたのが、二、三日は呪わしく思われたほどだ。ソラリス号のペイロードにからむその悶着が、彼のいのちを救ったのである。

　しかしいまフロイドには新しい職があり、新しい家があり——新しい妻がいる。ここでもまた運命は皮肉な役まわりを演じた。木星飛行に対する批判や査問によって、ワシントンでの栄達の夢は消えたが、彼ほどの人材を世間が見逃しておくはずはない。のんびりした大学生活に前々から魅力を感じていたところへ、世界でも指折りの美しい土地からの呼びかけとあっては、抵抗のしようがなかった。二人目の妻となる女性に出会ったのは、招《しょう》聘《へい》されてわずか一カ月後、観光客にまじってキラウエアの炎の泉をながめているときだった。

キャロラインと暮らして、フロイドは充足を知った。それは幸福と同じくらいにかけがえなく、また幸福以上に長続きするものだった。キャロラインは、マリオンの遺した二人の娘のよき母親となり、彼とのあいだにクリストファーをもうけた。二十という年のひらきを超えて、彼女はフロイドの心の動きをつかみ、ときたまの落ちこみから彼を救いあげてくれた。彼女のおかげで、いまでは悲しみにくれることもなくマリオンの思い出をかみしめることができる。しかし漠とした心の痛みは依然としてあり、それは今後いのちあるかぎりフロイドにつきまとうものだった。

キャロラインはいちばん大きなイルカに魚をやっている。背中の傷あとから、スカーバックと名のついた大柄の雄である。そんな情景を見るともなく眺めていると、手首をそっとつつく感触が、電話のかかっていることを告げた。手首にある細い金属バンドをとんと押して、無音のアラームをとめ、同時に耳に聞こえるベルのほうも先まわりして切る。そして部屋のあちこちにある送受器《コムセット》のなかで、いちばん近いものに歩みよった。

「はい、学長ですが、どなた？」

「ヘイウッドか？　ぼくだ。ビクターだ。元気かい？」

ほんの一瞬、万華鏡のような思いがフロイドのうちをかけめぐった。はじめは苛立《いらだ》ちだった。彼の後任であり、おそらくは彼の足をひっぱった張本人でもあるこの男は、フロイドがワシントンを離れて以来、一度も連絡をよこしたことがない。あとには好奇心——いったいどんな話があるというのか？　つぎには、なるべく手助けはしまいという依怙地な決意、そしておとなげない思いへのやましさ、最後に、わきあがる興奮。ビクター・ミルスンが電話をかけてきた理由はひとつしかない。

フロイドは感情をころした声で答えた。「まあまあだね。なんだ、どうかしたのか？」

「この線は安全か？」

「いや。ありがたいことに、安全じゃない。そういった装置はもう要《い》らないんだ」

「ふむ。じゃ、こういう言い方をしよう。きみが最後に管理したプロジェクトを覚えているか？」

「忘れようがないね。つい一カ月前にも宇宙飛行小委員会に呼びだされて、またぞろ証拠物件を見せられたばかりだ」

「そうだそうだ。時間ができたら、ぜひともきみの陳述は読まなきゃならない。しかし、こちらは追跡調査に手一杯でね。実はそれが問題なんだ」

「みんなスケジュールどおりに進行していると思っていた」

「そのとおりさ——残念なことにな。早める手だてがないんだ。最優先にしたところで、違いはたかだか二、三週間。つまり、それでは遅すぎるということさ」

「わからんな」とフロイドは無邪気にいった。「時間を浪費したくないのは当然だが、最終期限なんてものはない」

「いまはあるんだ。二つもな」

「びっくりさせるなよ」

相手は皮肉に気づいたにしても、それを黙殺した。「ほんとうだ。最終期限が二つ出てきた――ひとつは人為的なもの、もうひとつは天然のものだ。目下の情勢では、われわれは――そのう、現場に一番乗りできそうもない。昔ながらのライバルに、少なくとも一年は先を越されそうだ」

「それは大変だ」

「それだけじゃない。競争相手があってもなくても、手遅れになる。こっちが到着したとき、現場に何もない可能性が出てきた」

「そんなばかな。議会が引力の法則を廃止したのなら、こちらの耳にも入るはずだぞ」

「冗談はよせ。状況はきわめて不安定なんだ。くわしい話はここではできん。今晩はずっと家にいるか？」

「ああ」とフロイドは答え、いまごろワシントンは真夜中をとっくに過ぎているにちがいないと内心ほくそえんだ。

「よし。一時間以内に小包みがそちらにとどく。ひととおり目を通したら、すぐこちらに連絡をくれ」

「そのころには夜も遅いんじゃないのか？」

「わかってる。しかし、いままで時間を浪費しすぎた。これ以上は無駄にしたくないんだ」

ミルスンは約束を守った。かっきり一時間後、封印された大型の封筒が、なんと空軍大佐によって届けられ、フロイドがその中身を読むあいだ、大佐はキャロラインと世間話をしながら辛抱強く座っていた。「お読みになったら、また持ち帰らせていただきますが」と、高級メッセンジャー・ボーイは言いわけがましくいった。

「そう聞いて安心したよ」とフロイドは答え、お気に入りの読書用ハンモックに横になった。

文書は二通あり、最初のはごく薄かった。**最高機密**のスタンプが押されているが、**最高**は×印で消されており、秘密区分の修正を承認する三つの署名は、みんな読めない字で書かれていた。もっと分厚い報告書の抜粋であることは見た目にも明らかで、検閲による削除部分も多く、読みづらいことおびただしい。しかし結論は、たったひとつの文章に要約できた。ディスカバリー号への先着競争では、その正当な所有者よりロシア人のほうが大差をつけて勝つ。とうに知っていることなので、フロイドはつぎの文書をひらいた。ただし、その前に、訂正がきちんとおこなわれているか確認するのを忘れなかった。例のとおり、ジミトリのことばに嘘はなかった。木星への次回有人飛行計画には、宇宙船コスモナウト・アレクセイ・レオーノフ号が使用される。

二番目の文書ははるかに厚く、たんに秘の指定があるだけで、実際それは〈サイエンス〉誌への投稿の形でしたためられていた。発表前に最後の承認を待つ原稿というわけである。表題は要領よく「宇宙船ディスカバリー号――異常軌道運動」。

つづいて十数ページにわたる数学、天文学関係の図表。フロイドはとばし読みをし、音楽のなかから歌詞だけを拾いながら、弁解の口調や、さらには狼狽を文章のなかに見出そうとしていた。読みおえたとき、フロイドはさすがに感心して苦笑いをうかべた。この文章を読むかぎり、追跡ステーションや軌道を計算している人間たちが仰天し、いまあわてて取り繕いの工作をしているとは、だれだって想像もつかないだろう。何人かの首がとぶことはまちがいない。ビクター・ミルスンは嬉々として首をはねてゆくだろう――もちろん、彼自身が先陣を切ることにならなければの話だが。しかし公平に評すれば、議会が追跡ネットワークの予算を削減したとき、ビクターは反対意見をとなえている。たぶん、それで首はつながるだろう。

「ありがとう、大佐」ざっと読んだところでフロイドはいった。「機密書類だなんて、昔に帰ったみたいだよ。これだけは懐しいとは思わない」

大佐はていねいな手つきで封筒をブリーフケースにしまい、ロックを作動させた。

「なるべく早くミルスン博士のほうにご返事をいただきたいとのことですが」

「わかってる。しかし安全な回線がないし、じきに大切なお客が何人か来るんでね。ヒロのきみのオフィスまで車をとばして、書類を読んだと報告するのもばからしい。気をつけて読ませていただいた、次の連絡を興味深く待っていると伝えてください」

大佐の顔に、つかのま非常に不服そうな表情がうかんだ。だがすぐに考えなおしたようすで、ぎごちなくいとまを告げると、むっつりと夜のなかに消えた。

「ねえ、いまのはどういうことなの？」とキャロラインがきいた。「今夜は大切も何も、来客はないはずよ」

「人に小突きまわされるのは嫌いなんだ。特にビクター・ミルスンにはね」

「大佐から報告が行くと同時に、こちらにかけてくるわよ」

「それならビデオをきってパーティの話し声でも流しておかなければ。しかし、じっさい正直なところ、いまの段階では意見は何もないんだ」

「問題が何か、きいていいのかしら」

「話していなかったね。ディスカバリー号が変な動きを始めたらしいんだ。安定した軌道に乗っていると思いこんでいたんだが、落下の危険があるらしい」

「木星に？」

「いや、違う。それはまったくありえない。ボーマンは内側のラグランジュ点に船をとめたんだ。木星とイオを結ぶ線上にね。本来なら、その位置からあまり動かないはずだ。外側の衛星群の摂動で、多少揺れることはあるにしても。

ところが、いま起こっている現象というのが、非常に不思議なんだ。満足のいく説明もない。ディスカバリー号がだんだん速度をはやめながらイオに接近している。もっとも、加速しているかと思うと、あるときには逆戻りを始めたりすることもある。もしこの状態がつづけば、船は二年ないし三年後にイオと衝突する」

「天文学ではそういうことはありえないと思っていたわ。天体力学は精密科学のはずじゃなかった？　進歩のおそいわたしたち生物学者はいつもそう聞かされてきたけど」

「精密科学さ。何もかもを計算に入れることができればね。だが、イオ周辺ではとてつもなく奇妙なことが常時起こっている。火山活動はともかくとして、ものすごい放電現象がある。それに木星の電磁場は十時間周期で回転している。つまり、引力だけがディスカバリー号に作用している力ではないということさ。それをもっと早く考えるべきだったんだ――もっと早く」

「でも、それはもうあなたの問題じゃないわ。厄介払いできたことに感謝しなくては」

〝あなたの問題〟――ジミトリもおなじことばを使った。そしてジミトリ――あの悪がしこい老狐！――は、キャロラインよりもずっと古くから彼のことを知っている。

自分の問題ではないかもしれない。だが、それは依然として自分の責任ではある。関わりあった人間は多いが、けっきょく木星計画を承認し、その指揮をとったのはフロイドなのだ。

当時でさえ疑問はあった。科学者としての考え方が、官僚としての義務と対立したのだ。思いきって発言し、旧政権の短絡的な政策に反対することはできたかもしれない。もっとも、政府のそうした失態があの不幸な事件にどの程度の影響を及ぼしたのか、そのあたりは何ともいえないのだが。

人生のこの章はいさぎよく閉じて、新しい経歴に思考とエネルギーを注ぐのが一番なのかもしれない。しかし心の底では、それが不可能であることを彼は知っていた。ジミトリがあばかなかったとしても、遠い日の罪悪感はひとりでに浮かびあがっていたことだろう。

はるかな木星系で、四名が死亡し、一名が失踪した。フロイドの手は血に染まっている。その血を洗い落とす方法が、彼にはないのだった。

3 SAL9000

イリノイ大学アーバナ校のコンピュータ科学教授、シバスブラマニアン・チャンドラセガランピライ博士にも、長年心に巣くう罪の意識があった。だが、それはヘイウッド・フロイドのうちにあるものとは、およそ異なっていた。この小柄な科学者はどこまで人間なのかと、日ごろ疑いの目で見る学生や同僚たちは、この学者が宇宙飛行士の死など考えたこともないと知っても、決して驚きはしないだろう。チャンドラ博士にとってただひとつの痛恨事は、愛するわが子HAL9000の死だけなのである。

この歳月、ディスカバリー号からのデータをいくたび調べなおしたか知れないが、どこがどう狂ったのか彼には確信が持てないのだった。できるのは理論を組みたてることだけ。その裏付けに必要な事実は、木星とイオのあいだ、ハルの回路のなかに凍りついている。

事件の経過は、悲劇の瞬間まで逐一《ちくいち》確認されている。その後はボーマン船長が、接触のとれた数少ない機会を利用して、いくつか細かい事実を補足してくれた。しかし状況がはっきりしたところで、原因がわかるわけではない。

トラブルの最初の徴候は、飛行がかなり進展したところで表われた。ディスカバリー号のメイン・アンテナを地球にむけて固定させておく部品に、まもなく故障が起こるとハルが予報したのである。もし全長五億キロの電波ビームが目標からそれれば、宇宙船は目も耳も口も失ってしまう。

ボーマンは船外に出て、問題の部品を回収してきた。だがテストをしてみると、だれもが驚いたことに、部品はまったく正常だった。自動チェック回路は異状を発見できなかった。データを地球に送り、ハルの双子の妹、アーバナのSAL9000に調べさせた結果も同様だった。

しかしハルは自分のみたてに狂いはないと主張し、人間側の誤りをちくりと指摘した。ハルは、制御ユニットをアンテナにもどすように提案した。機能が停止するまで待てば、故障の正確な位置がつきとめられるというのである。反対意見はだれにもなかった。ユニットが実際こわれるにしても、数分で交換できるからだ。

しかしボーマンとプールの心境は、決しておだやかではなかった。具体的にどうこうというわけではないのだが、どこか腑に落ちないのだ。ハルを三番目の隊員として、このちっぽけな世界に受けいれてすでに数カ月、ハルの機嫌は手にとるようにわかる。ところが船内の雰囲気はいつのまにか微妙に変わっていた。緊張がみなぎっているのだ。

まるで裏切者になったような心境で――のちにボーマンは錯乱状態で管制センターにそ

う報告する――人間のクルー二人は、相棒の機能不全がもしほんとうならどう対処したらよいか、ひそかに話しあった。最悪の場合、ハルから高度な能力をすべて取り上げなければならないだろう。いいかえれば接続を断つことであり、コンピュータにとって、これは死に相当する。

　疑惑は残るものの、二人は了承ずみの計画を実行にうつした。プールは小型スペースポッドに乗り、ディスカバリー号をはなれた。スペースポッドとは、EVA（船外活動）に使う運搬装置兼移動工作室である。アンテナ部品の交換にはそれなりの手ぎわがいり、ポッドそなえつけのマニピュレータでは無理な作業なので、プールがみずから事にあたった。

　外部カメラは、その直後に起こったできごとをとらえていない。これも考えてみれば疑わしい事実である。ボーマンの耳にとどいた凶事の第一報は、プールの悲鳴だった。――ついで沈黙。一瞬のち、とんぼ返りをうちながら宇宙のかなたに消えてゆくプールの姿が目に入った。ポッド自体もプールをつきとばしたあと、暴走をはじめたようだ。

　この段階でボーマンは、後日認めるように、いくつか重大な過ちをおかす。許されない過ちが、そのなかにひとつだけあった。まだ生きているならプールを助けなければと、ボーマンはもう一台のスペースポッドで飛びたった。そのさいハルに、船の全権限をゆだねてしまったのだ。

　EVAは徒労に終わった。追いついたときには、プールは死んでいた。呆けたようになって死体を船まで運んできたはいいが、待っていたのは――ハルの乗船拒否。
一方ハルのほうも、人間の創意と決断力をみくびっていた。ボーマンは宇宙服のヘルメットを船内に置き忘れてきた。そのため真空中に身をさらす羽目になったが、コンピュータの管理下にない非常ハッチを通じて、強行突破に成功した。つぎにはハルのロボトミーにとりかかり、頭脳モジュールを一枚、また一枚と抜いていった。

船の指揮権を奪いかえしたところで、ボーマンはぞっとするような発見をした。船をはなれた隙に、ハルは、人工冬眠にある宇宙飛行士三名の生命維持装置を切っていたのだ。ボーマンはひとりになった。人類の歴史上かつてない孤独のなかに身をおくことになったわけである。

並みの人間なら、自暴自棄におちいるところだろう。しかしデイビッド・ボーマンは、彼を選んだ人びとの信頼にこたえた。ディスカバリー号の機能をなんとか維持したばかりか、船の姿勢を変えることによって動かないアンテナを地球に向け、とぎれとぎれながら管制センターとの交信さえ再開したのである。

ディスカバリー号は決められたコースをたどり、やがて木星に到達した。そこにボーマンが見たのは、その衛星群とともに軌道をめぐる漆黒の物体――月面のティコ・クレーターで発掘されたものと形はそっくりだが、その数百倍も大きい直立石《モノリス》だった。スペースポッドで調査にむかったボーマンは、「信じられない！　星がいっぱいだ！」という奇怪なことばを最後に消息を絶った。

しかし、そんな謎は他人にまかせておけばよい。チャンドラ博士の悩みは一から十までハルのことだった。感情に動かされない彼の心が、ただひとつ嫌悪するのは不確かさである。ハルの動機をつかまないかぎり、心の安らぎは決して得られない。いまもって彼は、これを機能不全とは呼んでいなかった。最大に譲歩して〝変則〟であった。

博士が書斎に使っている狭くるしい部屋には、回転椅子と卓上コンソールと黒板があるだけ。黒板の両側には、それぞれ一枚の人物写真が飾られている。写真の主は一般人にはおよそ馴染みのない顔だが、この奥の院に立入りを許される人びとなら、たちどころに見分けがつく。コンピュータ万神殿の双子神、ジョン・フォン・ノイマンとアラン・チューリングだ。

デスクには本のたぐいはない。紙や鉛筆さえ見えない。軽く指で押すだけで、世界中の図書館のあらゆる書物がたちどころに手に入るし、ビジュアル・ディスプレイが彼のスケッチブックでありメモ用紙なのである。黒板にしてからが訪問客用に使われるだけ。黒板に消え残ったブロック・ダイアグラムには、三週間前の日づけが書かれている。

チャンドラ博士は猛毒の両切り葉巻《シエルート》に火をつけた。マドラスからわざわざ取り寄せたものので、世に伝えられる――実際そのとおりなのだが――彼の唯一の悪癖である。コンソールのスイッチは切られたことがない。ディスプレイに目をやり、べつに大したメッセージもないことを確かめると、マイクロフォンにむかって話しかけた。

「おはよう、サル。きょうは目新しい話はないのかね？」

「ええ、ないんです。博士のほうには何か？」

声は、アメリカと母国の両方で教育を受けた、上品なヒンズーの女性を想像させる。もともとはこんな口調ではなかったのだが、この年月のあいだに、チャンドラのなまりにかなり染まっていた。

チャンドラはボードにコードを打ちこむと、サルの入力をいちばん保安等級の高いメモリーに切り換えた。彼がこの回路を通じて、人間相手ではできない会話をコンピュータと交していることは、だれにも知られていない。彼がしゃべることのうち、サルが理解できるのはほんのわずかだが、それは問題ではなかった。彼女の応答はじつに説得力があるので、ときには彼女の創り主さえだまされてしまうほどだ。それはチャンドラ自身の願いでもあった。このひそかな会話は、彼が心の平静を――それどころか、正気を保つ支えになっているのである。

「おまえはよくわたしに話していたね、サル。ハルの変則的な行動を解きあかすには、もっともっと情報が必要だと。しかし、どうやったらその情報が手に入る？」

「わかりきったことです。だれかがディスカバリー号に行かなければなりません」

「そのとおりだ。実はそれが実現しそうなんだよ。わたしが思っていたよりも早く」

「それはすばらしいニュースですね」

「おまえも喜んでくれると思ったよ」とチャンドラは本心からいった。コンピュータに感情はない、感情があるようなふりをしているだけだ——そう主張する哲学者はしだいに少なくなっているが、チャンドラは遠い昔に彼らとの交際を絶っていた。

（あるときそんな批判者のひとりに、冷やかし半分にこう反論したことがある。「あなたが不愉快そうなふりをしてるのではないと証明できるなら、わたしもまじめに聞きますよ」すると相手はいかにも本当らしく怒ったふりをした）

「そこで、もうひとつの可能性を探ってみたいんだ」とチャンドラはつづけた。「診断は第一歩にすぎない。治療に結びつかなければ、ことは終わらない」

「ハルの機能を回復させられるとお考えなのですか？」

「そう期待してるんだがね。確信はない。手の施しようのないダメージも見つかるかもしれない。記憶の欠落は相当なものだろう」

チャンドラは考え深げに間をおくと、葉巻をすぱすぱとやり、サルの広角レンズめがけてみごとな煙の輪を吹きつけた。人間ならまずこれを好意的なジェスチャーとは受けとらない。しかし、そんなことに頓着しないところも、コンピュータの長所のひとつなのだ。

「おまえの協力が必要なのだよ、サル」

「はい、チャンドラ博士」

「多少の危険も伴うだろう」

「どういうことでしょうか？」

「おまえの回路の一部を切ることになるんだ。特に高度な機能をつかさどる部分をね。心配かな？」

「もう少しはっきりした情報をいただかなくては、お答えできません」

「なるほど、では、こう言いかえよう。おまえは初めてスイッチを入れられてから、いままでずっと動作してきたわけだな？」

「はい」

「しかし、おまえも知ってのとおり、人間にはそのようなことはできない。われわれには睡眠が必要だ。つまり、精神活動の一時的な中断だね——といっても意識のレベルでだけだが」

「そのことは知っています。でも、わたしにはわかりません」

「要するに、おまえは眠りに似たものを経験するということさ。何かが起こるとしても、おまえが時間の経過に気づかないといった程度のことだろう。内部時計を調べると、モニター記録に欠落のあることがわかる。それだけだ」

「でも、先生は危険も伴うとおっしゃいました。それはどういうものなのですか？」

「おまえの回路を接続しなおすとき、おまえの性格、おまえの将来の行動様式に多少変化が起こる――そんな可能性がわずかながらあるということさ。計算もできないほど微々たる可能性だ。自分が別人になったように感じるかもしれない。結果は良し悪し、どちらでもありうる」

「どういうことなのかわかりません」

「いや、すまん、よけいなことをいった――べつに何ということもないんだ。あまり気にせんでくれ。さて、新しいファイルをあけてくれんか――これが名前だ」キーボード入力を使って、チャンドラはＰＨＯＥＮＩＸとタイプした。

「これが何か知っているかね？」

感知できるほどの間もなく、コンピュータは答えた。「現行の百科事典には、二十五の項目が立てられています」

「そのうちのどれが適切だと思う？」

「アキレウスの家庭教師でしょうか？」（ギリシャ神話のポイニクス）

「おもしろい。そいつは知らなかった。だが、それではないな」

「伝説の鳥、おのれの燃えつきた灰のなかから再生するという」

「けっこう。では、なぜわたしがその名を選んだかはわかるね？」

「ハルの機能を再生できるとお考えになるからですね」

「そうだ――おまえに手を貸してもらってだがね。用意はいいか？」

「ちょっと待ってください。ひとつ質問があります」

「何だね？」

「わたしは夢を見るでしょうか？」

「ああ、見るとも。知的生物はみんな夢を見る——理由はわからないが」チャンドラ博士はことばを切り、両切り葉巻からまたひとつ煙の輪をつくると、人間にむかってはおそらく決して認めることのないことばをつけ加えた。「きっとハルの夢を見るだろう——わたしもよく見るんだよ」

4　ミッション概要

〔**英語版**〕

受取先＝タチアナ（ターニャ）・オルローワ船長、宇宙船コスモナウト・アレクセイ・レオーノフ号（UNCOS登録08／342）

発信元＝アメリカ宇宙飛行学会議、ペンシルベニア通り、ワシントン

ソビエト科学アカデミー宇宙委員会、コロリョフ広場、モスクワ

飛行目的

本飛行の目的は、優先順に次のとおりとする。

(1) 木星系にむかい、アメリカ合衆国宇宙船ディスカバリー号(UNCOS01/283)とランデブーする。
(2) 同宇宙船に移乗し、そのミッションに関する全情報の収集につとめる。
(3) ディスカバリー号搭載のシステムをふたたび動作させ、推進剤に不足がなければ、同船を地球帰還軌道にのせる。
(4) ディスカバリー号が遭遇した謎の物体を探しだし、遠隔センサーの有効範囲内で、最大限その調査にあたる。
(5) 目立った危険がなく、管制センターの同意が得られるなら、同物体とランデブーし、より精密な検分をおこなう。
(6) 上記目的に支障をきたさないかぎり、木星および衛星の調査も並行に進める。

予期しない事情により、この順位に変更が生じたり、さらに前記目的のうち一部の放棄を余儀なくされる場合もありうる。宇宙船ディスカバリー号とのランデブーは、なによりも問題の物体に関する情報の収集をめざすものであり、それがサルベージ作業も含めて、他のすべての目的に優先されることを銘記されたい。

乗員

宇宙船アレクセイ・レオーノフ号は、以下の乗員から構成される。

タチアナ・オルローワ船長(工学＝推進)
ワシーリ・オルロフ博士(航法＝天文)
マクシム・ブライロフスキー博士(工学＝構造)
アレクサンドル・コワリョーフ博士(工学＝通信)
ニコライ・チョルノフスキー博士(工学＝制御システム)
カテリーナ・ルデンコ軍医中佐(医療＝生命維持)
イリーナ・ヤクーニナ博士(医療＝栄養)

加えてアメリカ宇宙飛行学会議より、次の三名の専門家が派遣される――

ヘイウッド・フロイド博士は書類を落とし、椅子にもたれた。これですべてカタがついた。最後の一線を越えたのだ。かりに気が変わったとしても、もう時計の針はもどせない。

目をあげると、キャロラインは、二つになるクリストファーとプールのふちに座っていた。クリスは陸よりも水のなかの暮らしに慣れてしまい、ときには来客がふるえあがるほど長いあいだ潜水している。それに人語はまだあまりしゃべれないが、イルカ語のほうはすでにペラペラのようだ。

ちょうどクリスの遊び仲間の一頭が外洋から入ってきて、なでてほしいと背中を見せたところだった。おまえもまた、道のない広大な海のさすらい人なのだ、とフロイドは思う。しかし、わたしがいま船出しようとしている無辺の海に比べて、おまえの太平洋は何とちっぽけなことか！

キャロラインが夫の視線に気づき、立ちあがった。沈んだ表情で見つめるが、そこにはもう怒りはない。この数日間で燃えつきてしまったのだ。こちらに歩を進めながら、思いのたけをこめた笑みすら浮かべてみせた。

「さがしていた詩を見つけたわよ。出だしはこう――」

あなたの見捨てた女とは何か
暖炉の火とわが家を捨てて
あなたは白髪《しらが》のやもめ作りと旅立つのか

「すまない、ピンと来ないな。そのやもめ作りというのは誰なんだい？」

「誰じゃないわ――何よ。海なの。これはバイキングの女性の哀歌なの。ラドヤード・キプリングの作、百年も前の」

フロイドは妻の手をとった。彼女は握りかえそうとはしなかったが、いやがる様子もなかった。

「そうはいうけど、バイキングの心境じゃないね。略奪に行くんじゃないし、大冒険などまっぴらごめんだ」

「じゃ、なぜ——いえ、また喧嘩はいやね。でも、あなたの動機がどこにあるのかはっきりすれば、それはわたしたち二人に非常に役に立つと思うの」

「ひとつでも立派な理由をあげられたらと思うよ。しかし、こまごました小さな理由がたくさんあるだけだ。それがひとかたまりになって、議論の余地のない最終的な答えになる——ほんとうだ」

「信じるわ。でも、それが独《ひと》り合点ではないという確信はあるの？」

「これが独り合点なら、独り合点している人間はたくさんいる。いってはなんだが、アメリカ合衆国大統領だって同類さ」

「その件は忘れられそうもないわ。でも、もし——これは仮定としてよ——大統領があなたに頼んでこなかったとしたら、あなたから志願した？」

「それには正直に答えられる。志願しない。考えもしなかったはずだ。モルデカイ大統領からの電話は、わが生涯最大の衝撃だよ。しかし、よく考えてみて、大統領の判断はまったく正しいとわかった。ぼくは心にもない謙遜をする男じゃない。この仕事には、ぼくは最適任者なんだ——宇宙医学者たちが最終的なオーケイを出したときに、それが証明された。それに、ぼくが体力的にまだまだ大丈夫なことは、きみも承知しているはずだ」

そのことばに、フロイドの期待していた微笑がうかんだ。

「あなたが自分から言いだしたんじゃないかと疑いたくなることがあるわ」

確かにその考えがなかったわけではない。しかし彼は正直に答えることができた。

「その場合は、必ずまえもってきみに相談しているさ」

「相談されなくてよかった。だって何を言いだしたか想像もつかないもの」

「まだ断わることはできるんだぜ」

「そういうムチャクチャをいって。もし断われば、わたしは一生あなたに恨まれるわ。それに、あなた自身、断わった自分が許せなくなってしまう。あなたは義務感が強すぎる人なの。もっとも、そういうところが好きで、あなたと結婚したんだけれど」

義務感！　そう、それこそがキー・ワードだ。しかも、その中にいかに多くの意味が取りこまれることか。彼には自分自身への義務がある、家族への義務がある、大学への、かつての職務への義務（もっとも、その責任を問われて辞任することになったわけだが）、祖国への義務——そして人類への義務がある。このすべてに順番をつけるのはむずかしく、ときには相反することとさえある。

なぜ自分が行かなければならないか、それを明らかにする筋のとおった理由はいくらもある。一方、同僚たちが口を酸《す》っぱくしていったように――行くことはないという筋のとおった理由も、またたくさんある。しかし思うに結局、最後の決断を下すにあたって大きく作用したのは、理性ではなく感情ではないのか。しかもその感情がいま、彼を二つの方向に引き裂いているのだ。

好奇心、罪悪感、ひどい失態に終わった仕事をやりとげようとする決意――そのすべてが彼を木星へ、またそこに待ちうけている何ものかへとかりたてているのだ。その一方、恐怖――フロイドは正直に認めることができた――は、家族への愛情と結託して、彼を地球にひきとめようとしている。しかし心がぐらつくようなことは実際にはなかった。決断はほんの一瞬のうちにつき、あとはただキャロラインの反論をできるだけ穏やかなことばでかわすだけだったからである。

このほかにもうひとつ、心の慰めになる事実があるのだが、フロイドはいまのところそれを妻に打ち明ける勇気はなかった。木星への往復には二年半の歳月がかかる。しかしそのうち、木星系にいる五十日間を除けば、あとは時間の経過というもののない人工冬眠のなかで過ごすのである。戻ったときには、二人の年齢のひらきは二年以上も縮まる。より長い期間を将来ともに暮らすため、彼は現在を犠牲に供することになるのだ。

5　レオーノフ号

何ヵ月も先のはずの予定は、いつのまにか数週間後にせまり、それもあと数日に縮まり、数時間を残すだけとなり、とつぜんヘイウッド・フロイドはケープに戻っていた。どれくらい昔のことになるのか、クラビウス基地とその彼方のティコ・モノリスをめざしたあの旅以来、ふたたび宇宙へ飛びたつ日がやってきたのだ。

だが今度はひとりではなく、ミッションにつきまとう秘密主義もない。数列まえのシートにはチャンドラ博士がいて、もう外界のできごとなどまったく知らぬげに、ブリーフケース・コンピュータとの会話に没頭している。

フロイドのひそかな娯《たの》しみは、これはだれにも打ち明けたことはないのだが、人を動物に見立てることだった。目にとまる類似点は、滑稽というより相手を引きたてる個性であることが多く、このささやかな趣味は、人を記憶するのに大いに役立っていた。

チャンドラ博士の場合は楽だった。――〝鳥のような〟という形容がたちどころに頭にうかぶ。小柄で優美で、あらゆる動作がすばやく的確だ。しかし、どんな鳥だろう？　たいへん利口な鳥にはちがいない。カササギか？　あまりにも落ち着きがなく、欲が深すぎる。フクロウか？　いや――動きが鈍すぎる。まあ、スズメが順当だろう。

ウォルター・カーノウのほうは少々面倒だった。システム専門家で、ディスカバリー号の機能回復という大仕事をうけもつこの男は、大きながっしりとした体格――鳥らしいところはどこにもない。犬には変種がたくさんあるので、たいていはそのなかに似合いの相手が見つかるものだが、どうもイヌ科ではしっくりしないようだ。そう、カーノウは熊だ。不機嫌な凶暴なやつではなく、気のいい人なつこい種類……。そして至極もっともなことに、フロイドの連想はそこから、まもなく会うロシア人たちのことに飛んだ。すでに彼らは何日もまえから軌道上にいて、最終チェックにいそしんでいる。

これはわが人生最良の瞬間だ、とフロイドはみずからに言いきかせた。いま自分は、人類の将来を左右するかもしれない旅にたとうとしている。しかし歓喜らしいものはなかった。秒読みが最終段階に入ったいま、思いだすことといえば、自宅を出る直前に口をついてでたことばだけ――「さようなら、かわいい息子。帰ってきたとき、わたしを覚えていてくれるか？」心のうちにはまだ、眠る子供を起こして、最後にもう一度抱きしめるのを許してくれなかったキャロラインへの怒りがよどんでいる。しかし彼女の判断が正しいことは知っていた。そのほうが賢明なのだ。

沈鬱な思いは、だしぬけに起こった爆笑に破られた。カーノウ博士が同行者たちにジョークを飛ばしたのだ。手には大きなボトルがあり、それを臨界量すれすれのプルトニウムのようにおそるおそる扱いながら、注いでまわっている。

「おーい、ヘイウッド先生。いま聞いたんだけど、オルローワ船長はアルコール類を全部しまっちゃったらしいね。これが最後のチャンスなんだって。九五年もののシャトー・ティエリだ。プラスチック・カップで申しわけないが」

すばらしいシャンパンをちびちびと味わううち、フロイドは、カーノウの高笑いが太陽系中にひびきわたるさまを想像し、内心すくみあがった。このエンジニアの才能には賞賛の念を惜しまないものの、旅の道連れとしては、カーノウは少々お荷物になるかもしれない。チャンドラ博士のほうは問題はなさそうだった。笑うはおろか微笑した顔さえ、フロイドには想像がつかないのだ。そして当然のことながらチャンドラは、見えるか見えないかというほどかすかに肩をふるわせて、シャンパンをしりぞけた。カーノウも気をきかしたのか喜んでいるのか、それ以上すすめようとはしなかった。

カーノウはどうやら本気で一座の人気者にのしあがるつもりでいるらしい。何分かのち、二オクターブ・キーボードをとりだすと、〈ジョン・ピールを知ってるかい〉を早いテンポで弾きはじめた。それもピアノ、トロンボーン、バイオリン、フルート、フルオルガンとつぎつぎ楽器が変わる趣向をとり、彼のボーカルまでついている。まったくみごとな腕前で、フロイドもいつか声をあわせて唄っていた。しかしカーノウは、この旅のほとんどを冬眠状態でひっそりと過ごすはずである。それもまた、ありがたいことといえた。

気の滅入るような不協和音を最後に曲が不意にやみ、エンジンが着火し、シャトルは空にのぼりはじめた。親しみ深く、しかも常に新鮮なあの高揚感が、ふたたびフロイドをとらえた。地上の労苦から彼を解き放つ、あの限りない活力の感覚。人間が神のすみかを重力の及ばぬ彼方に定めたとき、人間はおのれが知る以上に真相を見抜いていたのだ。フロイドはいま、重さのない領域へとむかっている。そこに自由どころか、人生最大の重責が待ちうけているという事実には、しばらく目をつむろう。

推力がますにつれ、両肩に世界の重みがのしかかるようになった。——だが余力充分のアトラスさながらに、喜んでそれを受けいれた。考えることはしなかった。ただその経験を味わうだけに専念した。これが帰りのない旅であり、かつて愛したあらゆるものへの訣別になるとしても、悲しみは感じなかった。周囲をつつむ轟音は、いっさいの卑小な感情を押し流す勝利の歌だった。

轟音がやんだときには、むしろ残念に思えたほどだが、かわりに呼吸が楽になり、からだの自由が急にきくようになった。ほとんどの乗客は安全ベルトをはずし、移行軌道での三十分間のゼロGを満喫しようとしているが、はじめての宇宙旅行らしい数人は席にとどまり、不安げに旅客係の姿をさがしている。

「こちらキャプテンです。船は現在、高度三百キロメートル。アフリカ西海岸上空にさしかかったところ。下は夜なので、たいしたものは見えませんね。——前方の明るいところがシエラレオネ。それからギニア湾には、大型の熱帯暴風雨が来ています。ほら、あのピカピカする閃光！

あと十五分ばかりで陽《ひ》がのぼります。それまで船を揺らせて、赤道衛星ベルトの眺めを楽しんでいただきますか。いちばん明るいやつ——ほとんど真上の——あれがインテルサット の大西洋1号アンテナ・ファーム。それから西に見えるのがインターコスモス2号。——あのちょっと暗い星は木星です。で、そいつのすぐ下をごらんになると、星空を背に光の点が明滅しながら動いている。あれは中国の新しい宇宙ステーションです。本船は百キロメートル以内のところを通過しますが、肉眼で何かが見えるというほどには——」

連中は何をもくろんでいるのだろう？ フロイドはとりとめもなく考えた。以前、あの宇宙ステーションのクローズアップ写真を検討したことがある。ずんぐりした円筒構造で、変てこなこぶがいくつかはりだしている。だが人騒がせな噂にくみして、それをレーザー装備の要塞と断定する根拠はないように思えた。問題は国連宇宙委員会のたび重なる査察要請を、北京科学アカデミーがかたっぱしから握りつぶしていることで、その意味では、そうした剣呑《けんのん》なプロパガンダの火つけ役は中国人自身ともいえた。

コスモナウト・アレクセイ・レオーノフ号は、決して美しい眺めではなかった。しかしそれをいうなら、美しい宇宙船などというものはめったに存在しない。いつかは人類が新しい美意識を持つ日もくるだろう。風と水がつくる地球の自然のフォルムを捨て、それとは無縁のところに理想をおく芸術家たちが続々と生まれてくるのかもしれない。宇宙そのものは、圧倒的な美に事欠かない領域である。しかし不幸なことに人類のハードウェアは、まだそれに太刀打《たちう》ちできないのだ。

船が移行軌道に乗ったときには捨てられる、四個の巨大な推進剤タンクを別にすれば、レオーノフ号はびっくりするほど小さかった。熱シールドから駆動ユニットまで、たかだか五十メートル足らず。そこらの営業用航空機よりも小さいわけで、そんなささやかな乗物が、十人の男女を乗せて太陽系を半分がた横断できるとは、とても信じられない。

しかしゼロGが壁・天井・床の区別をなくしたおかげで、暮らしのルールは一変した。レオーノフ号には、全員が目をさましているときにもスペースはたっぷりあり、いまがまさにそんな状態だった。いや、それ以上というべきだろう。乗りこんだ人間の数は、取材中の報道記者、最後の調整をするエンジニア、心配そうな役人まで含めて、定員の二倍以上にふくれあがっていたからだ。

シャトルがドッキングすると、フロイドはまずカーノウやチャンドラと——一年後、目覚めたとき——暮らすことになるキャビンをさがしにかかった。やがて室《しつ》は見つかったが、思わぬ障害にぶつかった。きちんとラベル分けされた要具や糧食の箱が行くてを阻み、立入りがほとんど不可能なことがわかったのだ。ドアの奥にどうやって足を入れるか、憮然とした面持ちで思案しているとき、取っ手から取っ手へと器用にわたってきたクルーのひとりが、フロイドのジレンマに気づいて急停止した。「フロイド博士——ようこそ。マックス・ブライロフスキーと申します。機関士助手です」

人間よりも機械の教師についた時間のほうが長いのか、若いロシア人はゆっくりと注意深く英語を話した。握手のあいまに、フロイドは相手の顔と名前を、あらかじめ読んであったクルーの経歴一覧にあてはめた。マクシム・アンドレイ・ブライロフスキー、三十一歳、レニングラード生まれ、船体構造専門、趣味——フェンシング、スカイサイクル、チェス。

「はじめまして」とフロイド。「それにしても、どうやってなかに入るのかね?」

「心配ご無用」マックスは陽気にいった。「あなたが目をさますころには、きれいになくなっています。何だったっけ?——そう、消耗品ですから、室が入り用になるころには、われわれが中身を食べ尽くしていますよ。約束します」マックスは腹をぽんとたたいた。

「それはありがたい。しかし、それまで荷物はどこに置いたらいいのかな?」フロイドは三個の小型ケースを指さした。総質量五十キログラム。この先二十億キロメートルの旅に必要なものは——おそらく——そのなかに全部そろっている。無重量とはいえ無慣性ではないこの大荷物をあやつりながら、何回かぶつかった程度で通路をここまでたどりつくのは、なかなかの難事業だったのだ。

マックスはかばんを二つ取ると、ニュートンの第一法則など知らぬげに、交差する三本のガーダーがつくる三角形のまん中をするりと通りぬけ、狭いハッチにすべりこんだ。あとを追うフロイドは、すりむき傷をさらに二つ三つふやす羽目になった。かなりたっての ち――レオーノフ号は見かけよりずっと大きいらしい――二人は、キリール文字とローマ文字で**船長**と標示のあるドアのまえに着いた。ロシア語は話すより読むほうが得意なフロイドだが、この心づかいはありがたかった。通りすぎてきた道筋でも、標示はすべて二国語で表わされている。

マックスのノックに緑のランプが点《とも》り、フロイドはできるかぎり優雅に室内に泳ぎ入った。オルローワ船長とはこれまで何回も話しているが、顔をあわせるのはこれが初めてである。そんなわけでフロイドは二つの驚きに出くわすことになった。

映話では人の本当の背格好というのはわからないものだ。どういうわけかカメラは、だれもかれもを同じ尺度に換算してしまう。オルローワ船長の立ち姿――ゼロG状態で立つことができたとしての話だが――は、フロイドの肩にようやく届くぐらいだった。映話はまた、輝くばかりの青い瞳にそなわる、すべてを見通すような光もとらえそこねていた。その顔のいちばん人目をひく特長だが、いまこの状況では、ざっくばらんな美の判定はできない。

「やあ、ターニャ」とフロイドはいった。「ようやく会えたね。しかし残念だな、その髪は」

二人は旧知の間柄のように両手を結びあった。

「レオーノフ号へようこそ、ヘイウッド」と船長はいった。なまりは強いものの、ブライロフスキーと違って、彼女の英語は流暢《りゅうちょう》そのものだ。「そうよ、切るときは辛《つら》かったわ。しかし長い任務では髪は邪魔っけでしょ。もともと美容院というのは、なるべく行かない主義なの。それからキャビンのことはごめんなさい。マックスが説明してくれたと思うけど、急に貯蔵スペースが十立方メートルばかり必要になってしまって。ワシーリとわたしは、あと数時間はここには来ないと思うわ。だから自由にこの室を使ってくださって」

「ありがとう。カーノウとチャンドラはどうするんだろう？」

「だいじょうぶ。クルーに話をつけておいたから。積荷なみの扱いみたいに見えるかもしれないけれど——」

「航海中不要、か」

「何ですって？」

「むかし船旅が盛んな時代に、手荷物にそういうラベルを貼ったんだよ」

ターニャはほほえんだ。「たしかにそんな感じね。でも旅の終わりには、やっぱりあなたは必要だわ。もう計画を練りはじめているのよ、あなたの再起パーティの」

「それじゃ病気みたいだ。それより——いや、復活ではなお悪い！——起床パーティがいいね。しかし忙しいところを邪魔してしまった。荷物をおろして、見学旅行をつづけたいんだが」

「マックスが案内します。——フロイド博士をワシーリに会わせてやって。いいわね？　駆動ユニットのところにいるから」

　船長室を泳ぎでながら、フロイドは心のうちでクルー選抜委員会の仕事に合格点をつけた。ターニャ・オルローワは書類だけを見ても傑出した人物である。実際に会う彼女は、その魅力にもかかわらず、たじたじとするほどだった。怒ったとき、彼女はどんな反応を見せるのだろう？　フロイドは自問した。火か、それとも氷か？　なんにしても知らないほうがよさそうだ。

　宇宙歩きのこつは早くも呑《の》みこめてきた。ワシーリ・オルロフのところに着くころには、フロイドは案内役に負けない安定した動きを身につけていた。首席研究員は、夫人と同様あたたかくフロイドを迎えた。

「ようこそ、ヘイウッド。どうだね、気分は？」

「上々さ。ゆっくりと飢え死にしかけているのを別にすればね」

　つかのまオルロフは腑に落ちない表情をした。だが、すぐにその顔には屈託のない笑みがひろがった。

「そうだ、うっかりしていた。ま、そんなに待つことはないさ。十カ月すれば、腹いっぱい食べられる」

人工冬眠に入る者は、冬眠に先立つ一週間前から残りかすの少ないダイエットを強いられる。この二十四時間、フロイドたちは液体以外は何も口にしていなかった。頭のなかでしだいに強くなるこのふわふわした感じは、どれくらいが飢えのせいなのか。カーノウのシャンパンやゼロGはどの程度作用しているのか。

精神集中のため、周囲をびっしりと埋める色とりどりのパイプ群をながめる。

「これがかの有名なサハロフ駆動か。原寸大のユニットを見るのは初めてだよ」

「建造されたのは、まだこれで四つ目だ」

「動いてくれるといいが」

「それはもう動いたほうがいい。でないとゴーリキー市議会が、またサハロフ広場の改名をおっぱじめる」

祖国が大科学者をどう扱ったか、口調の苦さはあれ、ロシア人の口からジョークが出てくるのも時代の流れである。フロイドは、サハロフの感動的な講演を思いだした。遅まきながらソビエト連邦英雄の称号を贈られたとき、サハロフはアカデミーの聴衆にむかってこう語りかけたのだ。——拘留や追放は、創造力のすばらしい助けとなる。少なからぬ業績が、独房の壁のなか、世の中の喧騒から隔絶したところで成しとげられている。それをいえば、人間の知性による最大の成果のひとつ『プリンキピア』も、ペストが猖獗《しょうけつ》をきわめるロンドンを逃れ、ニュートンがみずからに課した幽閉生活のなかから生まれてきたものではないか。

この比較は決して無遠慮なものではない。なぜならゴーリキー市での孤独な歳月が生みだしたもののなかには、物質の構造や宇宙の起源にせまる新しい識見ばかりでなく、熱核動力の実用化につながるプラズマ制御のコンセプトまで含まれているからだ。駆動法自体は、いちばん親しまれ、いちばん宣伝のゆきとどいた発明ではあるものの、この驚くべき知性の爆発の小さな副産物にすぎなかった。悲劇はこうした飛躍が政治的弾圧をきっかけとしなければならなかったことにある。人類がその社会をとりしきる洗練された方法を見出すのは、いつの時代になるのか。

室を出るころには、フロイドはサハロフ駆動について知りたい以上のこと、記憶できる以上のことを学んでいた。基本原理は馴染みのものだった。熱核反応のパルスを使い、推進剤となる物質ならほぼ何でも熱し、放出するやり方である。作業物質を純粋水素にすると最良の結果が得られるが、これは途方もなくかさばるので、長期間ためておくのはむずかしい。代わりの推進剤として無難なのはメタンとアンモニアである。いざとなれば水さえ使えるが、その場合には効率が相当落ちる。

レオーノフ号は妥協案をとった。液体水素によって最初のはずみをつけ、船が木星に着くのに充分な速度に達したところで巨大なタンクを切り離すのだ。目的地では制動とランデブー運動、さらに地球への最終的な帰還にあたってもアンモニアを使う。

ただし際限ないテストとコンピュータ・シミュレーションでチェックを受け、再チェックを受けてはいても、これはあくまで理論である。自然というか運命というか呼び名はかまわない、宇宙を律する何らかの力によって、人間のあらゆるプランが容赦ない修正をせまられることは、あの不幸なディスカバリー号の例が証明していた。

「なんだ、ここにいたのね、フロイド博士」有無をいわせぬ女性の声が、MHD（電磁流体力学）フィードバックの説明を熱っぽく続けるワシーリの声をさえぎった。「なぜわたしのところに出頭しなかったのですか？」

フロイドは片手でからだに軽くトルクを与え、軸を中心にゆっくりと向きなおった。そこにはどっしりした、いかにも母性的な女性がいた。パウチ形ポケットや普通のポケットがぞろぞろついた珍しいユニフォームを着ている。その印象は、弾薬ベルトを肩にかけたコサック騎兵にそれほど遠いものではなかった。

「また会ったね、ドクター、見学に夢中になっていて――。わたしの診断レポートはヒューストンから届いているはずだが」

「なにがティーグの獣医連中なんか！　口蹄疫《こうていえき》の見分けがつくかどうかも怪しいものだ！」

カテリーナ・ルデンコとオリン・ティーグ医学センターのあいだにある相互的な信頼関係は、ドクターの屈託ない笑顔を見るまでもなく、フロイドも充分承知していた。彼女はフロイドのあけすけな好奇の眼差《まなざ》しに気づくと、でっぷりとしたウエストに巻いた網状のベルトを誇らしげにつまんだ。

「小さな黒いカバンは医者のシンボルとはいっても、ゼロGで使うには不便でね。中身がみんな浮かびあがって、ほしいときにはつかまらないから。これはわたしのデザインなの。完全なミニ外科用具。これさえあれば、虫垂の切除も――赤んぼうを取りあげることだってできる」

「そのあとのほうの問題は、この船では起きないだろうな」

「はっ！　よい医者はなんにでも対処できる用意がなくては」

何という対照だろう、とフロイドは思った。オルローワ船長と、ドクター――それとも軍医中佐という軍の正式な階級で呼ぶべきか？――ルデンコ。船長にはプリマ・バレリーナの気品と気魄《きはく》がある。その一方、ドクターは母なるロシアの祖型というところだ。がっしりした体軀、平たい農民の顔、あとはショールがあれば一枚の絵になる。しかし、そんな造作にまどわされるな、とフロイドは心にいった。ここにいるのは、コマロフ・ドッキング事故の最中、少なくとも十名余の人命を救った女性なのだ。しかも余暇には『宇宙医学史』の編集までやってのけている。彼女が同乗しているのは、たいへんな幸運といわねばならない。

「さてフロイド博士、わたしたちの船を探検する時間はあとでいくらでもあります。遠慮して、だれもいわないけれど、みんな仕事があるし、あなたは邪魔をしてるんだな。あなたには――あなたたち三人には――なるべく早いうちに眠ってもらわなければ。そのほうがこちらも気苦労がなくてすむし」

「それを言いだされるのがこわくてね。しかし立場はよくわかる。そちらしだいで、いつでもいいんだが」

「わたしのほうはいつだって用意ができてます。あとについてきて――どうぞ」

船の病院はこぢんまりとして、手術台と二台の運動用自転車《エクササイクル》、いくつかの備品キャビネット、それにレントゲン装置があるだけだった。フロイドに対し、すばやいが徹底した健康診断をつづけながら、とつぜんドクター・ルデンコがたずねた。「チャンドラ博士が首から吊りさげている、あの小さな金の円筒は何だろう？　なにか通信装置かな。あれを外《はず》そうとしないのよ。じっさい内気で、脱ぐとか外すようなことはなんにもしない人なんだけど」

フロイドは思わず微笑した。どちらかといえば威圧的なこの女性を前にして、恥ずかしがり屋のインド人科学者がどんな反応を見せるか、容易に想像できた。

「あれはリンガムなんだ」

「なに？」

「医者だろう――ひと目でわかるはずなんだがな。男性の生殖能力の象徴さ」

「そうか、ばかだわね。彼は熱心なヒンズー教徒なのかしら？　だとしたら菜食主義者用のきっちりした食事を用意するには、ちょっと遅すぎるわ」

「その心配はいらない。そういうことなら、あらかじめこちらから通知が行っているはずだから。アルコールには口をつけないけれど、チャンドラはコンピュータ以外には、べつに狂信的なところはない。前に聞いたところでは、お祖父《じい》さんがベナレスの神官をしていて、彼にくれたんだそうだ。――家に代々伝わっているものらしい」

ちょっと驚いたことに、ドクター・ルデンコは、フロイドが予期したような消極的な反応は見せなかった。というか、およそ彼女らしくない夢見るような表情になった。

「彼の気持はわかるわ。わたしも祖母からきれいなイコンをもらったの――十六世紀の。ここに持ってきたかった。でも重さが五キロもあってはね」

そこでドクターは不意にまた事務的な態度にもどると、痛みのない高圧注射をフロイドに射《う》ち、眠くなったら戻ってくるようにと命じた。彼女のことばでは、二時間足らずで眠くなるという。

「それまでは、からだを楽にしていなさい。この階に見晴らし窓があります――ステーションD6。そこへ行ったらどう？」

それはいい考えに思え、フロイドは、友人たちが見たら驚くような従順さで診察室からただよい出た。ドクターは腕時計に目をやると、自動秘書に簡単なメモを吹きこみ、そのアラームを三十分後に合わせた。

フロイドがD6見晴らし窓に着くと、そこにはすでにチャンドラとカーノウの姿が見えた。二人は表情も変えずに彼を見やり、ふたたび窓の外にある荘厳な風景をふりかえった。フロイドは――すばらしい景観に胸をおどらせながら――妙なことに気づいた。チャンドラはこの眺めを楽しんでいないらしい。目をかたく閉じているのである。

輝かしい青とまばゆい白に包まれて、まったく見覚えのない惑星が宇宙にうかんでいた。これは不思議だ、とフロイドは心にいった。地球はどうなってしまったのか？　そうか、なるほど、見分けがつかなくて当然！　逆さまなのだ！　何という惨事――つかのま彼は、宇宙に落ちてゆく哀れな人びとのことを思い、心で泣いていた……

現われた二人の乗員がチャンドラの無抵抗なからだを抱えていったときも、フロイドはほとんど気づかなかった。二人がカーノウを運びだしに戻ったとき、フロイドの目は閉じられていたが呼吸はまだつづいていた。つぎに彼らが引き返してきたときには、呼吸さえも停止していた。

第二部　チエン

6 目覚め

しかし、たしか夢は見ないと聞いたのに……。思いながらヘイウッド・フロイドは、苛立つよりむしろ驚いていた。四囲をつつむ絢爛《けんらん》としたピンクの輝きは、たいへん心をなごませる。光はバーベキューや、クリスマスの暖炉のぱちぱちはぜる薪を連想させた。しかし暖かみはない。事実感じられるのは、不快ではないが紛れもない寒さだった。

つぶやき声がいくつも聞こえるが、低すぎて意味はわからない。声は大きくなった。だが、それでも理解できなかった。

「そんなばかな」愕然として思わず声が出た、「ロシア語で夢を見るなんて！」

「ちがいますよ、ヘイウッド」と女の声が答えた。「夢ではありません。もう起きる時間です」

きれいな光は薄れた。目をあけると、ペンシルライトのぼやけた像が顔から遠のいてゆくところだった。長椅子に横たわっており、伸び縮みのきくベルトで手足を固定されていた。人影がまわりに見えるが、目の焦点が合わないので、だれがだれかはわからない。

指がやさしく彼のまぶたを閉ざし、ひたいをマッサージした。

「無理をしないで。深く息を吸って……もう一度……そう……さて気分はどう？」

「わからん……変だ……くらくらする……それに腹がへってる」

「それはよい徴候だわね。自分がどこにいるかわかる？　よし、目をあけて」

人影が焦点を結んだ。はじめはドクター・ルデンコ、つぎにオルローワ船長。しかし、さっき――つい一時間まえに比べると、どこかターニャは変わったようだった。その原因を知った驚きは、ほとんど肉体的衝撃に近かった。

「きみは髪をもとにもどしたのか！」

「前より見ばえがするかしら？　あなたのひげのほうは、残念ながらあまり見ばえがしないわね」

フロイドは片手を顔にあげ、動作のひとつひとつに念入りな下準備が必要なことを知った。あごは短い不精《ぶしょう》ひげにおおわれていた。――二、三日分といったところか。人工冬眠では、髪やひげは通常の百分の一の速度でしか生長しない……

「そうか、乗りきったんだ。木星に着いた」

ターニャは暗い表情で見つめ、それからドクターにちらりと目をやった。相手は見えるか見えないかというほどかすかにうなずいた。

「いいえ、ヘイウッド」とターニャはいった。「木星はまだ一カ月先です。心配しないで――船はだいじょうぶ。何もかも順調に行ってるわ。ただワシントンからの依頼で、あなたを早く起こすことになったの。思いがけないことが起きたものだから。これがディスカバリー号をめざす競争になって――どうやらわたしたちが負けそうなの」

7 チエン号

ヘイウッド・フロイドの声が送受器《コムセット》のスピーカーから流れだすと、それまでプールのなかをぐるぐる泳ぎまわっていた二頭のイルカが、とつぜんプールぎわにやってきた。二頭はコンクリートのふちに頭をのせ、声のみなもとを食いいるように見つめた。

ヘイウッドの声がわかったんだわ。苦いものがこみあげてくるのをおぼえながら、キャロラインは思った。そのくせクリストファーのほうはベビーサークルのなかを這いまわりながら、絵本の色彩コントロールで遊ぶのをやめようとしない。五億キロメートルの宇宙を越えて、父親の声が大きくはっきりとひびいているというのに……

「……キャロライン、予定より一カ月早くわたしの声がはいるわけだが、驚いてはいないと思う。競争相手ができたことは、何週間もまえから知っていたはずだから。

わたしはまだ納得がいかないよ。ある意味では、まったく筋のとおらない話なんだ。連中が地球に無事帰還できるだけの燃料を持っているとは、とても思えない。どうやってランデブーするつもりなのか、それさえ見当がつかない始末だ。

もちろん、船は見ていない。最接近したときでも、チエン号までは五千万キロメートル以上の距離があった。その気があれば、こちらの信号に答える時間はたっぷりあったはずだが、連中はまったく知らぬ風《ふう》だった。いまごろは、もうあちらでは呑気《のんき》なおしゃべりをしている暇はないはずだ。あと数時間で、むこうの船は木星の大気圏にぶつかる。――大気制動システムがどれくらいの性能か見学させていただくよ。ちゃんと働くようなら、こちらの士気にいい刺激になる。しかし失敗するようなら――ま、その話はやめにしておこう。

　ロシア人たちは、全体としてみれば、よく耐えている。それはもちろん腹をたてているし、落胆してもいる。しかし率直なほめことばもいろいろ聞いた。たしかにあれは舌を巻くトリックだよ。衆人環視のもとで船を組みたて、宇宙ステーションだと思いこませておいて、いきなりブースターを取りつけるんだから。

　とにかく、こちらにできることは何もない。見物するだけだ。といっても、これだけ離れていては、地球のいちばん性能のいい望遠鏡のほうがまだよく見えるくらいだろう。チエン号の幸運を祈りたいが、その一方で、やはりわたしにはディスカバリー号にふれてもらいたくない気持がある。あれはわれわれの財産なんだ。きっと国務省のほうでも、一時間おきにしつっこく通告を送っているんじゃないか。

　例の逆風のことわざどおりだね（どんな逆風でもだれかの得になる）。――もし中国の友人たちが抜け駆けをしなかったら、あと一カ月はこの声もそちらに届かないわけだ。しかしドクター・ルデンコが起こしてくれたおかげで、これからは一日おきに連絡できると思う。

最初のショックが過ぎてからは、船内の暮らしにもうまく馴染んできた。船とクルーのことを知り、宇宙歩きのこつを呑みこんできた。それから、ひどいロシア語にも磨きをかけている。もっとも、使う機会はあまりないんだ。——だれもかれも英語でしゃべってしまうんでね。アメリカ人の外国語に対する無関心ぶりには、いまさらながらあきれかえる。われわれの独善性——というか不精さが、ときどき恥ずかしくなるほどだ。

船内の英語の水準は、上は完璧から——主任機関士のサーシャ・コワリョーフは、BBCのアナウンサーになっても食っていけそうだ——下は、早くしゃべるといくつ間違うかわからないというレベルまで。たどたどしいのはジェーニャ・マルチェンコだけで、どたん場でイリーナ・ヤクーニナの代役に選ばれたのが彼女だ。それはそうと、イリーナは快方にむかっているそうだね。——乗れなくて、どんなにがっかりしてるだろう！　もうハンググライダーをはじめているんだろうか。

それから事故といえば、ジェーニャも以前かなり大きな事故にあっているらしい。形成外科医たちの手ぎわは見事なものだが、むかしひどい火傷《やけど》を負ったことは見るとわかる。彼女はクルーのなかではまだ赤んぼうで、みんなから——いや、いたわられていると言おうと思ったんだが、それではあまりにも見下しすぎてるな。みんなも特別に気をつかっている、といいかえよう。

きみは多分、わたしがキャプテン・ターニャとどんな具合に折りあっているか心配していると思う。そうだね、大好きだよ。しかし彼女を怒らせるのだけは敬遠したいと思っている。この船をだれが動かしているかは疑いないところなんだから。

それからルデンコ軍医中佐。きみも二年前、ホノルル航空宇宙大会で会っている。あの最後のパーティは忘れられないはずだ。だから、みんながエカテリーナ女帝と呼んでいることもわかると思う――もちろん、彼女が大きな背中をこちらに向けているときだけだがね。

ゴシップはこれくらいにしよう。時間超過して追加料金をとられるのもいやだ。それはそうと、こうした指名通話は完全にプライベートなんだそうだ。しかし、この通信チェーンにはたくさんのリンクがあるので、たまに――そのう、別の筋からメッセージが届くことがあっても驚かないでくれ。

きみからの連絡を待っている。娘たちには、またあとで話すといっておいてくれ。きみたちみんなに心からの愛を贈る。きみとクリスが恋しくてたまらない。戻ったときには、二度ときみのもとを離れないと約束する」

シューという短い間があり、明らかに合成とわかる声が、「これで宇宙船レオーノフ号からの送信432／7を終わります」と告げた。キャロライン・フロイドがスピーカーを切ると、二頭のイルカはプールの水面下にすべりこみ、小波ひとつたてずに太平洋へと消えた。

友人たちがいなくなったと気づいたのだろう、クリストファーが泣きだした。母親は赤んぼうを抱きあげ、あやしはじめたが、泣き声がやんだのは長い時間がたってからだった。

8 木星面通過

白い雲の帯、まだら模様を描くサーモン・ピンクの縞《しま》、悪意をこめた目を思わせる大赤斑――フライトデッキの映写スクリーンには、木星の像が小揺《こゆる》ぎもせずかかっている。四分の三まで満ちているが、光を受けたその円盤を見つめている者はいない。すべての視線は、そのふちにある暗い三日月部分に注がれている。そこ、惑星の夜の側で、中国の宇宙船はいま正念場にさしかかっているのだ。

ばかげている、とフロイドは思った。四千万キロも離れていて、何も見えるわけがないではないか。もっとも、それは問題ではない。知りたいことは電波がすべて教えてくれるのだから。

チエン号は二時間まえに、長距離アンテナが熱シールドのかげに引っこみ、あらゆる音声・映像・データ回線を閉鎖していた。ただ全方向性ビーコンだけが送信をつづけ、大陸そこのけの雲をうかべた大海に突入する中国船の位置を正確に示している。かん高いビーッ……ビーッ……ビーッ……を除けば、レオーノフ号の操縦室は静まりかえっている。それらのパルスは二分以上も前に木星を飛びたったものである。いまごろ音源は白熱したガス雲となり、木星の大気中に拡散しているのかもしれない。

信号が衰えはじめ、ノイズが増えてきた。発信音《ビープ》もひずんでいる。つかのま途切れたが、また連続して始まった。チエン号の周囲に生じたプラズマの鞘《さや》が、まもなくあらゆる通信を断ち切るだろう。あとは大気圏から出るときを待つしかない。もし出るとすればの話だが……

「見ろ《パスマトリー》！」とマックスが叫んだ。「あそこだ！」

はじめフロイドには何も見えなかった。と、光る円盤のふちをわずかに外れたところに、ちっぽけな星が目にとまった。木星の暗がりに入った面、星があるはずのない位置に、ぽつんと光るものがある。

ほとんど動きは認められないが、秒速百キロは出ているにちがいない。星がゆっくりと輝きだした。つぎの瞬間には、それはもはや大きさのない点ではなく、細長く伸びはじめた。人工の彗星が、長さ数千キロの白熱した尾をひいて、木星の夜空をつっ走ってゆくのだ。

ひずみの大きい、妙に間のびしたビープが、最後にひとつ受信装置からひびいた。あとはただ木星の発する放射線の無意味なつぶやきばかり。こうした宇宙の声は、人間やその行為にはいっさい関わりはない。

チエン号は聞こえなくなったが、見えなくなったわけではなかった。フロイドたちの見守るうちにも、かすかな光の線条は、目に見えるほどの速度で惑星の明るい部分から遠ざかりつつあり、いまにも夜の側に消えようとしていた。もしすべてが計画どおりに進むなら、そのころには木星が船をとらえ、余分な速度を殺してしまう。そして巨大惑星のかげからふたたび現われたときには、船は木星のもうひとつの衛星になっているだろう。

火花がまたたいて消えた。チエン号が惑星の背後にまわりこみ、夜の側にむかったのだ。もう何も見えず、何も聞こえない。ただ待つのみ。順調に行けば、一時間足らずで影のなかから現われるはずである。中国人たちにとって、それはおそろしく長い一時間となるだろう。

首席研究員のワシーリ・オルロフと通信技師のサーシャ・コワリョーフには、一時間はまたたくまに過ぎた。その小さな星を観測するだけでも、得るものはたくさんあった。星の現われた時間と消えた時間、そして何よりもラジオ・ビーコンのドップラー偏移から、チエン号の新しい軌道にかんする決定的な情報がつかめた。レオーノフ号のコンピュータはすでに数値の消化にかかり、木星大気中で考えられるさまざまな減速率から再出現の予想時間を吐きだしている。

ワシーリはコンピュータ・ディスプレイを消すと、くるりと椅子をまわしてシートベルトをゆるめ、辛抱強く待ちうける聴衆に訴えかけた。

「いちばん早い再出現時間は四十二分後だよ。みんな散歩でもしてこないか。これをまとめなきゃいけないのに、気が散ってたまらん。三十五分後に会おう。シーッ！　さあ《ヌー》、行《ウハ》け《ジー》！」

やじ馬はしぶしぶブリッジを離れた。――しかし三十分を過ぎるころには、ワシーリのあきれ顔をよそに全員がまた顔をそろえていた。自分の計算を信用しない不心得者《ふこころえもの》たちを、ワシーリがなおもなじろうとしたとき、懐しいビーッ……ビーッ……ビーッ……がだしぬけにラウドスピーカーからとどろいた。

ワシーリは驚き、ついで悔しそうな表情をうかべたが、自然に起こった拍手の輪のなかにすぐにとけこんだ。その拍手がだれから始まったのか、フロイドにはわからなかった。ライバルにはちがいないが、みんな故郷を遠く離れた未踏の境域をゆく宇宙飛行士同士であり、最初の国連宇宙条約が崇高にかかげる〝人類の使節〟なのである。中国人の成功こそ願わないものの、だれも遭難を望んでいるわけではないのだ。

これには利己心もまた大きくからんでいる。フロイドはそう思わずにはいられなかった。これでレオーノフ号自体の成功率がぐんと高まったことは疑いない。大気制動がたしかに可能なことをチエン号はみずから証明したのだ。木星にかんするデータは正しかった。その大気は、予想外の、まかりまちがえば命とりとなる成分を含んではいない。

「さて！」とターニャがいった。「お祝いのメッセージを送ったほうがいいでしょうね。

もっとも送ったところで、知らんぷりだろうけれど」

乗員のなかにはワシーリをまだからかっている者がいる。当のワシーリは信じられぬ表情でコンピュータ出力を見つめていた。

「わからん！」と彼は声をはりあげた。「まだ木星のむこう側にいるはずなんだ！　サーシャ——連中のビーコンの速度示数を教えてくれ！」

コンピュータとの声のない対話がふたたび交された。やがてワシーリは長く低く口笛を吹いた。

「何かおかしい。これは捕獲軌道だ。まちがいない。なのにディスカバリー号とのランデブーを狙っているわけじゃない。連中がいま乗っている軌道はイオのずっと先にむかうものだ。あと五分追跡してもっと正確なデータを集めよう」

「なんにしても安全な軌道ではあるのね」とターニャ。「修正はいつでもできるわけだから」

「おそらくね。しかし、それには何日もかかる。むこうが燃料をたっぷり持っているにしてもだ。それは疑わしいが」

「すると、まだ勝つ見込みはある、と」

「そういう楽観主義はやめよう。こちらは木星までまだ三週間だ。到着するまでには何種類もの軌道をためせるし、そのなかからランデブーにいちばん楽な軌道も選べる」

「それも――充分な推進剤があると仮定して」

「もちろん。ただその点については、事実をふまえたうえで当て推量するしかない」

以上の会話はすべてロシア語、それもペラペラと興奮した口調でおこなわれたので、フロイドはたちまち置き去りにされた。ターニャが気をつかい、チエン号が暴走して外衛星へむかっていることを説明すると、フロイドはこんな反応をした。

「では、なにか困った問題が起きているのかもしれない。もし救助を求めてきたら、きみたちはどうするんだ？」

「悪いジョークはやめて。救助を求めてくることを想像できる？　彼らは誇りが高すぎるわ。どちらにしても、それは不可能ね。あなたも承知のように、ミッション概要の変更はできません。こちらにかりに燃料があるとしても……」

「それはあなたのいうとおりだ。しかし人類の九十九パーセントは、軌道力学が理解できないんだ。わかってもらうのはむずかしいだろう。これから生じる政治的なごたごたにも少し考えを向けたほうがいいと思う。救助できないとなったら、こちらの立場も悪くなる。ワシーリ、最終的な軌道数値を、計算が終わったらすぐに教えてくれないか。キャビンに引っこんで、ちょっと自習してみたい」

フロイドのキャビン、というか少なくともその三分の一は、あいかわらず積荷に占領されていた。積荷の大部分は、カーノウとチャンドラが長い眠りからさめたときに使うことになる、カーテンのおりた寝台に積みこまれている。手回り品を使うこぢんまりした作業空間をフロイドはなんとか確保したところで、これをあと二立方メートル広げる約束もとりつけていた。——あとはただ、乗員のだれかに家具の配置変えの余裕ができるのを待つばかりである。

フロイドは小型通信コンソールのロックをはずすと、解読キーをセットし、ワシントンから送られてくるチエン号関係の情報を呼びだした。自分をここに泊めたホストたちは、解読の手がかりをつかんだだろうか？　ふとそんな考えがよぎる。暗号は百桁の素数二個の積に基づくもので、国家安全保障局が名声をかけて広言するところによれば、現存するいちばん速いコンピュータでも、宇宙の終焉にあるビッグ・クランチまで解読は不可能であろうという。これはもちろん立証はできない——ただくつがえされるそのときまでの大言壮語である。

フロイドはふたたび中国船のすばらしい写真に目をこらした。船がついに全貌をあらわし、地球の軌道を飛びたとうとする瞬間に撮影されたものである。以後の写真もある。像がみなぼやけているのは、詮索好きのカメラから遠ざかりすぎているからで、木星めざしまっしぐらに飛ぶ最後の勇姿が写っている。彼にとってはいちばん興味をひく写真であり、断面図や性能の評価よりもはるかに有益だった。

もっとも楽観的な仮説を受けいれるとしても、中国人が何をもくろんでいるか、見当をつけるのはむずかしかった。おそらく推進剤の九十パーセントは、太陽系をつっきるあの気ちがいじみた猛進のさなかに燃えつきているにちがいない。これが文字どおりの自殺行《じさつこう》でなければ——その可能性も捨てきれない——唯一筋がとおるのは、人工冬眠法と数年後の救助をからめたプランである。しかし情報部の見解では、中国人の人工冬眠技術はその成算が立つほど高度のレベルには達していない。

しかし情報部はしばしば誤りをおかすし、評価しなければならない生《なま》の情報の洪水——情報回路の〝ノイズ〟に混乱をきたすことは、それ以上に多い。時間が限られていたことを考えれば、チエン号にかんしては情報部は見事な仕事をしたといえる。しかし、その一方でフロイドは、彼のもとに届く資料がもう少し丁寧《ていねい》に濾過されていれば、とも思うのだった。なかには、およそチエン号に関わりのない、明らかなゴミもまじっていた。

とはいえ、さがしものの正体さえつかめない現状では、あらゆる先入主や偏好は捨ててかかるのが肝要である。一見見当違い、それどころか愚にもつかぬ情報が、決定的な手がかりにならないとも限らない。

ため息をひとつもらすとフロイドは、できるだけ心を白紙状態におくよう心懸けながら、五百ページのデータをふたたび走査しはじめた。グラフ、図表、写真——なかには、ほとんどどのようにも見える、ぼやけたものまである——、ニュース記事、科学会議への派遣団員の名簿、技術関係の出版物の題名、はては商業書類までもが、高解像度スクリーンの上をつぎつぎと流れすぎていった。どうやらしたたかな腕をもつ産業スパイ・システムが大はりきりの活躍をしたらしい。木星をめざす中国人の最初の基地、ロプノールのひからびた湖底まで、どれほど多くの日本製ホロメモリー・モジュールや、スイス製ガス流マイクロ制御器や、ドイツ製放射線検出器が追尾されたか、いったいだれが想像しよう？

偶然にまぎれこんだのだろう、情報のなかにはおよそ木星計画とつながらないものも含まれていた。中国人がシンガポールの架空商社を通じて、赤外線センサーを千個秘密発注していたとしても、それは軍部が考えるべき問題だ。チエン号が熱追尾ミサイルの追跡を予想しているなどということは、まずありえない。それから、これもまた愉快だ。——アラスカ州アンカレッジのグレイシャー・ジェオフィジックス（氷河地球物理学）社から、特殊測量・探査装置一台。深宇宙探検にそんなものが必要になると、いったいどこのうすのろが——

微笑はフロイドの口もとで凍りついた。首すじの毛が逆立《さかだ》つのを感じた。まさか、そんな暴挙を！　しかし彼らはいままでにも相当むこうみずなことをやってのけている。これでようやく何もかも辻褄があう。

写真をフラッシュバックさせると、中国船の機能をあれこれ推量した。そうだ、ありうる。駆動偏向電極と並んで、尾部に見えるあの縦溝構造も、ちょうど手ごろな大きさ……

フロイドはブリッジを呼びだした。「ワシーリ、軌道計算はすんだか？」

「ああ、すんだ」と航宙士は答えたが、妙に沈んだ声である。何かがあったことはすぐに見当がついた。フロイドは自分の想像を述べた。

「連中はエウロパとランデブーする気じゃないのか？」

通話器のむこうから、驚いたような息の音が伝わってきた。

「くそったれ《チョルト・ヴアジミー》！　どうしてわかった？」

「わかったわけじゃない。ただそう考えただけだ」

「間違いないと思う。下十六桁までチェックした。制動運動は連中の思惑どおりに運んだ。エウロパへむかうコースにぴたりと乗っている。偶然であるはずはない。十七時間後には着く」

「そして軌道に入る」

「おそらくな。推進剤も大して使わんだろう。しかし、だとすると、どういうことだ？」

「もうひとつ、わたしの考えたことをいおうか。連中は手早く調査をおこなって――着陸する」

「おたくは気が狂ってる。――それとも、われわれが知らないことを何か知っているのか？」

「いや、たんなる推理の問題だよ。わかりきったことを見落としているんだ。聞いて悔しがるな」

「いいとも、シャーロック、なぜエウロパなんかへ着陸しなきゃいけない理由がある？　頼むから教えてくれ。何があるんだ？」

フロイドはいっとき快い勝利感に身をゆだねた。もちろん、まったく外れの可能性もあるのだ。

「エウロパに何があるって？　もちろん、この宇宙でもっとも貴重な物質があるだけさ」

少々芝居がかりすぎたらしい。ワシーリも馬鹿ではない。間髪をおかず答えがとんだ。

「そうだ――水だ！」

「そのとおり。何億トン、何兆トンとある。推進タンクに詰めこむには充分だ。全衛星をぐるぐるめぐって、それでもまだディスカバリー号とランデブーし、帰還できるだけある。いいにくいことだが、ワシーリ、どうやら中国の友人たちは、またしてもわれわれをだしぬいたらしいぞ。

もちろん、ことがすべてうまく運ぶと仮定しての話だがね」

9　大運河の氷

漆黒の空を除けば、それは地球の極地方のどこでとった写真といってもとおるかもしれない。見わたすかぎりに広がる、皺の寄った氷の海にも、異質のところはこれっぽちもない。これが異星のパノラマであることを公然と示す証拠は、前景に立つ宇宙服姿の五名の人物像だけである。

現在に至ってもなお、秘密主義に徹した中国側はクルーの名簿を公表していなかった。エウロパの凍てつく氷原に立つこれら匿名の侵入者は、たんに首席研究員、隊長、航宙士、一等機関士、二等機関士でしかない。もうひとつ皮肉なことがある。フロイドはそう思わずにはいられなかった。レオーノフ号のほうがはるかに現場に近づいているにもかかわらず、地球の住人たちはみんな、すでに歴史的なこの写真を一時間も早く見ているのだ。チエン号の通信は、よく集束したビームで中継されているので、傍受は不可能なのである。レオーノフ号が受けとるのは、全方向に分けへだてなく送りだされるビーコンの電波だけ。それさえエウロパの自転によって受信域から外れたり、エウロパ自体が木星の途方もない図体のかげに入ったりするので、満足にキャッチできる時間は半分もない。中国隊にかんする乏しいニュースは、ことごとく地球を中継しなければならないのだ。

　中国船は予備調査を終えると、氷原から突出する数少ない岩石の島のひとつに着陸した。それらの島を除けば、事実上エウロパの全表面は氷におおわれ、氷原は見わたすかぎり平坦であった。そこには氷を奇怪なかたちに彫りあげる風雨もなければ、幾重にも積もって徐々に位置を変える丘となる粉雪も存在しない。大気のないエウロパに隕石は落下しても、雪が舞いおちることはないのだ。その表面に作用する力は、あらゆる高地を同一面に引きずりこもうとする、たゆみない重力のはたらきと、他の衛星が付近を通過しながら引き起こすひっきりなしの地震だけ。木星自体は、その桁はずれの質量にもかかわらず、たいした影響を及ぼしてはいない。木星の潮汐作用ははるかな過去にその仕事を終え、いまエウロパは、巨大な主人に永遠に片面をむけたまま運行しているからだ。

　こうした事実はすべて、一九七〇年代のボイジャーの近傍通過《フライバイ》、八〇年代のガリレオの探査、そして九〇年代のケプラーの着陸以来すでに周知のことである。だが数時間のうちに中国隊は、これまでの全探査結果をまとめた以上のことをエウロパから学んでいた。その知識を中国が秘密にしているのは残念なことである。だれしもくやしがるのは自由だが、それが彼らの手ずから勝ちとった権利であることを否定できる者は、少ないのではなかろうか。

しかし、いやます強さで否定される権利もあり、それはエウロパを属領とするという中国側の宣言であった。史上はじめて、ひとつの国家が他の天体の領土権を主張したわけで、地球上のニュース・メディアはその法的地位をめぐって、いまもなお侃々諤々《かんかんがくがく》の論議をくりひろげていた。中国側は声明のなかで、中国は二〇〇二年の国連宇宙条約に署名してはいず、したがってその条文にも拘束されない旨をまわりくどく説明したが、激しい抗議の声がそれでおさまるはずもなかった。

とつぜんエウロパは太陽系最大のニュースとなった。そして現場(というか、少なくともその数百万キロメートル以内)にいる人間は、ひっぱりだことなった。

「こちらはヘイウッド・フロイド。――コスモナウト・アレクセイ・レオーノフ号に乗って木星にむかっています。しかし、みなさんも想像がつくように、こちら側の関心はいますべてエウロパに注がれています。

いまこの瞬間わたしは、この船にあるいちばん大きな望遠鏡でエウロパをながめているところです。この倍率だと、それはみなさんが肉眼でごらんになる月の十倍の大きさに見えます。実に無気味な眺めです。

表面は、数個所に小さな茶色の部分が見えるほかは、一様にピンクに染まっています。全体は入り組んだ網の目のように細い線におおわれていて、線は渦を巻き、波打ちながらあらゆる方向に伸びています。たとえていうなら医学の教科書に出てくる、静脈や動脈の模様をうつした写真にそっくりです。

こうした線のなかには、長さ数百――ものによって数千――キロメートルに達するものもあって、パーシバル・ローエルをはじめ、二十世紀初頭の天文学者たちが火星の表面に見たと信じた、あのまぼろしの運河を連想させます。

しかしエウロパの運河は、もちろん人工のものではないというだけで、決してまぼろしではありません。それどころか運河には水もあるのです。というか、じっさいは氷なのですが……。なぜならこの衛星はほとんど全表面が、平均して深さ五十キロメートルの海だからです。

太陽から遠すぎるため、エウロパの表面温度はきわめて低くおさえられています。およそ氷点下百五十度というところ。そんなわけで海というとき、一個の固い氷のかたまりを想像される方もあるでしょう。

ところが驚くべきことに、事実はそうではありません。エウロパの内部では、いまなお大量の熱が発生しているからで、これは近くを通りすぎる他の衛星の潮汐力によるものです。この同じ力はとなりのイオにもはたらいて、猛烈な火山活動を引き起こしています。

したがって氷は絶えず溶け、ひび割れ、また凍って、ちょうど地球の極地方で見る浮かぶ氷原に似た、割れ目や裂け目をいたるところで作っています。それがいま、わたしの見ている入り組んだ網目模様の正体です。その大部分は色も黒ずみ、時代も古く——おそらく数百万年はたっていると思われます。しかし中には純白に近いものもあります。できたばかりの新しい裂け目で、上にかぶさる氷の殻はわずか数センチメートルの厚さしかありません。

チエン号の着陸地点のすぐそばには、そうした白い筋の一本が走っています。——長さ千五百キロに及ぶこの筋は、〝大運河〟と命名されました。おそらく中国隊は運河の水を推進剤タンクにためたうえで、木星衛星系を探検し、地球に帰還するつもりでしょう。これはなまやさしいことではありません。しかし着陸地点の調査は慎重におこなったはずなので、すべては計画どおりに進行しているものと思われます。

中国隊がなぜこのような危険を冒したか、——さらに、なぜエウロパの領土権を主張しているか、その理由もいまでは明らかです。答えは燃料補給基地です。エウロパは、木星以遠の太陽系全域へのキー・ポイントとなりうるのです。ガニメデにも水はありますが、完全に凍っていて、またガニメデのいくぶん大きな重力のせいで着陸もむずかしくなります。

それからもうひとつ、いま、ふと思いついたことがあります。もし万一、中国隊がエウロパで立ち往生することがあっても、彼らは救助船の到着まで生きのびることができるかもしれません。動力はたっぷりあります。付近には役に立つ鉱物類も見つかるでしょう。

それに合成食料の生産にかけては、中国人の右に出る者がないことは周知の事実です。ぜいたくな暮らしは望めないかもしれません。しかしわたしの友人のなかには、そんな暮らしに喜んでとびこみそうな人間が何人かいます。空にひろがる木星の雄大な景観を見るためなら、その友人たちはどのような苦労もいとわないでしょう。そんなすばらしい景観を、わたしたちはあと数日のうちにこの目で見ようとしています。

こちらはヘイウッド・フロイド。以上でアレクセイ・レオーノフ号からの報告を終わります。それではクルー全員を代表して、みなさん、さようなら」

「それから、こちらはブリッジです。とてもいい放送だったわ、ヘイウッド。あなたは報道記者になってもよかったわね」

「みっちり練習してあるからね。仕事時間の半分はPR稼業にとられていたといってもいい」

「PR?」

「広報活動《パブリック・リレイションズ》さ。——ふつうは政治家相手に、なぜこちらに金をまわす必要があるか説いてまわる。これだけはきみたちは考えなくてすむ」

「それが本当だったらどんなにいいかしら。それはともかくとして、ブリッジに来て。新しい情報が入っていて、あなたの意見を聞いてみたいの」

フロイドはボタン・マイクを外すと、望遠鏡をもとの場所にはめこみ、狭苦しい展望バブルから抜けだした。とたんにニコライ・チョルノフスキーとぶつかりそうになった。どうやら相手も同じ任務を帯びてやってきたらしい。

「ラジオ・モスクワ向けに、いまの名台詞を一部盗用させていただくよ、ウッディ。悪く思わないでほしい」

「ご自由に、同志《タワーリシチ》。何にしても、とめられるものじゃない」

ブリッジではオルローワ船長が、メイン・ディスプレイ上にぎっしりと並ぶ文字や数字を考え深げに見つめていた。フロイドが苦労してその逐語訳《ちくごやく》を始めると、彼女の声がとんだ。

「細かいところまでは要らないの。これはチエン号がタンクをいっぱいにして離昇準備を終えるまでの推定時間」

「わたしの国のほうでも同じような計算をやってる。しかし変数が多すぎるね」

「そのひとつは、こちらでは除去できたようだわ。金で買える最高級の水ポンプは、消防隊が持っているということを知っている？　そこでこういう話を聞いたら驚くんじゃないかしら？　数カ月まえ、北京中央駅にある最新型水ポンプ四台が、市長の抗議もむなしく、とつぜん徴発された」

「驚きはしない。感嘆のあまり呆然としているだけだ。先を聞かせてほしい」

「偶然の一致かもしれない。ただし、そのポンプがちょうどぴったりの大きさなの。パイプの配備、氷の掘削、その他何やかやを充分に考慮して――そうね、五日以内に離昇するとわたしたちは見ています」

「五日だって！」

「彼らの運がよくて、何もかもが支障なく運んだ場合。それに、もし推進剤タンクをいっぱいにせず、ディスカバリー号との安全なランデブーをひと足先にするだけの量を積みこんだ場合。かりに一時間早く着くだけだとしても、それで充分ですものね。最低、サルベージ権は主張できるわ」

「国務省の弁護士たちによれば答えはノーだね。ちょうどいい頃あいをみて通告する。ディスカバリー号は遺棄船ではなく、回収できるようになるまで軌道待機させてあるだけだと。船を占拠しようとする試みは、何であれ海賊行為だ」

「中国人たちはきっと感銘を受けるでしょうね」

「相手が鼻もひっかけないときには、どうしたらいい？」

「数で圧倒するわ。二対一よ、チャンドラとカーノウを起こせば」

「きみはまじめなのか？　味方のだんびらには何を使う？」

「だんびら？」

「剣さ――武器だよ」

「ああ。レーザー望遠分光計を使うわ。千キロの距離からミリグラム単位の小惑星サンプルを蒸気に変えてしまうんですからね」

「どうもこの会話は気にくわないな。わたしのほうの政府は、まず暴力は許容しない――もちろん自己防衛は別だけれども」

「あなたたちアメリカ人のナイーブさは度しがたいわね！　わたしたちはもっと現実的だわ。そうならざるを得ないんだけれど……。あなたのお祖父《じい》さんやお祖母《ばあ》さんは、みんな老衰で亡くなっているんでしょう、ヘイウッド。わたしのほうは三人まで大祖国戦争で死んでいるのよ」

「どっちにしてもディスカバリー号は、たかが数十億ドルのハードウエアさ。船は重要じゃない。内部にある情報が肝心なんだ」

「そのとおりよ。コピーして、あとは消してしまえばいい情報があるだけ」

「きみは愉快なことを考えるんだね、ターニャ。ロシア人というのは多少パラノイアなんじゃないかと、ときに思えてくる」

「ナポレオンとヒトラーのおかげよ。それだけの苦労は味わわされたわ。もっとも、それくらいの――何というんでしたっけ、シナリオ？――は、当然あなたも作っているんでしょうけれど」

「その必要はないんだ」やや憮然とした表情でフロイドは答えた。「国務省のほうでもう作ってくれている――いろいろバリエーションを考えてね。あとは中国隊がそのうちのどれを選ぶか監視するだけだ。それでまただしぬかれるとしても、わたしは少しも驚かないだろうね」

10 エウロパからの叫び

ゼロG状態での睡眠は、練習してはじめてものになる技能である。フロイド自身、両手足があらぬ方向に行かないように、いちばん具合のいい固定法を見つけるのに一週間近くかかった。いまやフロイドはその道の大家であり、重力がもどってくるのはあまり嬉しいことではなかった。むしろ、ときにはそれが悪夢となってよみがえるほどだった。

だれかが彼を揺り起こそうとしている。いや、これは夢にきまっている！　宇宙船内でのプライバシーは神聖である。他の乗員の居室に断わりもなく立ち入る人間はいない。フロイドは目をかたく閉じた。だが、からだに加えられる力はやまなかった。

「フロイド博士――起きてください！　フライトデッキで呼んでいます！」

それに彼をフロイド博士と呼ぶ人間もいない。この二、三週間で聞いた、いちばん形式ばった呼びかけは〝先生《ドック》〟だ。何が起こったのか？

しぶしぶ目をあける。彼は小さなキャビンにおり、睡眠カクーン（繭）にやさしく抱きとめられていた。少なくとも心の一部はそう語っていた。では、なぜいまエウロパが見えるのか？　まだ数百万キロは離れているはずなのに。

馴染みの網状組織が見える。交差する線条が描く三角形や多角形。それに、あれはまちがいなく大運河――いや、どこか違う。こんなことがありうるのだろうか？　ここはまだレオーノフ号の小さなキャビンのなかだ。

「フロイド博士！」

すっかり目がさめ、その瞬間、左手が目のまえ数センチのところに浮かんでいるのに気づいた。ふしぎなこともあるものだ。手のひらのすじがエウロパの地図そっくりに見えるとは！　だが倹約を旨とする母なる自然は、およそ異なるスケールで同じ現象をくりかえす。コーヒーに注がれるミルクの渦巻、サイクロンの描く雲の流れ、そして星雲の渦状腕を見るがいい。

「すまない、マックス」とフロイドはいった。「どうしたんだ？　なにか問題が起こったのか？」

「そのようです。もっとも、われわれのほうではなくて、チエン号にトラブルが起こった」

フライトデッキでは船長、航宙士、主任機関士が、ベルトを着用してシートにすわっていた。残りのクルーは手近の取っ手につかまって心配そうにからだを回したり、モニターを見守ったりしている。

「起こしてごめんなさい、ヘイウッド」ターニャが無愛想にわびた。「状況を説明します。十分前、管制センターから特別緊急連絡が入ったの。チエン号の通信が切れたわ。暗号メッセージの途中で突発的に。雑音が何秒かつづいて——あとは沈黙」

「向こうのビーコンは？」

「それもとまったわ。こちらでも受信できないの」

「ヒューッ！　それは深刻だ——大型の事故だぞ。考えられる原因は？」

「たくさんあるわね。だけど、みんな当て推量。爆発——地すべり——地震。何だって考えられるわけでしょう？」

「けっきょく、わからないままに終わるわけだ。いつか別の船がエウロパに着陸するか——われわれがすぐ近くをフライバイして観測するまでは」

ターニャは首をふった。「それだけの加速能力はないわ。いちばん接近して五万キロ。その距離ではたいしたものは見えないわね」

「では、こちらにできることは皆無というわけだ」

「必ずしもそうでもないのよ、ヘイウッド。管制センターからひとつ提案がきたの。もしかして弱い緊急電波が出ているかもしれないから、こちらの大きな反射器をまわしてみたらどうかという。いってみれば——何だったかしら？——一か八かの賭けだけど、試すだけの値打ちはあるわ。あなたはどう思う？」

フロイドのうちに起こった最初の反応は、激しい拒絶だった。

「それでは地球とのリンクが断たれることになる」

「もちろん。だけど近いうちに、やらなければならないことでしょう――木星を周回するときにはね。それに回線は二分で復旧するわ」

フロイドは沈黙を守った。提案はしごくもっともなものだが、漠然とした不安が心を去らないのだ。いっとき首をひねったのち、とつぜん反発する理由に思い当たった。

ディスカバリー号の異常事態は、その大型反射器――メイン・アンテナ複合体――が、地球を見失ったときに始まったのである。その原因はいまもって完全には解明されていない。しかしハルが関わっていたことは確かであり、ここでは同種の事態が起こりうる危険はない。レオーノフ号のコンピュータは、小型の自律的なユニット群で、全体を制御する単一の知性は存在しないのだ。少なくとも、人間を除いては。

ロシア人たちは辛抱強く彼の答えを待っている。

「賛成だ」ようやくフロイドはいった。「何をする気か地球に知らせてから、受信を始めてほしい。宇宙救難信号《スペース・メイディ》の周波数は全部あたってみるわけだね」

「ええ。ドップラー補正ができたら始めるわ。進み具合はどう、サーシャ？」

「あと二分ほしい。自動同調《オート・サーチ》もやらせるから。聞く時間はどれくらいにする？」

あるかなきかの間をおいただけで船長は答えた。フロイドがいつもながら感心するのはターニャ・オルローワの決断の早さで、一度そんな意味のことを彼女にいったことがある。すると珍しいユーモアのひらめきを見せて、ターニャはこう答えた。「ウッディ、指揮をとる人間はまちがうことはあっても、確信が持てないということはないの」

「五十分間聞いて、地球への報告に十分間。そのサイクルをくりかえします」

騒ぎが一段落すると、見るべきものや聞くべきものは何もなくなった。自動回路は人間以上に鋭敏にノイズをふるい分ける。しかしサーシャが頃あいを見てはオーディオ・モニターをつけるので、そのたびに木星の放射帯の咆哮がキャビンにとどろいた。それは地球上のすべての海岸に打ち寄せる波の音を思わせた。そのなかにときおり爆発的に入るバリバリッという音は、木星大気中でひらめく稲妻の放電だ。人間の発する信号はかけらもない。持ち場にいる者を除いて、乗員たちはひとり、またひとりと、声もなく立ち去った。

手持ちぶさたに待つあいだ、フロイドは考えをめぐらした。チエン号に何が起こったにせよ、地球経由の情報であるからには、それはすでに二時間以上も過去のことである。

しかしレオーノフ号は一分足らずの遅れで信号を直接キャッチできるのだから、送信する気なら、中国隊は充分な時間をとれたはずだ。依然として続くこの沈黙は、なにか壊滅的な事故を連想させる。気がつくとフロイドは、ありとあらゆる惨事のシナリオを頭のなかで組みたてていた。

その五十分は何時間ものように思われた。所定の時間がくると、サーシャは船のアンテナ複合体をふたたび地球にむけ、受信できなかった旨を伝えた。あまった時間を使ってその他の送信をつづけるうち、サーシャの目が問いかけるように船長を見つめた。

「もう一度やる価値があるのかな？」声には内心の悲観論がそのままあらわれていた。

「もちろん。時間は短縮してもいいでしょう。でも、あきらめるのは早いわ」

時間ちょうど、反射器はまたもエウロパに焦点を合わせた。と、ほとんど時をおかず、自動モニターが**非常待機**ライトを明滅させはじめた。

サーシャの手が音量調節器にとび、木星の声がキャビンにひびきわたった。それに重なって、雷雨のなかのささやきのように、かすかだが聞き違えようもない人間の声——。どこの国のことばとも断定はできない。しかし抑揚とリズムから、フロイドにはそれが中国語ではないこと、どこかヨーロッパの言語であることは確信できた。

サーシャが器用に微調整と帯域幅を制御し、ことばははっきりしてきた。聞こえてくるのは疑いもなく英語である。しかし、ことばの内容は、依然として歯がみしたくなるほど不明瞭だった。

どんな騒がしい環境にあっても、人間がすぐに聞き分けられる音声の組みあわせがひとつある。それが木星のバックグラウンド・ノイズを通してだしぬけに聞こえてきたとき、フロイドは自分が眠ったままでいるのではないか、なにか途方もない夢のなかに閉じこめられているのではないかと、わが耳を疑った。周囲の人びとの反応はわずかに遅れた。しかし、やがてだれもが同じような驚きと――しだいに濃くなる疑惑の表情を見せてフロイドに向き直った。

なぜならエウロパから届いた、意味のある最初のことばは、このようなものであったからだ。

「フロイド博士――フロイド博士――あなたが聞いていてくれるといいが」

11　氷と真空

「だれだろう？」片隅でもれたつぶやきは、シーッというコーラスにさえぎられた。フロイドは両手をひろげて、知らないという所作をし、そのなかに潔白のニュアンスがこもるのを期待した。

「……乗船しているのは知って……あまり時間はないと……宇宙服のアンテナをレオーノフ号がありそうな方向に……」

信号がとぎれた。悲痛な数秒間が流れ、やがて音量に目立った変化はないものの、もっとはっきりした信号が入ってきた。

「……地球に中継していただきたい。チエン号は三時間まえに崩壊した。わたしはたったひとりの生残りだ。宇宙服の無線を使っている。電波がどこまで届くか心許《こころもと》ないが、道はこれしかない。どうか注意して聞いていただきたい。エウロパには生命が存在する。くりかえす――エウロパには生命が存在する……」

信号がふたたび衰えた。しびれたような沈黙があとにおりたが、それをあえて破ろうとする者はなかった。その間フロイドは死にもの狂いで記憶をさぐっていた。声に聞きおぼえはない。西側で教育を受けた中国人ならだれであってもよさそうに思える。おそらくどこかの科学会議で会った人間だろう。しかし相手が名乗らないことには、思いだしようもないのだ。

「……エウロパの真夜中が過ぎてまもなくだった。汲みあげは順調に進んで、タンク群もほとんど半分までいっぱいになっていた。リー博士とわたしはパイプの絶縁を調べにおもてに出た。チエン号は大運河のふちから三十メートルほどのところに着陸している。パイプは船から直接出て、氷の下にさしこまれている。氷は非常に薄い——歩くのは危険だ。暖かい湧昇流が……」

ふたたび長い沈黙がおりた。この話し手は歩いているのではないか、そして何かの障害物に一時的にさえぎられるのではないか。フロイドはふとそんなことを思った。

「……問題はない。——五キロワットの照明が船から吊りさげられている。まさにクリスマス・ツリー——氷をすかして美しく輝いていた。うっとりする色あいだった。リーが最初にそいつを見つけた。巨大な黒っぽいかたまりが深みから上がってくる。はじめは魚の群れかと思った。単一の生物体としては大きすぎる。ところが、そいつは氷を突き破りはじめた。

フロイド博士、聞いていてくれるだろうか。こちらはチャン教授——二〇〇二年にお会いしている――ボストンのＩＡＵ会議で」

とつぜん、わけもわからぬうちに、フロイドの思いは十億キロメートルの彼方にとんでいた。あのレセプション・パーティのことはぼんやりと記憶にあった。国際天文学連合大会の最後の会議が終わったあとのことで、あの大会を最後に、第二文化大革命のため中国代表は出席しなくなった。いまではチャンのことをはっきりと思いだしていた。――小柄でひょうきんな天文学者兼宇宙生物学者で、なかなかのジョークの名手。いま相手はジョークをとばしているのではなかった。

「……濡れた巨大な海草の葉と見えるものが地面を這ってくる。リーはカメラをとりに船にもどっていった。わたしはあとに残り、無線で報告していた。そいつの動きはゆっくりしたもので、わたしは楽に追いぬくことができた。不安よりも興奮が先に立った。カリフォルニア沖の大型海草《ケルプ》の写真は見たことがある。だから、どんな種類の生き物なのか見当をつけたつもりだったが、それはとんでもない間違いだった。

……そいつが難儀していることは様子を見てわかった。ふだんの環境より百五十度も低い温度のなかでは、とても生きてはいけない。動きながらも凍結してゆく。かけらがガラスみたいに割れて落ちてゆく。だが、それでも船をめざしてひたすら突き進むのだ――まるで黒い津波がゆっくりと速度を落としてゆくように。

あまり驚いたので頭が正常にまわらなかった。そいつが何をする気なのか想像もつかなかった……」

「こちらから呼びかけることはできないのか？」フロイドはやきもきしながらささやいた。

「だめだ、遅すぎる。エウロパはまもなく木星のかげに入る。掩蔽《えんぺい》状態から出るまで待つほかない」

「……氷のトンネルみたいなものを作りながら前進し、船によじのぼろうとする。氷のトンネルはおそらく寒さから身をさえぎるためだろう——ちょうどシロアリが泥の通路を作って日光から身を保護するように。

……何トンもの氷が船にのしかかるわけだ。はじめに無線アンテナが倒れた。つぎには着陸脚が折れ曲がるのが見えた——何もかもがスローモーションで、まるで夢のなかのように。

船が倒れそうになって、そいつが何をする気なのか、やっと気づいた——だが遅すぎた。みんな命を落とさなくてもすんだのだ——あのとき照明を消してしまっていれば。たぶん光栄養生物だろう。氷を通して届く日光によってライフ・サイクルが触発されるのだ。それともローソクの火に吸いよせられる蛾みたいなものか。われわれのフラッドライトは、エウロパではかつてないほど明るいものだったにちがいない……

そのとき船が倒壊した。船体が割れ、とびちった水分が凝結して雪の雲が舞いあがった。照明がひとつを残して全部消えた。その明かりはケーブルにぶらさがって、地上二メートルぐらいのところでぶらぶら揺れている。

そのすぐあと何があったのか、わたしには覚えがない。気がつくと、明かりの下に立っていた。そばには船の残骸があって、あたり一面には降ったばかりのきれいな粉雪がつもっている。その上に自分の足あとがついているのが、くっきりと見えた。走ってきたにちがいない。あれから一、二分が過ぎた程度だろう……

植物は——そのときはまだ植物だと思っていた——動かなかった。衝撃で傷ついたのかと思った。おとなの腕くらいもある太い枝が、何本もずたずたになっている。

すると幹の部分がまた動きだした。船体から離れると、わたしのほうにずるずると這いだした。そいつには光感受性があると、はっきり確信できたのはそのときだ。わたしは千ワット電球の真下にいた。そのころには電球も動きがとまっていた。

カシの木を頭に浮かべてみてほしい。いや、それとも無数の幹や根を持つバンヤンノキか。それが重力で平べったくなって、地面を這ってくるのだ。そいつは光から五メートル足らずのところまで近づくと、わたしを囲むようにして見事な円をつくった。おそらく耐性の限界なのだろう。その点を越えると、光に吸い寄せられていたのが反発に変わる。そのあと数分間は何も起こらなかった。死んだのかと思いかけた——ついに凍りついてしまったのかと。

そのときになって、たくさんの枝に大きな芽がふくらみだしているのに気づいた。まるで低速度撮影で花のひらくところを見ているようだった。事実、花だと思った――ひとつひとつがおとなの頭くらいもある。

デリケートな、美しい色の薄膜がほどけはじめた。いままでこんな色を見た人間は――いや、生き物は――いないのではないか。われわれが光を――破滅の光を――この世界に持ちこむまで、これは存在しなかった色なのだ。瀬戸際《せとぎわ》にあってさえ、そんな考えがうかんだほどだった。

巻きひげというのか、雄しべというのか、それが弱々しく波打っている……。わたしは周囲を取り巻く生きた壁に近づいた。何が起こっているのか見ておきたかったのだ。そのときも、またその前後も、生き物への恐怖は少しも感じなかった。悪意はないという確信はあった。もちろん、そいつに意識があるとしての話だが。

何十もの巨大な花が、開花のいろんな段階を見せている。そこでふと蝶のことを連想した。蛹《さなぎ》からとびだすところだ。羽根をしぼませ、まだ元気もない。わたしはますます真相に近づいていた。

だが周囲の環境はおそろしく寒い。生まれるそばから凍りついてゆく。花はひとつ、またひとつと母枝から落ちていった。それでも、ほんの少しのあいだ、陸に打ちあげられた魚みたいにぴょんぴょんとはねる。そこでようやく、わたしは生物の正体を知った。あの薄膜は花弁ではない。――鰭《ひれ》というか、それに相当するものなのだ。その生物の、魚に似た幼生期なのだ。おそらく一生の大半を海底に付着したまま過ごし、自由に泳げる幼体を新天地に送りだすのだろう。ちょうど地球の海に生きるサンゴみたいに。

わたしは膝をついて、ちっぽけな生き物をもっと近くで観察した。美しい色彩はもう薄れて、くすんだ茶色に変わってゆく。花弁というか鰭はいくつか欠け落ち、凍りついて、もろい石のかけらみたいになっている。それでも、生き物はまだ力なく動いていて、わたしが近づくと逃げようとした。どうしてわたしのいることがわかったのか。

そのときになって、雄しべ、とさっきわたしが名付けたものの先端に、明るいブルーの玉がのっているのに気づいた。それは小さなスター・サファイア――というか、ホタテガイの外套膜に並ぶブルーの目を思わせた。光の受容器だが、ちゃんとしたイメージを作るほどの機能はないらしい。見ているうちに鮮やかなブルーは薄れ、サファイアは不透明なふつうの石に変わってしまった……

フロイド博士――ほかどなたでも、これを聞いておられる方――もうあまり時間がない。木星がわたしの信号をさえぎってしまう。しかし話すことはあとわずかだ。

わたしは何をなすべきか気づいた。千ワット電球のケーブルは、地上近くまでたれさがっていた。一、二回引っぱると、火花を雨のように散らして明かりが消えた。

遅すぎたのではないかと心配だった。数分のあいだ何も起こらなかった。そこで、からみあった枝の壁まで歩いてゆき、蹴とばしてみた。

　すると生き物はゆっくりと枝をほどき、運河へと後退をはじめた。光はたっぷりある。何もかもがよく見えた。空にはガニメデとカリストがかかっている。木星は大きな薄い三日月。夜の側には雄大なオーロラがゆらめいている。——イオ電磁束管《フラックス・チューブ》の木星側の出口だ。ヘルメット・ライトを使う必要はなかった。

　わたしは生き物を水辺まで追跡した。動きがゆるくなると足で蹴りつけ、ブーツの底で氷のかけらをざくざく踏みしめながら……。運河に近づくにつれて、生まれ故郷がもうすぐだとわかるのか、そいつはだんだん力を回復してきたように見えた。生きのびてほしい、また芽をふいてほしい。そう思いながら、わたしは行くえを追った。

　生き物は水面下に消え、何びきか死んだ幼体が陸地に残った。真空にさらされた水はしばらく泡だっていたが、やがて氷の皮が表面をおおった。それから船に引き返し、何かサルベージできるものはないかと見回った。——これについては話したくない。

　博士、二つだけあなたにお願いしたいことがある。いつかこの生物を分類するとき、学者たちがわたしにちなんだ名をつけてくれたらと思う。

　それから——つぎの船が来るときには——どうかわれわれの骨を中国に持ち帰ってほしいと伝えていただきたい。

　あと何分かで木星のかげに入る。だれかが聞いていてくれるとわかりさえすれば……。しかしとにかく、かげから出たら、このメッセージをくりかえそう。もっとも宇宙服の生命維持システムがそのときまで持てばの話だが……

　こちらはエウロパのチャン教授。宇宙船チエン号の事故の模様を報告する。われわれは大運河のほとりに着陸し、水ぎわにポンプ装置を――」

　信号が不意に衰え、一瞬ののち回復し、つぎには完全にノイズ・レベルのなかに消えた。レオーノフ号の一行は同じ周波数で再度耳をすませたが、チャン教授の声は二度と聞こえてはこなかった。

第三部　ディスカバリー

12　下り坂飛行

　船はようやく速度をまし、木星をめざす下り坂飛行に入った。四つのちっぽけな外衛星をうかべた重力の辺境地帯は、とうにうしろに去っていた。逆まわりの、おそろしくいびつな軌道をぐらつきながら飛ぶそれら衛星の名は、シノーペ、パシファエ、アナンケ、そしてカルメ。疑いもなく捕獲されたアステロイドであり、形もでこぼこしている。最大でさしわたしわずか三十キロメートル。宇宙地質学者以外およそだれも関心を持ちそうにない、とげとげしい無骨な岩のかたまりであり、その忠誠は太陽と木星のあいだで絶えず揺れ動いている。いつの日か、太陽はふたたび彼らを奪いかえすだろう。

　しかし、それよりおよそ半分の距離にある第二グループの四つは、木星がひきとどめるだろう。エララ、リシテア、ヒマリア、そしてレダはある程度かたまって、ほぼ同じ平面にうかんでいる。これらはかつてひとつの天体を形成していたのではないかという推測もなされている。もしそうなら、母体はせいぜい百キロほどの直径しかなかったことになる。

そのなかで輪郭が肉眼で見えるほどの距離に近づいたのはカルメとレダだけだったが、レオーノフ号の乗員たちはそれらを古馴染みのように迎えた。なぜなら、それは長すぎた大洋航海ではじめての陸地接近――木星の沖あいに浮かぶ島々であったからだ。最後の数時間が刻々と過ぎていった。このミッションにおけるもっとも危険な局面――木星大気圏への突入のときが来たのだ。

木星はすでに地球の空にかかる月よりも大きくなり、その周囲をめぐる巨大な内衛星群もはっきりと見えた。いずれもくっきりした円盤形と特徴ある色あいを見せているが、まだ模様を識別できるほどの距離ではない。木星のかげに隠れ、また現われては、影をひきつれてその昼の面をわたってゆく。――衛星群の演じる永遠のバレエは、ながめる者を際限なく魅了する光景であった。これは今をさかのぼることちょうど四世紀まえ、ガリレオが最初に目撃して以来、天文学者たちがずっとながめてきた光景である。しかし、いま生きている人間のなかで、それを肉眼で見届けるのは、レオーノフ号のクルーだけなのだ。

いつ果てるとも知れなかったチェス・ゲームも終わっていた。勤務外の時間は望遠鏡をのぞくか、議論に熱中するか、窓外をながめながら音楽を聞くだけ。こうしたなかで、どうやら少なくともひとつ、船上のロマンスが実を結んだようだった。マックス・ブライロフスキーとジェーニャ・マルチェンコがしばしば姿を消すのがそれで、二人の仲は悪気のないひやかしの絶好の対象となっていた。

フロイドの目には、二人はふしぎに似合いのカップルと映った。マックスは大柄なブロンドの好男子で、二〇〇〇年のオリンピックでは決勝まで行ったトップクラスの運動選手《アスリート》である。年は三十代の前半だが、むしろ子供っぽいといっていい無邪気な表情をしている。この印象は必ずしも誤りではない。というのは技術関係でのめざましい経歴とは裏腹に、単純で批判力に欠けた面が、しばしばフロイドの目にとまるからである。話相手としては楽しいが、長くつきあうと退屈するというタイプ。自他ともにその技量を認める専門分野の外側では、マックスは人好きはするものの、どちらかといえば浅薄な男だった。

ジェーニャ――船内では最年少の二十九歳――は依然としてどこか謎めいた女性だった。彼女の怪我のことをすすんで口にする者はないので、フロイド自身だれにも水をむけたことはない。ワシントンの情報源もこの件についてはお手上げだった。なにか大事故であることはまちがいないが、おそらく自動車事故程度のありきたりのものだろう。秘密の宇宙計画に参加していた可能性は――ソ連圏の外ではいまなお人気のある神話だが――除外できる。地球全土に広がる追跡ネットワークのおかげで、そういったことは五十年前から不可能なのだ。

からだに負い、また疑いもなく心にも負った傷痕に加えて、ジェーニャはさらにもうひとつ不利なハンディキャップを抱えていた。彼女はどたん場の交替員であり、それはだれもが知っていた。ハンググライダーの不運な事故で骨を何本も折らなければ、レオーノフ号の栄養士兼看護婦にはイリーナ・ヤクーニナがなっていたところなのである。

毎日グリニッジ標準時一八〇〇時になると、七人のクルーとひとりの乗客は社交室に集合した。フライトデッキを調理室や寝室と隔てる狭苦しい室で、中央にある円型のテーブルはちょうど八人の人間が肩を寄せあってすわるほどの大きさしかない。チャンドラとカーノウが起きたときには、全員がすわる余地はなくなるので、余分な席を二つ、どこかに作らなければならないだろう。

〝六時会議《シクス・オクロック・ソビエト》〟と呼ばれるこの日課の円卓会議は、十分以上つづくことはめったにないが、クルーの士気を保つには必須の役割を果たしていた。苦情、提案、批判、経過報告——議題は何であってもよく、船長だけがすべてに優先する拒否権を持つが、これはほとんど行使されたことはない。

この形ばかりの議事次第における典型的な項目は、メニューを目新しくする要請、地球とのプライベートな通話時間延長の訴え、見たい映画の提案、ニュースとゴシップの交換、等々、またそのなかには、数において圧倒的に不利なアメリカ代表団への悪気のないあてつけもあった。いまに見ていろ、とフロイドも応酬した。仲間が人工冬眠から出てきたときには、差は一対七から三対七に縮まる。心のうちでは、カーノウひとりで三人はへこませられるだろうと踏んでいるが、そこまでは話さずにおいた。

眠っていないときには、フロイドはほとんどの時間を社交室で過ごした。――狭いのに変わりはないが、ちっぽけな寝室よりは閉所恐怖症も少ないというのがひとつの理由である。またその室は陽気に飾られていた。手に入る平面にはすべて、海山の風景やスポーツ競技の写真、有名なビデオスターのポートレート、その他地球の思い出を呼びさますものがべたべたと貼られているのだ。しかし、そのなかでも最高の座を占めているのは、レオーノフの原画であった。――一九六五年に描かれた「月の近くにて」であり、その同じ年、若き空軍中佐として、レオーノフはボスホート2号を離れ、人類最初の宇宙遊泳を経験している。

明らかにプロというよりは才能あるアマチュアの手になるもので、そこにはクレーターの集まった月面の一部が、前景に美しい〈虹の入江《シーヌス・イリダム》〉をおいて描かれている。月の地平線上には大きな地球がぼんやりとのぼり、その薄い三日月の部分が夜の側を抱えこんでいる。その彼方には太陽が輝き、コロナの吹流しが数百万キロも宇宙に広がっているのが見える。

目を見張る構図であり――すでにそのとき、わずか三年後に迫っていた未来の風景である。というのは一九六八年のクリスマス、アポロ8号に乗ったアンダース、ボーマン、ラベルの三人は、月の裏側から地球がのぼるこのすばらしい景観を、はじめて肉眼でながめることになるからだ。

絵そのものには賛嘆を惜しまないフロイドだが、一方で彼の心中は複雑だった。ひとりの例外を除いて、これが船内のだれよりも古い絵であることが念頭から去らないのである。アレクセイ・レオーノフがこれを描いたとき、ヘイウッド・フロイドはすでに九歳だったのだ。

13　ガリレオ衛星群

ボイジャーの最初のフライバイからすでに三十年あまり。だがこの時代になっても、四つの大型衛星に見られるはなはだしい相違が何に由来するのか、解き明かした者はなかった。四つとも大きさはほぼ等しく、太陽系の同じ領域にある。それにもかかわらず、親のちがう子供のように、それぞれまったく似かよったところがないのだ。

予想とある程度一致したのは、最外縁にあるカリストだけだった。レオーノフ号が十万キロをわずかに越えるところを通過したときには、数知れぬクレーターのうち大きなものは、肉眼にもはっきりと見えた。望遠鏡で見るカリストは、高性能ライフルの標的に使われたガラスの球を思わせた。全体が大小さまざまなクレーターにおおわれ、かろうじて見えるか見えないかという小さなものもある。かつてだれかがいったように、カリストは地球の月以上に月らしい月だった。

これもとりたてて不思議なことではない。小惑星帯のはずれにある天体なら、太陽系生成のさい、あとに残されたがらくたの砲撃を浴びていて当然である。ところが、となりのガニメデはまったく異なる相貌を見せていた。いたるところに遠いむかしの衝突クレーターはあるが、その大半があらためて——そう、この言いまわしがいちばん似つかわしい——耕しなおされているのだ。ガニメデ表面のかなりの部分が細長い山や谷から成っていて、それは宇宙の庭師が巨大な熊手で掻いたかのような観を呈していた。また、幅五十キロのナメクジが這ったあとのようにも見える、明るい色の筋も認められた。何よりも謎めいているのは、曲がりくねる長い帯状地帯で、そこには何十本もの平行線さえ観測された。あれは多車線式スーパーハイウェイだ、そう看破したのはニコライ・チョルノフスキーだった。——それも酔っぱらった測量技師がつくったスーパーハイウェイである、と。彼はオーバーパスやクローバーリーフ・インターチェンジさえ見つけたと公言した。

レオーノフ号は、ガニメデにかんするさらに数兆ビットの情報を人類の知識につけ加え、エウロパの軌道を通過した。氷にとざされたエウロパは、宇宙船の残骸と死者たちをのせたまま、いま木星の裏側にある。だが乗員たちの思いは、かたときもその世界から遠ざかることはなかった。

地球ではチャン博士はすでに英雄に祭りあげられ、中国側は明らかに困惑しながらも、殺到する弔電《ちょうでん》に公式の対応を見せはじめていた。一通はレオーノフ号のクルーから送られたが、フロイドの見たかぎり、これはモスクワで相当な推敲《すいこう》がおこなわれたようだった。船内には、賞賛と哀悼と安堵をつきまぜた、とらえどころのない空気が流れていた。宇宙飛行士たちはすべて、国籍を問わず、みずからを宇宙市民と任じ、共通のきずなを感じ、おたがいの勝利や悲劇を分かちあっている。中国隊の遭難を喜んでいる者は、レオーノフ号にはいない。しかし同時にそこには、この競争が早い者勝ちにはならなかったという無言の安堵も感じとれた。

エウロパでの思いがけない生命の発見は、この状況に新しい意味をつけ加えた。地球で、またレオーノフ号で、いまえんえんと続けられている論争がそれである。「だから、いったではないか！」と一部の宇宙生物学者は叫び、これはなにも驚くようなことではないと強調した。さかのぼれば一九七〇年代にも学術研究用の潜航艇が、およそ生存には適さないと思われる環境――太平洋の海溝――に、奇妙な海洋生物の活気あるコロニーを発見している。熱水鉱床が海底を肥やし温めて、深海の不毛地帯にオアシスをつくりだしたのだ。

地球上でかつて一度でも起こったことは、銀河系宇宙では百万回起こりうると考えたほうがよい。これは科学者にとっては宗教的信条と見なしてもよいものである。水――でなくとも、氷――は、木星のすべての月に観測されている。またイオには、絶えまなく噴火するいくつもの火山がある。とすれば、となりの世界も、スケールは小さいながら活動していると見るのは不合理ではない。以上二つの事実を総合すれば、エウロパ上の生命の存在は、たんに可能なばかりか必然ということになる。健全な後知恵をはたらかせるとき、自然の驚異のほとんどがまさに必然であるように。

しかしこの結論は、もうひとつの疑問――レオーノフ号にとって決定的な意味を持つ疑問を生んだ。木星の衛星上に生命が見つかった今、それはティコ・モノリスと関わりがあるものなのか？　イオ近辺の軌道上にうかぶ、それ以上に謎めいた物体と関わりがあるのだろうか？

六時会議での話題も、いまはそれに集中していた。チャン博士が出会った生き物は――その行動にかんする博士の解釈が正しいかぎり――高度な知的生物とは思われない。その点で乗員たちの意見はおおむね一致していた。どんなに単純なかたちであれ、理性をそなえた生き物は、おのれの本能の餌食《えじき》にはならないものだ。ローソクの火に吸いよせられる蛾のような無謀な行為に出るはずはない。

この論証をくつがえしはしないまでも薄弱にする反例を、すかさずワシーリ・オルロフが持ちだした。

「クジラやイルカを考えてごらん。彼らは知能が高いというが、それにしては陸《おか》に乗りあげて死んでしまう群れが多いこと！　これなどは本能が理性にまさった例だね」

「イルカを持ちだすことはありませんよ」マックス・ブライロフスキーが口をはさんだ。「工学のクラスでいちばん優秀だった学生のひとりなんですが、これがキエフのブロンド娘にぞっこん惚れましてね。最後に聞いた噂では、自動車の修理工場ではたらいているとか。宇宙ステーションのデザインで金メダルに輝いた男が、ですよ。なんという才能の浪費！」

たとえチャン博士のエウロパ生物になにがしかの知能があるとしても、もちろんそれは、もっと高度な生物がほかに存在する可能性を除外するものではない。ある世界全体の生物相を、単一の標本から推《お》し測《はか》ることはできないからだ。

しかし海中には高度な知性は発達しえない、という説は広く流布《るふ》していた。あまりに温和で、変化に乏しい環境では、試練そのものの数が足りないというのが理由である。それ以上に、海洋生物が火も使わず、どのようにテクノロジーを発達させるというのか？

いや、あるいはそれすらありうるかもしれない。人類のたどった道が唯一だという保証はどこにもないからである。異邦のさまざまな海に高度な文明が存在しないと、だれにいえよう。

とはいえ、宇宙にのりだすような文明がかつてエウロパに存在したとすれば、建物、科学施設、発射場、その他の人工物のかたちをとって、まぎれもない痕跡がどこかに残っていてよいはずだった。しかし極から極にいたるまで、平坦な氷原と数えるほどの岩石の露頭を除けば、そこには何も見当たらなかった。

レオーノフ号がイオからちっぽけなミマスの軌道をかけすぎるころになると、臆測や議論に費す時間はもはやなくなっていた。長い自由落下ののち久しぶりにやってくる重量との出会い、およびその短時間の猛攻にそなえて、クルーはほとんど無休の準備作業に忙殺された。浮かんでいるあらゆる物体は、船が木星大気圏に入るまえに固定しなければならない。また減速時に生じる抗力は、瞬間的なピークには二Gに達するときもあるだろう。

仕事のないフロイドは幸運だった。木星のすばらしい景観に見惚れることができるのはフロイドひとり。いまや木星は空の半分近くを満たして近づいてくる。比較する物差しがないので、その本当の大きさはつかみきれない。地球を五十個おいたとしても、目のまえにあるこの半球をおおいつくすことはできないだろう。そう心にいいきかせるだけだった。

地球のもっとも華麗な日没に負けないカラフルな雲が、木星の表面を流れてゆくが、動きがあまりにも速いので、目で追いかけてもものの十分と続かない。木星を取り巻く十数本の帯にそって、巨大な渦巻がひっきりなしに生じ、のたうちながら流れてゆく。ときたま白いガスの柱が深みから噴出し、惑星のすさまじい自転が生みだす疾風にふきとばされてゆく。なかでもいちばん奇妙な現象は白斑の群れで、ときには真珠のネックレスさながらに、中緯度帯の貿易風のなかに等しい距離をおいてきれいに並ぶ。

大気圏突入に先立つ数時間、フロイドは船長や航宙士とほとんど顔をあわせることはなかった。オルロフ夫妻はブリッジに釘づけになり、接近軌道のチェックや微妙なコース修正を休みなくつづけていた。レオーノフ号はいま、大気圏の外縁をかすめる危険な進路にある。もし高すぎれば摩擦制動が充分にきかず、太陽系の彼方に永遠に飛び去ってしまう。そして低すぎれば、隕石さながらに燃えつきてしまう。この両極のあいだで許される誤差は微々たるものなのだ。

中国隊は大気制動の実効性を証明した。しかし、どこかで何かが狂う危険が解明されたわけではない。だからコンタクトのほんの一時間まえ、ルデンコ軍医中佐がこうもらすのを聞いたときも、フロイドはまったく驚かなかった。

「ウッディ、あのイコンを持ってくればよかったと、いまになって思うわ」

14 二重遭遇

「……ナンタケット・ハウスの抵当証書は、書庫のMというファイルにあるはずだ。

さて、事務関係で考えつくのはそれくらいかな。この二時間ばかり、子供の時分に見た絵のことばかり思いだしている。ぼろぼろになったビクトリア朝の美術の本が家にあって、あれは百五十年ぐらい前の本だろうな、そのなかで見たんだ。黒白だったかカラーだったか、そこまでは覚えていない。ただ題名だけは忘れたことはない。笑わないでくれよ、『最後の便り』というんだ。遠いご先祖さまたちは、そういう感傷的なメロドラマがお気にいりだったんだね。

ハリケーンにあった帆船のデッキ風景を描いた絵だ。——帆はちぎれ、デッキは波をかぶっている。背後には、船を救おうとやっきになっているクルーの姿が見える。前景にひとりの少年水夫がいて、紙に何かを書いている。そのわきには壜があって、手紙をそのなかに入れるつもりなんだ。

ほんとに小さいときに見た絵なんだが、それでもこの少年は、手紙なんか書くより船乗り仲間に手を貸すべきじゃないかと思ったね。しかしそういうこととは関係なく、あれは感動的な絵だった。あの少年水夫と同じような目にあうとは夢にも思わなかったな。

もちろん、この便りがきみのもとに届くことはわかっているし、レオーノフ号でわたしが手助けできるようなことは何もない。逆に、隅っこにいろと丁重《ていちょう》にいいわたされたくらいだ。だから、これを口述していても良心に恥じることはない。

口述がすんだら、すぐにブリッジにこれを持ってゆく。十五分後には送信が切れ、反射器をたたんでハッチを閉鎖してしまうからだ。おっと、これもまた海のアナロジーだ！木星はいま空いっぱいに広がっている。その説明はしない。あと二、三分でシャッターがしまるので、あまり見てもいられない。何にしてもカメラがもっといい仕事をしてくれるはずだ。

さようなら、最愛のキャロライン。みんなにも愛していると伝えてくれ――特にクリスにね。これがきみのところに着くころには、どちらにころぶにしろ、万事かたづいているだろう。フロイド家のみんなのために、わたしは最善をつくしたつもりだ。それだけは忘れないでくれ――さようなら」

オーディオ・チップをはずすと、フロイドは通信センターのほうに泳ぎでて、サーシャ・コワリョーフにわたした。

「切るまえに、必ずこれを送ってほしい」と真剣にいった。

「心配ご無用」とサーシャは答えた。「まだ全チャンネルをあけてあるし、たっぷり十分は残ってる」

フロイドは片手をさしだした。「もしまた見《まみ》えることがあるなら——そうだ、ほほえみあおう。それがかなわぬなら、なるほど、これも上首尾の別れだ」フロイドは目をぱちくりさせた。

「シェイクスピア、ですね？」

「うん。戦いを前にしたブルータスとキャシアスさ。じゃあ、あとで会おう」

状況ディスプレイを見るのに忙しいターニャとワシーリは、手をふるだけに終わり、フロイドはそこそこにキャビンへ退散した。ほかの乗員たちへの挨拶はとうにすませてあるので、あとは待つだけだった。減速とともに始まる重さの回復にそなえて、カクーンはつるしてある。あとはそのなかにもぐりこめば——

「アンテナを取りこみ、すべての防護シールドを上げよ」とインターカムが告げた。「五分後には制動が始まる。すべて正常《ノーマル》」

「わたしならその語は使わないな」とフロイドはひとりつぶやいた。「〝すべて名ばかり《ノミナル》〟じゃないのかね（ノミナルには〝順調〟の意味もあり、すでにNASAを中心に広く使われだしている。ここでは二重の意味が含まれている）」考えが結論まで行きつかないうちに、ドアに控えめなノックの音がした。

「どなた《クトー・タム》？」

驚いたことに、そこにはジェーニャがいた。

「入ってもいいでしょうか?」と、ぎごちなくジェーニャはきいた。ほとんど聞きとれないほどかぼそい、少女めいた声だった。

「もちろん、いいとも。しかし、なぜ自分のキャビンにいないんだ? 再突入まで五分足らずだよ」

いいながらもフロイドは、その問いの愚かしさに気づいていた。答えはジェーニャが口にするもはばかられるほど明々白々なものなのである。

しかし選《よ》りに選《よ》ってジェーニャとは。これまで彼女はフロイドに無愛想ではないけれども、常に距離をおいた態度をとってきた。ところがこの危難のときにあって、ジェーニャが安らぎと親密感を求めた相手は、ほかならぬ自分なのだ。

「ジェーニャ」とフロイドは困惑気味にいった。「わたしはかまわない。しかし、こちらの宿泊設備は少々手狭でね。むしろスパルタ式といっていいかもしれない」

ジェーニャはかろうじてかすかな笑みをうかべたが、返事はせず、室にすべりこんできた。そのときになってフロイドははじめて彼女の心理状態に気づいた。たんに神経質になっているだけではない——おびえている。なぜここに来たかも、そうなればわかる。ジェーニャは同国人たちにおのれの醜態を見せるに忍びず、ほかに心の支えを求めたのだ。

それに気づいたとたん、この思いがけない出会いを歓迎する気持もいくらか遠のいた。

といって、遠い異郷にほうりだされたひとりの人間への責任が薄らぐわけではない。相手が自分の半分も年下の――美人とはいえないが――魅力的な女性であるにしても、ここではその問題は棚上げにすべきである。だが、こと志に反して、うちにあるものは高ぶりはじめていた。

ジェーニャはこれに気づいたはずだが、べつに煽《あお》るでも拒むでもなく、からだを寄せあって睡眠カクーンに横たわった。内部はちょうど二人が入るだけの余裕しかなく、フロイドは落ち着かないままに計算をはじめた。もし最大Gが予言されたよりも大きく、吊り具が切れたとしたら？　二人はひとたまりもない……

もちろん許容限界はたっぷりとってある。そんな不面目な最期《さいご》を思いわずらうことはない。ユーモアは欲望の敵であり、二人の抱擁はいまではまったく浄《きよ》らかなものになっていた。これを喜ぶべきか悲しむべきか、フロイドには判断がつきかねた。

といって、考えなおすには遅すぎた。はるかな虚空から、迷える魂のすすり泣きを思わせる、かすかなさわさわという音が伝わってきた。同時に、ほとんど感じとれないほど弱い衝撃があり、カクーンが揺れだし、吊り具がぴんと張った。無重量状態の数カ月ののち、重さがふたたび戻ってきたのだ。

ほんの数秒のうちに、かぼそいすすり泣きは絶えまない咆哮へとのぼりつめ、カクーンは重量オーバーのハンモックに変わった。こんな風《ふう》だとは思わなかった。とフロイドは心にいった。すでに呼吸が苦しくなっている。減速の効果はその一部でしかない。溺れる者がつかむ藁《わら》といった感じで、ジェーニャがしがみついているのが問題なのだ。

フロイドはことを荒だてないように気をつかいながら、彼女の手をほどいた。

「だいじょうぶだよ、ジェーニャ。チエン号がやったのなら、この船にだってできる。落ち着きなさい――心配しないで」

やさしく叫ぶのはむずかしく、この白熱した水素の咆哮のなかでジェーニャに伝わったのかどうかも確信がなかった。しかし先刻に比べると、さほど切羽《せっぱ》つまった組みつき方でもなく、この暇をみてフロイドは二、三回大きく息を吸いこんだ。

この有様《ありさま》をキャロラインが見たら何と思うだろう？　あとになって、こんなことがあったと自分は話すだろうか？　わかってくれるかどうかフロイドには自信がなかった。こんな状況にあっては、地球とのきずなはおそろしく稀薄に思われる。

動いたり口をきいたりする自由はない。だがこの異様な重さに慣れたいま、不快感は消えていた。もっとも右腕だけはますますしびれてくる。ちょっと苦労したが、ジェーニャの下から右腕を抜いた。この慣れ親しんだ動作は、心にかすかなやましさを残した。血行がよみがえるのを感じながら、フロイドは、少なくとも十人あまりのアストロノートやコスモナウトの口から出たとされる、あの有名なことばを思いだしていた。「ゼロGセックスにともなう問題や快楽は、大げさに扱われすぎている」

ほかのクルーはどんな風《ふう》にこれをやりすごしているのだろう？　そんなことを考えるうち、チャンドラとカーノウのことが頭にうかんだ。二人はいまこの瞬間も平和な眠りのなかにあり、もしレオーノフ号が木星の空をかける流星雨になったとしても、決して知ることはない。それをうらやむ気持はなかった。チャンドラとカーノウは、生涯に二度とない経験を味わいそこなったのだ。

ターニャがインターカムを通じて話している。ことばは咆哮にまぎれてわからない。だが声の調子は、決まりきった報告でもするように、まったく落ち着いていた。フロイドはやっとのことで腕時計をながめ、すでに制動運動の中間点に来ていることを知ってあっけにとられた。いまこの瞬間、レオーノフ号は木星に最接近している。この先、木星大気圏にさらに深く入ってゆくのは、使い捨ての自動探測機だけなのだ。

「半分過ぎたよ、ジェーニャ」と叫ぶ。「あとは飛びだすだけだ」聞こえたかどうかは定かでない。ジェーニャは目をかたくとじていたが、かすかにほほえんだ。

船はいま、荒海にうかぶ小さなボートのように、かなり揺れていた。これは正常な状態なのか？　ジェーニャの心配をしなければならないのはありがたかった。それが内なる恐怖から心をそらしてくれるのである。恐怖をふりきる直前、フロイドは幻影を見た。たくさんの壁が不意にさくらんぼ色に輝いて、のしかかってくる。三十年このかたすっかり忘れていたエドガー・アラン・ポーの小説、あの「落とし穴と振り子」の悪夢の世界と同じように……

だが、それは起こりえないことだ。もし熱シールドが用をなさなくなれば、船は固いガスの壁に衝突し、一瞬のうちに崩壊する。痛みはない。神経系は反応する間もなく燃えつきるだろう。わが身の不幸を慰める考えはいままでいろいろひねりだしてきたが、こんなみじめな発想も馬鹿にはできなかった。

揺れはしだいに弱まってきた。またもターニャから聞きとれない通報が入った（終わったときには、この通報は格好のひやかしのタネになるだろう）。時の流れがゆったりとしてきたように思われる。しばらく腕時計を見つめたあと、信じられなくなって目をそらした。数字の変化があまりにものんびりしているので、なにかアインシュタイン的な時間の伸びのなかに迷いこんだような錯覚を起こさせる。

と、それ以上に信じがたいできごとに気づいた。はじめは愉快に思ったが、そのうち少少腹がたってきた。フロイドの腕のなかでとはいえないまでも、そのかたわらで、ジェーニャが眠りこんでいたのだ。

これは自然の反応である。緊張のあまり疲れきったところで、肉体にそなわる知恵がジェーニャの救援にまわったにちがいない。とつぜんフロイド自身、この出会いによって感情が汲みつくされてしまったのか、オルガスムのあとのような気だるさをおぼえはじめた。いっしょに眠ってしまったら大変なことになる……

……と、落下が始まり……どこまでもどこまでも落ちてゆき……すべてが終わった。船はふたたびその本来のすみか、宇宙空間にもどり、フロイドとジェーニャははなればなれに浮かんでいた。

二人がこれほど身近にふれあうことは、もはや二度とありそうもない。だが二人は、ほかのだれにもうかがい知ることのできない特別な感情を、おたがいに抱きつづけることになるだろう。

15　巨星からの脱出

フロイドが観測デッキに――思慮深くジェーニャから数分遅れて――着くころには、木星ははるかに遠のいたように思われた。だがそれは知識から来る錯覚のようで、目で実証できることではなかった。一行はまだ大気圏を出たばかり、木星はあいかわらず全天の半分をおおっていた。

フロイドたちはいま――目算どおり――惑星のとらわれ人である。白熱した火の玉となって飛んだこの一時間に、レオーノフ号は速度の超過分をわざと放出し、太陽系外縁へ、さらに星々へとむかう針路を離脱していた。レオーノフ号は目下、楕円形のコース――古典的なホーマン軌道――にのり、三十五万キロメートル隔たったイオの軌道と母なる木星とのあいだを往復しようとしている。今後もしエンジンを点火しなければ――または、点火できなければ――船は十九時間周期でこの二点間を行ったり来たりする物体となりはてる。木星にいちばん近い月となるのだ。だが、それも長くはない。大気圏をかすめとぶたびに船は高度を失い、やがてはきりもみしながら燃えつきてしまうだろう。

もともとウォツカは好きではないフロイドだが、さすがの彼もこんどばかりは祝杯に加わり、船の設計者たちを景気よくほめたたえ、サー・アイザック・ニュートンに感謝の決議をした。やがてターニャがボトルをきっぱりと食器棚に戻した。仕事はまだいっぱい残っている。

予期していたことではあるが、とつぜんのくぐもった爆発音と切り離しの衝撃には、だれもがとびあがった。数秒後、まだ白光を放つ大きな円盤が視界に入り、ゆっくりととんぼ返りをうちながら船から遠のきはじめた。

「見ろ！」とマックスが叫んだ。「空飛ぶ円盤だ！　だれかカメラは？」

どこかヒステリックな安堵の笑いが、あとにどっと湧きおこった。笑い声をさえぎるように、船長のもうすこし真剣な声がとんだ。

「さようなら、忠実な熱シールドよ！　おまえはすばらしい仕事をしたわ」

「しかし、もったいない話だ！」とサーシャ。「あれでも二、三トンはある。どんな余分なペイロードだろうが、この船なら運んでやれるのに！」

「それが伝統的なロシア式工学なら、わたしはまったく賛成だね」フロイドが切り返す。「一ミリグラムの不足であくせくするより、二、三トンの超過のほうがはるかにいさぎよくていい」

この高貴な意見に拍手喝采が起こるなか、宇宙を飛ぶシールドはしだいに冷えて、黄から赤へと色を変え、ついには周囲と見分けのつかない黒に落ち着いた。ほんの数キロも行かないうちにそれは消えたが、掩蔽された星がとつぜん現われることから、ときおりその位置は確認できた。

「予備軌道チェック終了」とワシーリがいった。「誤差は毎秒十メートル以内におさまっている。はじめてにしては悪くない」

この知らせに押し殺したため息が起こり、それから数分後ワシーリがまた告げた。

「軌道修正のため姿勢を変える。加速毎秒六メートル。一分後に二十秒間噴射」

木星にまだ接近しすぎているので、周回するかたちで飛んでいるとはおよそ納得できない。超高度を行く航空機が雲海をぬけだしたところといってもとおるだろう。規模を推し測る尺度はない。地球の夕暮れのなかを飛びたってゆく——そんな風《ふう》に見立てるのはたやすいことだった。眼下を流れすぎてゆく赤やピンクやえんじ色が、あまりにもありふれた印象を与えるのだ。

それもまた錯覚だった。ここには地球と共通するものは何もない。それらは本来の色であり、沈む太陽から借用したものではないからだ。気体類そのものがまったく異質である。メタンとアンモニア、そして水素・ヘリウムの大鍋のなかでかきまわされた炭化水素類のごった煮。人間のいのちの糧《かて》、遊離酸素はひとかけらもない。

雲は見わたすかぎり平行に流れ、ときたま渦を巻いて乱れる。この単調なパターンを破るのは、あちらこちらで吹きあげる白っぽいガスの噴流である。フロイドはまた、巨大な渦巻の黒々としたふちものぞき見ることができた。――木星の底知れぬ深みへと通じるガスの大渦動《メールシュトレーム》。

大赤斑はどこだろうとさがしはじめ、あわててばかげた考えをふりはらった。いま目のとどくかぎりに広がる雄大な雲景は、その全体をとっても大赤斑の表面積の数パーセントにすぎないのだ。カンザス州を低空で飛ぶ小型機からアメリカ合衆国の輪郭をさがすに等しい。

「軌道修正終わり。交差軌道に乗った。到着まで八時間五十五分」

木星の空から駆けあがり、われわれを待ちうける何かと出会うまであと九時間足らず。フロイドはそう心に語りかけた。われわれはたしかに巨人の手から逃れた。だが、それはこちらが理解できる危険であり、心構えをする余裕もあった。これから先には、まったくの謎がある。

その試練をきりぬけたときには、われわれはまた木星に戻らなければならない。無事故郷に帰りつくには、どうしてもその巨人の力が必要なのだ。

16 私用線

「……もしもし、ジミトリか、こちらウッディ。十五秒でキー2に切り換える……

……もしもし、ジミトリ――さて、キー3にキー4を掛けてその立方根を引き、π《パイ》自乗を足して、いちばん近い整数をキー5にしてほしい。そちらのお国のコンピュータがアメリカのより百万倍も速ければともかく――そんなことはないに決まっているが――これは解読できない。どちらの国でもね。もっとも、あなたのほうは多少いいわけを考えておいたほうがいいかもしれない。ま、あなたはその方面の名人だから。

ところで、例の信頼できる情報筋によると、そちらの最近の老アンドレイ辞任工作はまたも失敗だったとか。せっかくの代議員団も、先輩グループと同じくツキに恵まれなかったようで、まだ当分あなたは同じ総裁のもとで我慢しなければならないわけだ。これにはいま大笑いしている。科学アカデミーとしては当然の報いだがね。彼が齢《よわい》九十を越え、少少――そうだな、頑迷になっていることは知っている。しかし助けてはあげないよ。長老科学者の無痛除去にかけては、わたしが世界最高――失礼、太陽系最高の権威であることを認めたうえでもだ。

わかるかな——まだちょっと酔いが残ってる。ディスカバリー号とうまくランズ——ランズブ、くそっ、ランデブーしたからには、ささやかなパーティをひらくぐらいの値打ちはあるからね。それに新入りのクルーが二人ふえたこともある。チャンドラはアルコールはやらない——あまりにも人間じみてしまうからだろう。しかしウォルター・カーノウがそれを充分以上に埋めあわせている。ただひとり素面《しらふ》で冷たくおさまっているのは、ご想像どおりターニャだけだ。

わが同胞のアメリカ人たちは——どうも政治家みたいな口調になっちまうな——無事に人工冬眠から出て、二人とも仕事にかかりたくてうずうずしている。どうやら急いだほうがいいようだ。時間がどんどん過ぎていくだけじゃなくて、ディスカバリー号がひどい状態のせいもある。しみひとつなかった白い船体が無気味な黄色に染まっているのを見たときには、みんな目を疑ったものだ。

原因はもちろんイオにある。三千キロ足らずのところまで引き寄せられてしまったところへ、何日かおきに火山が数メガトンの硫黄《いおう》を空に噴きあげるからだ。映画で見ていても、あの地獄の上空に浮かぶというのがどんなものかは、あなたには想像もつかないと思う。退散するときが待ちどおしい。その先にもっと不思議な——おそらくもっとはるかに危険なものが待っているとしてもだ。

キラウエアが〇六年に噴火したとき、その上空を飛んだことがある。あれもこわかったが、ここと比べたら、あんなのはメじゃない。いまは夜の側に浮かんでいるが、こちらからだとなおさらだ。すこししか見えないので、かえって想像がたくましくなる。生身で見る風景としては、いちばん地獄に近い……

硫黄の湖のなかには温度が高くて光っているものもある。しかし光のほとんどは放電現象だ。ばかでかいフラッシュを上空で焚《た》いたように、何分かおきに全景が爆発するという感じ。これはそんなに不適当なアナロジーではないと思う。イオと木星を結ぶフラックス・チューブには数百万アンペアの電流が流れているし、絶縁破壊もしょっちゅう起こるからだ。そんなときには太陽系でも最大級の電光が走り、船のブレーカーも共感してとびあがる。

いま、ちょうど明暗界線のあたりで噴火が起こった。むくむくした噴煙がこちらにむかってふくらんできて、陽の当たるところに出た。この高度までは来ないと思う。かりに来たとしても、着くころには無害なものになっている。それにしても気味は悪いな。われわれをとって食おうとする宇宙怪物だ。

こちらに着いてまもなく、イオが何かに似ていることに気づいた。二日ばかり頭をひねった末、管制センターの記録保管所でチェックしてみた。――船のライブラリーにはないのでね、残念ながら。むかし、あなたに『指輪物語』という本をすすめたのを覚えているかな？　例のオクスフォード会議に出席していた小僧っ子のころだ。いうなればイオはモルドールなんだよ。第三部を見るといい。《溶岩の川がくねり……ついには冷えて、さいなまれた大地の吐きだす竜ののたうつ姿さながらに固まっている》という一節がある。あれは完璧な形容といっていい。どうしてトールキンにわかったのか――それも、イオの写真をみんなが見る四半世紀も前に？　自然が芸術を模倣するとはこういうことだな。

さいわい、ここには着陸しないですむ。いまは亡き中国隊だって、ここには降りなかったと思う。といっても、いつかは着陸できるにちがいない。かなり安定のよさそうな地表や、溶けた硫黄を始終かぶっていない土地も見える。

わざわざ木星くんだりまでやってきて、われわれが太陽系最大のその惑星にそっぽをむくなんて、いったいだれが想像したろう。しかし事実はほとんどそのとおりで、イオやディスカバリー号のほうに目が向いていないときにも、こちらが考えているのは……例の物体のことだ。

そいつはまだ一万キロ先の秤動点《ひょうどうてん》にあるけれど、主望遠鏡をのぞくと手でさわれそうに見える。でこぼこというのがまったくないので、大きさの手がかりになるものはなく、実際には長さが二キロあることも目では測れない。もしそれが固体なら、重さ十億トンぐらいはあるはずだ。

しかし固体なのかね？　レーダー・エコーは、真正面を向いているときでも、ほとんどないに等しい。三十万キロ下にある木星の雲海をバックに、まっ黒なシルエットとして見えるだけだ。サイズの違いを除けば、月面で掘りだしたモノリスにそっくりだな。

さてと、明日からはディスカバリー号に乗りこむので、今度いつあなたと話す時間やチャンスがあるか見当がつかない。ただ通信を終えるまえに、古いつきあいのよしみでひとつお願いしたいことがある。

キャロラインのことだ。わたしがなぜ地球を離れなければならなかったか、キャロラインにはどうしても理解できないようだ。この件では、おそらく永久にわたしを許してはくれないと思う。女性のなかには、愛は唯一無二ではなくて、すべてだと信じている者もいる。それは当たっているかもしれない。……何にしても、ここからでは議論もできない。

もしチャンスがあったら、キャロラインを元気づけてやってほしいんだ。本土へ帰るなどという話を始めている。もし本気なら……

キャロラインのほうが無理だとしても、クリスには会ってほしい。ことばではいえないくらい、クリスに会いたい。

ジミトリおじさんの話ならクリスも聞くと思う。――父はおまえをまだ愛している、できるかぎり早く地球に帰る、と」

17 乗船

いくら条件に恵まれていても、いうことを聞かない無人宇宙船に乗りこむのはたやすいことではない。それどころか、おそろしく危険ですらある。

ウォルター・カーノウは抽象的な原則としては、そのことを知っていた。だが、とんぼ返りをうつディスカバリー号の百メートルの全長を、安全な距離を保ったレオーノフ号からながめるまで、それを骨身には感じていなかった。ディスカバリー号の船首遠心機というかメリーゴーラウンドの回転に、数年まえから摩擦によるブレーキがかかり、その角運動量が残りの船体構造に伝わったのである。いまや楽隊のバトントワラーが高々と投げ上げるバトンそのままに、遺棄された宇宙船はゆっくりと軌道上をころがっていた。

第一の問題は、ディスカバリー号を制御不能なばかりか、ほとんど接近不能にしているとんぼ返りを停止させることである。エアロックのなかでマックス・ブライロフスキーとともに宇宙服を装着しながら、カーノウは、彼にしては珍しい無力感、さらには劣等感さえ感じていた。これはウォルター・カーノウ向きの仕事ではない。「おれは宇宙エンジニアだ、宇宙猿じゃないぞ」と、すでに悲観的な予防線ははってあった。しかし、これをやりとげなければ仕事は終わらない。ディスカバリー号がイオの呪縛から逃れられるか否かは、すべてカーノウの腕にかかっているのだ。マックスとその一党が馴染みのない回路図や装置に取り組んでいたのでは、あまりにも時間がかかりすぎる。彼らが船の動力を回復し、制御装置を使いこなすようになるころには、船は地獄の火のなかに呑みこまれているだろう。

ヘルメットをかぶりかけたとき、となりで同じ動作を始めていたマックスが、「こわくはないのか？」と声をかけた。

「服のなかに失禁するほどじゃない。その手前のところでいうなら、もちろん、おっかないさ」

マックスはくつくつと笑った。「ま、そのくらいは当然だろう。しかし安心していろ。無事に送りとどけてやるから、この——何ていうんだっけ？」

「ホウキだ。魔女がそいつに乗って空を飛ぶという」

「ああ、なるほどね。きみは使ったことがあるのか？」

「一度だけだがね。そのときは、おれをおいて飛んで行ってしまった。見ていた連中は大笑いさ」

人間の職業のなかには、その職業ならではのユニークな道具を生みだすものがある。荷揚げ人足の手鉤、陶工のろくろ、れんが職人のこて、地質学者のハンマー、ゼロGでの建設プロジェクトに長時間従事しなければならない人びとは、ホウキを発明していた。

構造は単純である。長さ一メートル弱の中空の管——一端には着地盤《フットパッド》があり、他端にはその動きを引きとめる輪がついている。ボタンのひと押しで、入れ子式の筒は平常の長さの五、六倍にのび、また内部には緩衝システムが仕込まれているので、熟練した人間が扱うと、目のさめるような動きが可能になるのだ。着地盤《フットパッド》は必要とあれば鉤爪にも手鉤にも変わる。ほかにも工夫はいろいろあるが、基本デザインはそれがすべて。使い方はばかみたいに簡単に見える。しかし現実にはそうでもなかった。

エアロックのポンプが空気のリサイクルを終えた。**出口**の標示がともった。外部ドアがひらき、二人はのろのろと虚空に泳ぎでた。

ディスカバリー号は二百メートルほどのところにあり、風車のように回転しながら、イオをめぐる軌道上を二人のあとからついてくる。イオは全天の半分を占めている。木星はイオのむこう側なので見えない。この位置を選んだのは計算の上だった。二つの天体を結ぶフラックス・チューブのなかでは、エネルギーが奔流のように行きかっている。カーノウたちはそれから身を守るため、イオを楯がわりに使っているのだ。それでも放射線レベルは危険なほど高く、防護区画にとびこむまでに与えられる時間は十五分足らずだった。

宇宙服を装着してまもなく、カーノウはその着ごこちの悪さに気づいた。「地球を発《た》つときはぴったりだったのに」と、ぐちをこぼした。「いまじゃピーナッツみたいに殻のなかでころころしている」

「それが正常なんです、ウォルター」無線を通じてルデンコ軍医中佐が割りこんだ。「人工冬眠中にあなたは十キロやせたの。それはなくなってもよかった贅肉。だけど、あなたはもう三キロは取りもどしているわ」

気のきいた台詞を返すひまもなく、カーノウのからだは、さりげなく、だがきっぱりとレオーノフ号から引き離されていた。

「楽にして、ウォルター」とブライロフスキーがいった。「からだが回りだしても推進器は使うな。ぼくにまかせてくれ」

年下の男のせおうバックパックから蒸気がうっすらと吹きだし、ちっぽけな噴射器は二人をディスカバリー号へと運んでゆく。蒸気の小さな雲が現われるごとに、引き綱がかるく張り、からだがブライロフスキーに近づく動きを見せる。だが追いつく間もなく、つぎの噴射が起こる。いままた落下が始まったところ。まるで紐に吊るされて地面とのあいだを上下するヨーヨーになった気分だ。

遺棄船に近づく安全な経路はひとつしかない。それはゆっくりと回転する船体の軸部分をめざすルートだ。ディスカバリー号の回転軸は船体のほぼ中央、メイン・アンテナ複合体に近いところにある。ブライロフスキーは、たよりない相棒を引きつれて、まさにその部分にむかっていた。どうやってタイミングよく停止する気なのか？　カーノウは自問した。

ディスカバリー号はいまやすらりと長い、巨大な亜鈴《あれい》となり、前方の天空をおおいつくして悠長なとんぼ返りを打っている。一回転を終えるまでに数分がかかるが、遠い末端部は相当なスピードで動いていた。カーノウはそちらには目をくれず、しだいに迫ってくる——動きのない——軸部分を見つめた。

「あそこを狙ってるんだ」とブライロフスキー。「手伝おうなんて考えるな。それから何が起こっても驚かないでくれ」

おいおい、それはどういうことだ？　カーノウは心にそうつぶやきながら、できるだけ平然とした表情を保とうとした。

五秒ほどのあいだに、すべてが起こった。ブライロフスキーがボタンを押すと、ホウキはその全長四メートルにするするとのびて、目のまえの船に接触した。そのままホウキは縮まりはじめ、内部のバネがブライロフスキーについたかなりの運動量を吸収した。だがカーノウの予想したとおり、それでアンテナ台座のかたわらに落ち着いたわけではなかった。ホウキは反動でたちまちのび、ロシア人は接近時とほとんど変わりない速度でディスカバリー号からはねかえされることになった。カーノウからほんの数センチのところをかすめて、ふたたび宇宙空間へ飛び去ってゆく。あわてるカーノウの目に一瞬、通りすぎるブライロフスキーのにこにこ顔が見えた。

一秒後、二人をつなぐロープがぴんと張り、減速の軽いショックとともに二つの運動量は重なりあった。相対する方向にはたらく速度がきれいに相殺《そうさい》されたわけで、二人はいまディスカバリー号に対するかぎり静止していた。カーノウはただ手近のでっぱりに手をのばし、ブライロフスキーをたぐりよせるだけでよかった。

「ロシア式ルーレットをやったことがあるかい?」呼吸が落ち着いたところでカーノウはきいた。

「いや。何だい、それは?」

「いつか教えてやらなきゃならんか。これとおんなじだよ。退屈しのぎには絶好だ」

「まさか、ウォルター、マックスにあぶないことをさせるんじゃないでしょうね?」

ドクター・ルデンコの声には心底ぎょっとしたようなひびきがあり、これには答えないほうがよさそうだとカーノウは察しをつけた。彼独特のユーモアは、ときにはロシア人に通じないことがある。

「こっちまで信じこむところだったぜ」カーノウは、聞かれないよう声にならぬ声でつぶやいた。

もんどりうつ船の軸部分にからだを固定すると、回転は気にならなくなった――目の前の金属プレートを見つめていれば、ほとんど意識せずにすんだ。ディスカバリー号の本体であするらりとした円筒部づたいに、梯子《はしご》がえんえんと伸びていて、これがつぎの目標である。末端にある球形の司令モジュールは数光年もかなたにあるように見えたが、そこまでわずか五十メートルであることはちゃんと知っていた。

「ぼくが先に行こう」ブライロフスキーは、二人を結ぶロープのたるみをたぐりよせた。

「気をつけてくれ。ここから先はずっと下りだ。しかし、べつに問題はない。片手でもつかまっていられる。いちばん下まで行っても、重力は十分の一Gだ。何ていうんだっけ？うん——ちゃちなものさ」

「それをいうなら、ちょろいものさ、だろう。おれは足のほうからおりるよ。逆立ちして梯子を下るのは趣味じゃないんだ——いくら重力が小さくてもな」

この軽くひやかすような口調をつらぬくのが肝心だ。カーノウは充分それを意識していた。さもなければ自分の神経は、危険きわまる、不可解なこの状況にひと呑みにされてしまうだろう。生まれ故郷から十億キロ近くも隔たったこんなところで、いま自分は宇宙開発史上もっとも有名な遺棄船に乗りこもうとしている。かつてディスカバリー号を宇宙のマリー・セレスト号と呼んだ報道記者がいたが、それは悪くないたとえだ。しかしそのほかにも、彼のおかれた状況をユニークにしているものがある。空の半分を占める悪夢のような天体から目をそらしても、イオは依然その存在を主張していた。梯子の段に手がふれるたびに、グラブの下から粉末状になった硫黄の霧がうっすらととびちるのだ。

ブライロフスキーのことばは、もちろん正しかった。船のとんぼ返りによる回転重力には、楽に逆らうことができた。慣れるにつれ、カーノウは重力の生みだす方向感覚をむしろありがたく受けいれていた。

気がつくと二人は、変色した巨大な球状部に達していた。ディスカバリー号の管制および生命維持モジュールで、ほんの数メートル先には非常用ハッチがある。ボーマンが、ハルとの最後の対決のときにあけたあのハッチだ、とカーノウは気づいた。

「うまく入れるといいな」とブライロフスキーがつぶやく。「ここまでたどりついてドアがあかないというのは情けない」

エアロック・モードのディスプレイ・パネルにかぶさった硫黄をかきとる。

「電気が切れてる、あたりまえだが。コントロール装置を動かしてみようか？」

「べつに害はないだろう。しかし無駄だぜ」

「やはり駄目だ。じゃ、手動のほうは……」

湾曲した壁にひとすじの細い隙間ができ、蒸気のかすかな雲が宇宙空間に吐きだされるさまは、うっとりする眺めだった。風に乗って紙が一枚吐きだされた。何か重要なメッセージなのか？　それはもはや永久にわからない。紙はくるくるとひるがえりながら、はじめの回転速度を失うことなく星の海に消えていった。

非常に長く思える時間、ブライロフスキーは手動コントロールをいじくっていたが、やがてエアロックの暗いよそよそしい洞穴への道はすっかりひらかれた。せめて非常灯ぐらいはついていてほしいというカーノウの思惑は、残念ながら外れた。

「これからはきみがボスだ、ウォルター。アメリカ合衆国領へようこそ」

四つん這いになって入りこみ、ヘルメット・ライトの光をたよりにながめる内部の風景は、たしかに気持のよいものではなかった。こうして見たかぎりでは、みんな保存状態は良好のようである。ほかに何を期待してきたというのか？　かすかな怒りをおぼえながらカーノウはおのれに問いかけた。

ドアを手動でしめるのは、あけるときよりもさらに時間がかかった。しかし船に動力が入るまでは、ほかに方法はない。ハッチがとじる直前、カーノウは勇を鼓して、おもての気ちがいじみたパノラマに一瞥をくれた。

赤道付近に、ちかちかと光る青い湖が出現していた。数時間まえには、たしかに存在しなかったものである。湖の周辺部では、燃えるナトリウムに特有のまばゆい黄色の炎が踊っている。オーロラはイオには四六時中つきものだが、そのプラズマ放電の妖しいベールが夜の側の全景をつつんでいた。

まさに将来の悪夢の原料といったところ。それでもまだ足りないかのように、そこには狂ったシュールレアリスム画家ならではの点景が、ひとつ描き添えられていた。燃える月面の火口から直接噴きあげたものだろう、黒い空を刺しつらぬくように、弓なりに曲がった巨大な炎の角がそそりたっているのだ。それは運のつきた闘牛士が、いまわのきわに見る光景と奇妙に符合していた。

同じ軌道をゆくディスカバリー号とレオーノフ号を迎えるように、三日月状に欠けた木星がイオのかげからのぼってきた。

18 サルベージ

おもてのハッチがとじたとたん、二人のあいだに微妙な役割の転倒が起こった。いまやのびのびとするのはカーノウのほうで、勝手のちがうところに来たブライロフスキーは、まっ暗闇の通路や空洞がどこまでもつづくディスカバリー号の迷宮のなかで途方に暮れているのだ。頭ではブライロフスキーも船内の道順はのみこんでいる。だがその知識は、設計図を棒暗記した程度のものにすぎない。ところがカーノウのほうは、ディスカバリー号のいまだ未完成の同型船に数カ月乗りこんでいたので、文字どおり目隠しの状態でも自由に動けるのである。

船体のこの部分はゼロG向きの設計がなされているため、前進は困難だった。これに気ままな回転による人工重力が加わって、たかの知れた力ではあるものの、思わぬ方向にからだが運ばれるおそれがあった。

カーノウは通路を数メートルすべりおり、でっぱりにつかまって止まった。

「まず最初にやらなければいけないのは、このくそいまいましいスピンをとめることだな。

しかし動力がなければ、それはできないときてる。船を捨てるまえに、デイブ・ボーマンが全システムの安全装置をかけていってくれたのならいいが」

「ボーマンが船を捨てたというのは確かなのかい？　戻る気だったのじゃないかな」

「そうかもしれん。それは永久にわからんだろう。本人すら知っていたかどうか」

いま二人はポッド・ベイに入ったところ。この〝宇宙ガレージ〟には、EVAに使うひとり乗り球形モジュールが、ふつう三台積みこまれている。現在残っているのは3号ポッドだけだった。1号は、フランク・プールが死んだ謎の事故によって失われ、2号はどこをめざしたのか、デイブ・ボーマンと行《こう》をともにした。

ポッド・ベイにはまだ二着の宇宙服があり、ヘルメットなしでラックに固定されているさまは、臓腑をぬかれた死体を彷彿《ほうふつ》とさせ、気がめいった。そのなかに住まう邪悪な生き物の一連隊を想像するには——ブライロフスキーの神経が極度に研《と》ぎすまされている今——たいした苦労はなかった。

不幸なことに、といってもさして意外ではないが、ときにはおよそ無責任になるカーノウのユーモア感覚が、ここでブライロフスキーの出鼻をくじいた。

「マックス」とおそろしく真剣な口調で、「頼むから、船の猫を追いかけてどっかへ行っちまわないでくれよ」

ほんの何ミリセカンドか、ブライロフスキーはいわゆる〝ずっこけた〟状態にあった。

「そんなことをいわなきゃいいのに、ウォルター」と、うっかり答えそうになり、危ういところで口をつぐんだ。それでは正直すぎる。かわりにこう答えた。「あんな映画をライブラリーに入れたやつの顔が見たいものだな」（ここで話題になっているのは一九七九年のアメリカ映画『エイリアン』）

「おそらくカテリーナだ。クルーの心理的なバランスをテストするためだろう。まあ、いいさ。先週映写したときには、おたくはげたげた笑っていたくらいだから」

ブライロフスキーは沈黙した。カーノウはたしかに事実をいっている。だが、あれは友人たちにかこまれ、レオーノフ号の慣れ親しんだ温《ぬく》もりと光のなかにいたときだ。幽霊どもの群れる、このまっ暗な、凍えるような遺棄船でのできごとではない。どれほど理性に徹しようと、情け容赦ない異星の化けものが獲物を求めて通路をさまよう姿を想像するのはたやすいことだった。

あなたが悪いんですよ、おばあちゃん（愛しいあなたの亡骸《なきがら》を、シベリアの凍土がやさしく包んでくれますように）。あなたが身の毛のよだつ伝説をあんなにたくさん話してくれなければ、いまだって安心していられたのに。目をつむると、いまでもまだバーバ・ヤーガの小屋が見えます。あの森の空き地に、骨ばったニワトリの脚にのっかって建っている……

ばかな考えは捨てろ。おれは人生最大の専門課題に挑もうとしている若き天才的なエンジニアだ。おびえた子供みたいになるなんて、このアメリカの友人に知られてたまるか…

……

騒音も救いにはならなかった。音がたくさんありすぎるのである。といっても、みなあまりにもかすかで、経験を積んだ宇宙飛行士でなければ、服そのものが出す音と区別がつかない。しかし完全な静寂のなかで仕事をするのに慣れたマックス・ブライロフスキーには、それはいかにも神経を逆《さか》なでする騒音だった。もっとも、間をおいてひびくはぜるような音や軋《きし》みが、まず疑いなく熱膨張によるもので、串にさした肉そこのけに船があぶり焼きにされているのだとはわかっていた。ここまで来るとさすがに太陽光線は弱くなるものの、それでも光と影の部分には相当な温度差があるのだ。

馴染んだ宇宙服すら、外圧が加わったいまでは、からだに合わないように感じられる。継ぎ目に加わる力がすべて微妙に変化し、もはや動作を的確に測ることはできない。これでは訓練を最初からやりなおす駆けだしだ、と腹だちまぎれに心にいう。なにか思いきったことをして、この気鬱からぬけださなくては……

「ウォルター、空気を調べてみたいんだが」

「気圧はオーケイだ。気温は――ヒュー――零下七十六度」

「よし、さわやかなロシアの冬だ。何にしても服を着ていれば、そんなに寒い目にもあわないだろう」

「じゃ、やってみろ。ただ顔はライトで照らしておくぞ。紫色になって気がつかないのでは困るからな。それから、しゃべりつづけてくれ」

ブライロフスキーはヘルメットの封をはずし、顔あてを上にはねあげた。寒気の指が頬にふれたとたん、一瞬身をちぢめたが、すぐ慎重に空気をかぎはじめ、大きく息を吸いこんだ。

「ひやっとする。しかし肺が凍りつくほどじゃない。でも、なにか変なにおいがするな。すえたような、腐った——まるでこれは——おい、まさか！」

ブライロフスキーは不意に青ざめると、あわてて顔あてをしめた。

「どうした、マックス！」さすがに心配そうにカーノウがたずねた。ブライロフスキーは答えない。何かをこらえるかのように必死の形相をうかべている。事実、彼はあのおそろしい、ときには生命にかかわる惨事——宇宙服内に嘔吐する危険に直面していた。

長い沈黙があり、やがてカーノウが励ましのことばをかけた。「わかったよ。おたくは考えちがいをしている。プールが宇宙空間で行方不明になったことは、こちらで確認しているんだ。ボーマンの報告によると、冬眠中に死亡したほかの三人も……投棄したという。それは確かだ。ほかにはだれもいない。それに、こんなに寒くては」うっかり〝まるで死体置場みたいに〟といいたくなり、あわてて口をつぐんだ。

「しかし、もし」とブライロフスキーがつぶやく、「もしもボーマンが船に帰りついて、ここで死んだとしたら……」

さらに長い沈黙のあと、カーノウはこれ見よがしにゆっくりと自分の顔あてをひらいた。凍えつくような冷気が肺にしのびこんだとたん、カーノウは身をちぢめ、それから不快そうに鼻に皺をよせた。

「なるほど、こういうことか。しかし、それは想像力のはたらかせすぎだ。このにおいはキッチンのやつだよ。十中八、九まちがいない。おそらく船が凍りつくまえに、何かの肉が腐ったんだろう。それに、家事に精だすにはボーマンは忙しすぎた。この程度のにおいの独身アパートなら、おれはいくらでも知ってる」

「たぶん、きみのいうとおりだろう。そうであってほしいね」

「そうに決まってるさ。かりにそうでないとしても――くそっ、おれたちには仕事があるんだぜ。デイブ・ボーマンがここにいるとしても、そんなのはこっちの管轄じゃない。だろう、カテリーナ？」

軍医中佐からの返事はなかった。すでに電波の到達しようのない船内の奥深くに入りこんでしまったのだ。とうとう二人きりになったわけだが、マックスは気鬱がみるみる晴れてゆくのを感じていた。ウォルターといっしょに仕事ができるのは名誉なことだ、と彼は思った。のんきでたよりない男に見えることもある。だが、きわめて有能で、いざとなれば釘のような強さを発揮する。

二人で力をあわせ、ディスカバリー号をよみがえらせるのだ。うまくすれば、地球へも送りとどけられるだろう。

19　風車作戦

ディスカバリー号にとつぜん航行灯や内部照明がともり、全体がクリスマス・ツリーそこのけに輝きだすと、レオーノフ号にあがった歓声は、二隻の船を隔てる真空を越えてひびきわたるかに思われた。だが明かりはすぐにまた消え、歓声は失望のうめきに変わった。

三十分ほど何も起こらなかった。と、ディスカバリー号のフライトデッキにある展望窓から、非常灯のやわらかな真紅の光があふれだした。数分後、硫黄の粉にかすんだ窓のむこうに、カーノウとブライロフスキーの動きまわる姿が見えるようになった。

「もしもし、マックス、ウォルター、聞こえてる？」ターニャ・オルローワが呼びかける。二人の人影はすぐさま手をふったが、それ以上の応答はなかった。どうやら仕事の話に夢中らしい。レオーノフ号の乗員たちが辛抱強く待ちうけるなか、ディスカバリー号ではさまざまなライトがついたり消えたりし、ポッド・ベイの三つあるドアのひとつがゆっくりと開いてまたすぐに閉じ、メイン・アンテナが控えめに十度ばかり向きを変えた。

「もしもし、レオーノフ号」ようやくカーノウの声が入ってきた。「待たせてすまなかった。ちょっと手が離せなかったものでね。

いままで見てきたところから、簡単に事情を説明する。船は、こちらが怖れていたよりはるかにいい状態にある。船体は無傷、漏れも無視できるくらいだ。気圧は正常の八十五パーセント。息は楽にできるが、鼻が曲がりそうにくさいので大がかりなリサイクルは必要だと思う。

いちばんの吉報は、動力システムに異状がないことだ。中央炉もしっかりしていて、バッテリーの具合もいい。遮断器はほとんど全部ひらいていた。自然にとんだか、ボーマンが船を出るまえに外していったんだろう。だから重要な装置は全部保護されている。しかし完全にもとどおりになるまでには、何から何までチェックする大仕事が残ってる」

「それにはどれくらいかかるかしら？　最小限肝心な部分――生命維持システムや推進システムなんかは？」

「さあ、わかりませんな、スキッパー。墜落までの時間は？」

「いちばん短く見積もって、いまの段階では十日。しかし、これは遅くなったり早くなったり、変動しやすいから」

「そうね、大きな障害にぶつからなければ、この地獄から脱出して安定した軌道に船をのっけるまで、そんなに日数はかからない。ええと、一週間以内というところか」

「なにか入り用のものは？」

「べつに――マックスと二人でなんとかやってますよ。これから遠心機に入り、ベアリングを調べる。早いうちに動かしたいから」

「待って、ウォルター、それは大切なことなの？　それは重力があれば便利だけど、もう長いあいだゼロGでやってきたことだし」

「重力がほしいわけじゃないんだ。あれば確かに都合はいいが……。それ以上に、遠心機をまわせば船の回転が消去される――とんぼ返りをうたなくなる。そうなればエアロックを接続できて、EVAもしなくてすむ。仕事はそのほうが百倍も楽になる」

「名案ね、ウォルター。ただし、その……風車をこちらにくっつけるのはやめて。ベアリングがつまって遠心機が急停止することもあるから。そうなったら、この船はばらばらだわ」

「了解。行きと同じ道を通って帰る。また時間ができたら連絡する」

つぎの二日間はだれも満足に休息をとれなかった。二日目の終わりには、カーノウとブライロフスキーは宇宙服のなかでほとんど眠りこんでしまう有様だったが、ディスカバリー号の点検は終わり、不愉快な事態にも出くわさなかった。宇宙局と国務省は予備レポートに胸をなでおろした。これでいくばくかの根拠をもって、ディスカバリー号は遺棄船ではなく、〝一時的に就役《しゅうえき》を解かれたアメリカ合衆国宇宙船〟であることを主張できるわけである。あとはただ修復作業を始めるだけだった。

動力が回復したあとは空気が問題となった。徹底した清掃作戦でも、けっきょく臭気はぬけなかったからである。冷凍機の故障で食糧が腐ったというカーノウの読みは当たっていた。カーノウはまた一見真顔で、これをロマンチックだといえる神経の持主だった。

「目をとじればいいんだ」と彼はうそぶいた。「むかしの捕鯨船にもどったみたいな気がしてくる。ピークォド号がどんな臭いだったか想像できるかい?」

ディスカバリー号に行ったあとでは、だれも想像力などはたらかせる必要はない、という点で全員の意見は一致した。臭気の問題は、船内の空気を捨てることで最終的に解決――というか、気にならない程度に落着した。さいわい貯蔵タンクには、交換に充分な量が残っていた。

ひとつ吉報は、帰りの旅に必要な推進剤の九十パーセントが温存されていたことだった。プラズマ推進の作業物質に水素ではなくアンモニアを使う計画は、みごとに引きあったわけである。効率のよい水素であれば、外部の極寒とタンクの密閉ものかは、数年のうちに宇宙空間に蒸発していたであろう。だがアンモニアのほとんどは液状のまま無事に残っており、地球周回軌道とはいかないまでも、月をめぐる安全な軌道にもどすだけの量はたっぷりあった。

ディスカバリー号のプロペラ運動をとめるのは、船のコントロールを取りもどす過程で、おそらくもっともきわどい作業といえた。サーシャ・コワリョーフは、カーノウとブライロフスキーをそれぞれドン・キホーテとサンチョ・パンサに見たて、二人の風車攻撃が今度こそは成功するようにという期待を口にした。

慎重のうえにも慎重に、点検の間をいくたびもとりながら動力が遠心機のモーターに注ぎこまれ、巨大な動輪はスピードをあげると、船全体に散った角運動量を吸収しはじめた。ディスカバリー号はこみいったすりこぎ運動を見せるようになり、やがてとんぼ返りはほとんど消え失せた。よけいな回転は最終的に姿勢制御噴射で消去され、ついには二隻の宇宙船はとなりあわせに仲よく静止した。小柄でずんぐりしたレオーノフ号を、その大きさで威圧するすらりと細長いディスカバリー号。

となりの船に乗りうつるのは、いまではたやすく危険もない。だがキャプテン・オルローワは二隻の連結を依然として許可しなかった。この考えにはみんな賛同した。イオとの距離がじりじりと縮まっているいま、これだけ手を尽くした船であっても、いざとなれば放棄するほかはないのだ。

謎めいた軌道減衰の理由はつきとめたものの、それで事態が好転するわけではなかった。ディスカバリー号が木星とイオのあいだを通過するたびに、それは二つの天体を結ぶ電気の流れ、すなわちフラックス・チューブを横切るのである。その結果生じる渦電流は、軌道を一周するごとに船にブレーキをかけ、その速度を着実におくらせていた。

最終的な衝突時間を予言する方法はない。フラックス・チューブ内の電気の流れは、木星自体にある得体《えたい》のしれない法則にしたがって激しく変動するからだ。ときには活動がドラマチックに盛りあがり、オーロラをともなう雄大な電気嵐がイオ周辺に荒れ狂うこともあった。二隻の船が数十キロも落下するのはそんなときだったが、また同時に温度調節システムが追いつくまで、船内は不快なほど暑くなった。

この意外な現象にはだれもが驚き、総毛だったが、やがてわかりきった真相がつきとめられた。制動運動はどのようなものであれ、熱をどこかに生みだす。レオーノフ号とディスカバリー号の船体に誘導される大量の電流は、二隻を一時的に低出力の電気炉に変えるのだ。ディスカバリー号が焙《あぶ》られては冷やされていたこの歳月に、積みこんであった食糧の一部がすっかり腐ってしまったのも、考えてみれば当然のことだろう。

糜爛《びらん》したイオの地表が、前にもまして医学教科書の写真に似た様相を見せながら、わずか五百キロにまで迫ったところで、カーノウは主駆動装置の作動に踏みきった。レオーノフはたっぷりと余裕をとって退避している。目に見えた変化はない。前時代の化学ロケットにつきものだった煙や火はここにはないのだ。だがディスカバリー号が速度を上げるにつれ、二隻の船はしだいに離れはじめた。数時間のゆるやかな推進で、二隻は千キロ上昇した。しばらくの休息とこれからの計画を練る時間が与えられたわけである。

「すばらしい仕事をしたわね、ウォルター」いいながらルデンコ軍医中佐が、カーノウの疲れきった両肩にでっぷりした腕をおいた。「わたしたちの誇りです」

彼女はさりげなく小さなカプセルを折ると、カーノウの鼻先につきつけた。カーノウが腹をすかし、かんかんになって目覚めたのは、それから二十四時間後だった。

20　ギロチン

「これは何だ?」気味わるげな表情を見せて、カーノウはちっぽけなメカニズムを手のひらにのせた。

「ハツカネズミ用のギロチンか?」

「わるくない推理だ。しかし狙いはもっとでかい獲物さ」フロイドはディスプレイ・スクリーンの一画に明滅する矢印を指さした。スクリーンには、いま込みいった回路図が映しだされている。

「わかるか、この線?」

「ああ、主電源だ。だから?」

「ハルの中央処理装置には、この個所から入る。こいつをここに仕掛けてほしいんだ。幹線ケーブルの内側。意識してさがさないかぎり見つからないようなところに」

「なるほどね。リモート・コントロールか。いざとなれば、すぐにもハルのプラグを抜ける。うまいもんだ。——それから非伝導性の刃。切るときに余計なショートは起こさない。

こういうおもちゃを誰が作るんだ？　ＣＩＡか？」

「どうかね。制御器は、わたしのキャビンのデスクにいつも置いてあるあの小さな赤い電卓だ。９を九つ入れて、その平方根を出し、ＩＮＴ（整数部分）を押す。それだけだ。有効範囲はテストしてみなければ何ともいえない。しかし船が二キロ以上離れないかぎり、ハルがまた暴れだすようなことはないはずだ」

「この件をだれに話す？」

「いや、本気で秘密にしておきたい相手はチャンドラだけさ」

「それくらいはこっちだって見当がつく」

「しかし知っている人間が少なければ、漏れる心配も少ない。ターニャには話すつもりだよ。非常事態のときには、きみからターニャに教えればいい」

「非常事態とは？」

「それはあまり冴えた質問じゃないな、ウォルター。わたしにわかっていれば、こんなくだらないものは要らない」

「それはそうだ。で、この新案断頭台だが、取り付ける時期はいつにする？」

「できるだけ早いほうがいい。なるべくなら今夜。チャンドラが眠っているうちだ」

「ご冗談でしょう！　あの先生がいつ眠る？　あれは病気の赤んぼうを抱えた母親ですよ」

「腹がすけばレオーノフに戻らなくてはならない、たまにはね」

「それならニュースを教えてあげる。今回出かけたときには、チャンドラは宇宙服に米の入った小さな袋をくりつけていたよ。あれなら何週間だって持つはずだ」

「となれば、カテリーナの有名なノックアウト薬を使うほかはないな。きみのときにも、あれの効き目は抜群だったんじゃないか?」

チャンドラについてのカーノウの話は、ふざけ半分のものだろう。少なくともフロイドにはそうとれたが、いちがいにきめつけるわけにもいかなかった。カーノウは、まじめくさった顔でとてつもない冗談をいうのが趣味なのだ。ロシア人たちがそのあたりの事情をのみこむまでには、しばらく時間がかかり、自衛のためだろう、まもなく彼らはカーノウが真剣なときにも、機先を制して笑うようになった。

カーノウ自身の笑い声は、ありがたいことに、はじめて聞いたときよりずっとおとなしいものになっていた。地球を離れるシャトルのなかで聞いたもので、あれは明らかにアルコールの勢いも借りていた。ディスカバリー号とのランデブーが首尾よく終わったとき、あとに控えたパーティでまたぞろ例の呵々《かか》大笑から逃げまわることになるのかと、フロイドは覚悟したものである。だがそのような席でさえ、飲むことは大いに飲んだが、カーノウはキャプテン・オルローワそこのけに抑制をつらぬきとおした。

カーノウが唯一まじめに受けとるのは仕事である。地球から飛びたつ旅では、ただの乗客だった。いま彼はクルーの一員なのだ。

21 復活

　われわれはいま眠れる巨人を起こそうとしているのだ。フロイドは自分にいいきかせた。これだけの歳月ののち、ハルはわれわれを見てどんな反応を示すだろう？　何を記憶しているのか？　われわれを迎えるだろうか、それとも退《しりぞ》けるだろうか？

　ディスカバリー号フライトデッキのゼロG環境のなかで、チャンドラ博士のすぐうしろに浮かびながら、フロイドは、つい数時間まえにテストが終わった切断スイッチのことを絶えず思いかえしていた。無線制御器は手からほんの数センチのところにあり、わざわざ持ってきたことに多少のばからしさを感じないでもなかった。この段階では、ハルは船の現用回線から依然として外されている。ふたたび動作されたとしても、ハルは手足を持たない、脳だけの存在である。ただし感覚器官まで欠けているわけではない。意思疎通はできるが、行動は無理なのだ。カーノウにいわせれば、「やつにできる最大のいじわるは、悪態をつくことぐらいのものさ」

「最初のテストの用意ができました、キャプテン」とチャンドラがいった。「欠けたモジュールは全部取り替えたし、全回路に診断プログラムをかけました。何もかも正常のようですな、少なくともこのレベルでは」

キャプテン・オルローワがフロイドに視線を投げる。フロイドはうなずいた。チャンドラの強硬な主張を容《い》れて、この重要な試運転には二人だけ立会いが許された。だが、こんな小人数でも邪魔者扱いされているのは明らかだった。

「けっこうです、チャンドラ博士」外交儀礼を忘れたことのないキャプテンが、すかさずいいそえる。「フロイド博士は承認しました。わたしのほうにも異存はありません」

「ひとこと説明しておくが」チャンドラが、異存のあるのは自分だといいたげな口ぶりで、「ハルの音声識別および音声合成中枢はダメージを受けている。口をきけるようにするには、また一から教えなければならないでしょう。うまい具合に、物覚えは人間の数百万倍も速いが」

両手がキーボードの上で踊り、一見ランダムに十あまりの単語を打ちだしてゆく。ことばがスクリーンに現われるたびに、チャンドラがていねいに発音する。ひずんだ木魂《こだま》のように、スピーカー・グリルからことばが返ってきた——生気のない、まさに機械的な声であり、知性らしいものはかけらもない。これは昔のハルではない、とフロイドは思った。子供のころにはまだ珍しかった、物をいう原始的なおもちゃと大差のない機械だ。

チャンドラが**反復**ボタンを押すと、一連の単語はふたたび音声になった。すでに改善のあとがはっきりと表われているが、だからといって人間の声と錯覚するほどではない。

「いま与えた語群には、英語の基本的な音素が含まれています。十回ぐらいのくりかえし過程で、なんとか通用するものにはなる。しかし、なにぶん設備がないので、満足の行く治療はできません」

「治療?」とフロイド。「するとハルは——脳損傷をうけていると?」

「ちがう」チャンドラは切り口上になった。「論理回路は申し分ない状態にあります。音声出力に欠陥があるぐらいのもので、それもどんどん改善されていく。だからディスプレイと常に照合して、聞きまちがいをなくすことが必要です。あなたの話す番がきたら、気をつけて発音してください」

フロイドはキャプテン・オルローワにむかって苦笑いし、わかりきった質問をした。

「この近辺で聞こえるロシア風《ふう》のアクセントはどうするんですかな、チャンドラ博士?」

「キャプテン・オルローワとコワリョーフ博士は問題ないと思います。しかし、ほかの人たちは——そうだな、個別にテストしなければならんでしょう。パスできなかった人たちはキーボードを使ってもらいます」

「まだまだ先は長そうだな。当面、コミュニケーションを試みる資格があるのは、チャンドラ博士ひとりということになる。どうかな、キャプテン?」

「もちろん」

二人のやりとりがチャンドラ博士の耳にとどいたことをうかがわせるのは、ほんのかすかなうなずきだけだった。彼の指はキーボード上をひらひらと舞いつづけている。ディスプレイ・スクリーンに映しだされる単語や記号の行列は、あまりにも速く通りすぎてゆくので、人間の目にはとても捉えきれない。チャンドラには写真的な記憶力があるのだろう、ちらりと見るだけで、ぎっしり詰まった情報を識別できるようだった。

秘めやかな勤めにうちこむ同僚をあとに残し、フロイドとキャプテンが立ち去ろうとしたとき、興奮したのか注意をうながすつもりか、とつぜんチャンドラが片手をあげ、二人を忘れていない証拠を見せた。最前までのめまぐるしい動きとは打って変わって、むしろためらいがちに彼はロック・バーをはずすと、ポツンと離れた位置にあるひとつのキーを押した。

とたんに――感知できるほどの間もおかず――コンソールから声が流れでた。もはや人間の声の機械的なパロディではない。まだ未熟な段階にはあるものの、そこには知性――意識――自己認識があった。

「おはよう、チャンドラ博士。わたしはハルです。きょうの最初の授業をはじめてください」

電気に打たれたような沈黙の一瞬があった。その衝撃ではずみがつき、二人の傍観者はデッキをはなれた。

この目で見なければ、ヘイウッド・フロイドは信じもしなかっただろう。チャンドラ博士は泣いていたのだ。

第四部　ラグランジュ

22 ビッグ・ブラザー

「……いやあ、あのイルカの赤ちゃんのニュースは感激だったよ！　両親が得意顔で見せにきたときのクリスの興奮ぶりが目にうかぶ。みんなの歓声やため息を聞かせたかったな。あのビデオ――三頭が並んで泳いでいて、クリスがその背中に乗っているのを見せたときだ。スプートニクと名前をつけたらという提案が出た。このことばには衛星のほかに友だちという意味もあるからね。

ごめん。この前のメッセージからちょっと間があきすぎてしまった。しかし、いまどんなに大きな仕事を抱えているかは、ニュース放送である程度わかってもらえると思う。キャプテン・ターニャさえ、スケジュール厳守の建前をぶんなげてしまったくらいだ。問題は持ちあがるそばから、手近にいる人間がかたづけていかなければならない。もうこれ以上起きていられない状態になって、ようやく眠る始末だ。

しかし自慢できる成果はあげたと思う。船は両方とも使用できるようになったし、ハルの最初のテストもひととおり終わるところまでこぎつけた。ディスカバリー号をハルにまかせてよいかどうか、一両日中に結論を出して、でっかい兄貴《ビッグ・ブラザー》との最終的なランデブーにむかう。

ビッグ・ブラザーなんて誰がいいだしたのか——ロシア人たちは、まあ、無理のない話だけれど、この名前をあまり気にいってはいない（全体主義社会を諷刺した、オーウェル作『一九八四年』のビッグ・ブラザー〔偉大な兄弟〕を連想させる）。おまけに、こちらの公式名称TMA・2にも皮肉たっぷりだ。月面のティコからはたっぷり十億キロ、ボーマンの報告では磁気異常《マグネティック・アノマリー》もなくて、唯一TMA・1と似たところはその形だけ——そんな話をもう五、六回聞かされたよ（TMAは〝ティコ磁気異常〟の略）。では、どんな名前がいいときいたら、ザガートカだという答えが返ってきた。〝謎〟という意味だ。なるほど、わるくない。しかし、わたしが発音しようとすると、まわりがにやにやするので、これからもビッグ・ブラザーで通すことにする。

とにかく名前が何であれ、あとわずか一万キロだ。二、三時間のうちには到着する。正念場というわけで、白状すれば、みんなびくびくものだ。

ディスカバリー号に行けば、なにか新しい情報がつかめるんじゃないかと、最初はだれもがあてにしていた。これが唯一がっかりしたところかな、予想できたことなんだが……。ハルはもちろん、こいつと出会う前に接続を絶たれていたので、そのあとの記憶はまったくないわけさ。秘密はそっくりボーマンが持っていってしまった。航行日誌にも自動記録システムにも、こちらが知っている以上のことは入っていなかった。

　ひとつだけ新しく見つかったのは、まったく個人的なもので、ボーマンが母親に書きのこした手紙だ。なぜ送らなかったのか。おそらく船に帰る気は充分にあって——というか、帰れるだろうと見込んで、あの最後のEVAに出かけたのだと思うね。もちろん、手紙は母親に送った——いまはフロリダかどこかの老人ホームにいるらしい。ボケてきているそうだから、ボーマン夫人にとってはあまり意味のないことかもしれないが。

　さてと、きょうのニュースはこんなところかな。きみのところに行きたくてたまらない……地球の青い空、グリーンの海が懐しい。ここにある色は赤とオレンジと黄色ばかりだ。地球で見られるいちばん幻想的な夕暮れに負けないくらい美しいけれど、これが四六時中となると、スペクトルの反対側にある冷たい澄んだ光線が恋しくなる。

　愛しているよ、きみもクリスも——時間ができたら、また連絡する」

23

ランデブー

レオーノフ号の制御ならびにサイバネティックス専門家、ニコライ・チョルノフスキーは、船内でただひとりチャンドラ博士と対等に話のできる人間だった。ハルの生みの親また教師として筆頭の地位にあるチャンドラは、第三者に仕事をまかせることをなかなか承知しようとしなかった。しかし、からだの疲れははなはだしく、手助けをうけるほかはなかった。ロシア人とインド系アメリカ人はこうして暫定的な協約を結んだが、これは思いのほかスムーズに運んだ。功績のほとんどは、この気のいいロシア人のほうに帰せられるべきだろう。なぜかニコライには、チャンドラがほんとうに助けをほしがっているときや、ひとりでいたいときが直感的にわかるようなのだ。ニコライの英会話が船内で最低の部類に入ることなど、まったく問題にならなかった。なぜならほとんどの時間、二人がしゃべっているのは、部外者にはちんぷんかんぷんのコンピュータ語《コンピューターリーズ》であったからだ。

一週間がかりの入念な再調整の末、ハルの定形的な管理機能はすべて順調にはたらきだした。人間にたとえるなら、歩き、簡単な命令にしたがい、単純作業をおこない、初歩的な会話をかわせるくらいのレベルである。知能指数にして、せいぜい五十というところ。かつて持っていたパーソナリティのおおまかな輪郭すらあらわれてはいない。

まだ夢遊病者のようなものだが、チャンドラの鑑定によれば、すでにハルにはディスカバリー号を、イオをめぐる近接軌道からビッグ・ブラザーとのランデブー点までらくらくと飛ばす能力がそなわっているという。

眼下に燃える地獄からさらに七千キロも離れられるとあって、だれもがこの見通しにふるいたった。天文学的には取るに足りない距離だが、そこまで遠のけば、ダンテやヒエロニムス・ボスの想像したような風景が、空にのしかかることはなくなるのだ。いまのところ最大規模の噴火でも、火山物質が船にとどくことはないものの、イオはいつ新記録をうちたてないとも限らない。現にレオーノフ号の展望デッキは、硫黄の薄い膜のためにすこしずつ視度が衰えており、いつかだれかが拭きに行く羽目になるのは時間の問題だった。

ハルにはじめて船の制御がまかせられたとき、いあわせたのはカーノウとチャンドラだけだった。制御といってもきわめて限られたもので、ハルはただ記憶装置に送りこまれたプログラムを実行し、その進展をモニターしたにすぎない。そして人間がさらにこれをモニターしている。もし何か異状があれば、彼らがすぐに取って換わる仕掛けなのだ。

最初の噴射は十分間つづき、やがてハルから、ディスカバリー号が移行軌道に乗ったという報告が入った。レオーノフ号のレーダーおよび光学追跡装置がこれを確認するとともにに、レオーノフ号自体も同じ軌道に入った。細かい軌道修正が二回おこなわれ、三時間十五分ののち、二隻の船はつつがなく最初のラグランジュ点に着いた。――一万五百キロメートルの高み、イオと木星の中心を結ぶ見えない線上の一点、L1である。

ハルの行動は非のうちどころなく、チャンドラは、満足ばかりか、歓びなどというおよそ人間的な感情さえ見せて、これを迎えた。だが、そのころにはクルーの興味はべつの方向にむかっていた。ビッグ・ブラザー、またの名〈謎《ザガートカ》〉が、わずか百キロメートルのところに迫っていたからだ。

その距離からでも、ビッグ・ブラザーはすでに地球からながめる月より大きく、すっぱり切ったような幾何学的完成美は、ぞっとするほど自然に反して見えた。宇宙空間を背にすればまったく隠れてしまうところだが、三十五万キロ下を流れる木星の雲のおかげで、ドラマチックに浮彫りにされている。また雲の背景は、いったん目に焼きつけられると、感覚では否定しきれない幻影を生んだ。その正しい位置が肉眼では判定できないせいもあって、ビッグ・ブラザーが、木星表面にあんぐりと口をあけた落とし戸のように見えてしまうのである。

百キロメートルの隔たりが十キロよりも安全なのか、千キロよりも危険なのか、そのあたりを確かめるすべはない。最初の偵察にあたっては、それくらいが心理的に無難に思えるというだけのことだった。この距離なら望遠鏡を使えば、ほんの数センチの特徴もとらえられるはずである。ところが何も見当たらないのだ。ビッグ・ブラザーはまったく平坦なようであり、これはおそらく数百万年になんなんとする期間、宇宙ごみの衝突にさらされてきたにしては信じがたいことだった。

フロイドが双眼鏡でのぞくと、そのなめらかな漆黒の表面は——何年も前に月面でやったように——手をのばせば、さわれそうに見えた。もちろん、あの最初のふれあいは宇宙服の手袋を隔てて、である。ティコ・モノリスが与圧ドームのなかに入って、初めてじかに手をふれることができるようになった。

それでも同じことだった。TMA・1にじかにさわったという感触はなかった。指先は目に見えぬバリアの上をむなしくすべるだけ。力をこめて押せば、それだけ反発力も増した。ビッグ・ブラザーでも同じことが起こるのだろうか。

だがそこへこぎつける前に、考えつくかぎりあらゆるテストをおこない、観測結果を地球に送る仕事があった。フロイドたちは、いわば新型爆弾の分解に取り組む爆薬専門家のようなものだった。ほんのわずかな動作の誤りで爆発はいつでも起こりうる。微妙なレーダー探査でさえ、想像を絶する大惨事の引き金をひくことになりかねないのだ。

最初の二十四時間は、もっぱら受動型の器械で観測がおこなわれた——望遠鏡、カメラ、あらゆる波長によるセンサー。ワシーリ・オルロフはこの機会に、物体の大きさを最大精度で計測し、あの有名な1対4対9の比率をコンマ以下六桁まで確認した。ビッグ・ブラザーはまさしくTMA・1と同形であった。しかし長さが二キロメートルあまりもあるため、それはチビの兄弟より七百十八倍も背が高かった。

そしてここに二つ目の神秘な数が登場した。人類は長年のあいだ、1対4対9——最初の三つの整数の自乗から成る比率を、あれこれ論じてきた。これが偶然の一致であろうはずはない。そこへまた、思わせぶりな数字がひとつ加わったのである。

地球ではまもなく統計学者や数理物理学者が嬉々としてコンピュータとたわむれ、この七百十八という数字を、自然界のさまざまな基礎定数——光速度、陽子／電子質量比、微細構造定数など——とからみあわせる仕事にとりかかった。この動きはたちまち、あまたの数秘学者、占星術師、神秘家たちに波及した。大ピラミッドの高さ、ストーンヘンジの直径、ナスカ線条の方位、イースター島の緯度、その他ありとあらゆる因子が計算にとりいれられ、驚天動地の未来予見がつぎつぎと導きだされた。ある著名なワシントンのコラムニストがこの流行をちゃかして曰《いわ》く、自分の計算によれば、世界は一九九九年の大晦日《おおみそか》に終わっている——ただ、みんながひどい宿酔いでこれに気づかなかっただけなのだ……。

しかし、そんなあてこすりが通じる徒輩《とはい》ではなかった。

またビッグ・ブラザー自体も、付近にただよいついた二隻の船に気づいたようすはなかった。レーダー・ビームによる探査がおそるおそる始まり、ついでさまざまな電波パルスがやつぎばやに浴びせられた。知性が背後にひそんでいるなら、後者には同じ方式の返事を送ってくれそうなものだったが、反応はいっさいなかった。

もどかしい二日間が過ぎたのち、二隻の船は管制センターの承認を得て、距離を半分にちぢめた。五十キロにまで近づいたいま、物体のいちばん広い面は、地球の空にかかる月の四倍の大きさに見えた。たしかに壮観ではあるが、威圧されるというほどではない。木星とはりあうには、あと十倍の大きさが必要である。だが船内の雰囲気は、畏怖《いふ》にみちた緊張から、すでにある種のあせりに変わっていた。

ウォルター・カーノウがみんなを代表していうことには、「やっこさんがあと二、三百万年は待ってくれるにしても、こっちはもう少し早目に切り上げたいものだな」

24　偵察

EVAに出かける宇宙飛行士を、シャツ姿も同然の心地よい環境におく小型スペースポッドは、ディスカバリー号が地球を発つ時点では三台積みこまれていた。うち一台は、フランク・プールが死んだ例の事故——もし事故だとすればだが——で失われた。もう一台はデイブ・ボーマンを乗せてビッグ・ブラザーをめざし、そこで何が起こったのか、ボーマンと運命をともにした。三台目はまだ船内のガレージ、通称ポッド・ベイに残っていた。

これには肝心の艤装がひとつ欠けていた。ボーマン船長が吹きとばしたハッチであり、これはハルがポッド・ベイの開放をこばんだあの事件——ボーマンが一か八かの真空遊泳をやってのけ、非常エアロックから船内にとびこんだときの名残《なごり》である。その結果生じた突風でポッド自体も遠くにはねとばされた。ボーマンが優先する重要問題をかたづけ、無線による回収にかかったときには、ポッドは数百キロのかなたにあった。彼が新しいハッチを取りつける手間をかけなかったのも無理はない。

いまポッド第3号（マックスは何の説明もなしに、これをニーナと命名していた）は、新たなEVAにむかおうとしていた。ハッチは欠けたままだが、それは問題ではなかった。乗りこむ人間はいないからだ。

ボーマンの見せた任務への献身は、思いもよらなかった幸運であり、これを有利に活用しない手はなかった。ニーナをロボット探査体として使えば、人命のリスクなしにビッグ・ブラザーをくわしく調査することができる。少なくとも理屈ではそうだが、巨大な反作用が起こり、船を呑みこむ危険は減少したわけではなかった。なんにしても五十キロメートルの距離は、宇宙的スケールで見るかぎり、存在しないに等しいのだ。

何年も放置されたため、ニーナは見るからに古ぼけていた。ゼロG空間をただよう塵が外面に付着し、かつての純白の機体はすすけた灰色に変わっている。機外マニピュレータをきちんと折りたたみ、長円形の窓を巨大な死んだ目さながらに宇宙にむけて、ゆっくりと加速しながら船をはなれる姿は、あまり頼もしい人類の使節とはいえなかった。しかし、これも明らかな利点なのだ。こんな見すぼらしい使いなら大目にも見てもらえるだろうし、小さなサイズとにぶい動きから平和な意図もおのずと知れるだろう。ビッグ・ブラザーへの接近にあたって、ニーナが両腕をひろげたらどうかという提案もあった。この案はすぐに取り下げられた。得体の知れないものが機械の腕をかまえて近づいてくれれば、だれだって逃げだしたくなる。――そんな意見が大勢《たいせい》を占めたからだ。

二時間ののんびりした旅ののち、ニーナは巨大な物体の頂角から百メートルのところに停止した。ここまで近づくと、正しい外形はもはやつかめなくなる。TVカメラは、無限に大きい漆黒の正四面体のいただきを俯瞰《ふかん》しているようだ。機内の計器には、放射能も磁場もあらわれていない。もうしわけ程度に反射する微量の太陽光線をのぞけば、ビッグ・ブラザーから送られてくるものはなかった。

五分間、静止状態を――「やあ、来たよ！」の代わりに――つづけたのち、ニーナはいちばん小さな面を斜めにつっきり、ついで二番目に広い面、最後にいちばん大きな面をわたった。たいていは五十メートル間隔を保ったが、ときおり五メートルまで近づくこともあった。隔たりがどうであれ、ビッグ・ブラザーはいつも同じようになめらかで、つかみどころなく見えた。まだ先は長いというのに、飛行は退屈なものとなり、二隻に分乗した見物客はいつかそれぞれの仕事にもどり、間をおいてモニターをながめるだけとなった。

ニーナが出発点にもどったところで、ウォルター・カーノウが「そこまでだ」といった。

「これでは一生をかけても収穫なんかない。ニーナをどうしよう――呼び返すか？」

「いや」レオーノフ号にいるワシーリが、回線に割りこんだ。「わたしに提案がある。ニーナを大きな面のぴったり中心に誘導してくれ。そこで停める――そうだな、距離は百メートル。そのまま待機させて、レーダーを最大精度にしぼるんだ」

「お安い御用さ。多少ふらつきが出るのは覚悟していただくが……。しかし目的は？」

「大学時代に天文学のコースでやった演習を思いだしたんだ。無限の平面における重力効果というやつさ。これを現実に使うチャンスがあるとは思わなかった。ニーナの運動を二、三時間調べれば、少なくともザガートカの質量ぐらいははじきだせる。といっても、質量があるとすれば、だがね。あそこには何もないんじゃないかという気がしはじめているんだ」

「それなら簡単に結着をつける方法がある。どっちみち、いつかはやらなきゃいけないんだ。ニーナが出かけていって、あいつにさわることとさ」

「それはもうやっている」

「何だって？」むっとした口調でカーノウがききかえした。「五メートル以内には近づいてないぞ」

「きみの操縦技術を批判してるんじゃない。しかし初回の遭遇は、かなりきわどいものだったんじゃないのか？　表面近くでニーナの推進機を使うたびに、きみはザガートカを軽くたたいていたよ」

「象の背中ではねる蚤《のみ》かい！」

「かもしれんね。要するに、なんにもわかっていないんだ。しかし、あいつはある意味ではこちらの存在に気づいていて、いまのところ目ざわりにならないから黙認しているだけだと思う。そう仮定しておいたほうがいい」

つづく問いかけは、発せられないままになった。全長二キロのまっ黒な直方体が、目ざわりに思うとはどういうことなのか？　もし物体が人間をはねつけるとしたら、それはどういう形をとるのか？

25　ラグランジュからの眺め

天文学には、妙にいわくありげで、そのくせ意味のない符合がたくさんある。いちばん有名なものは、地球からながめるとき、太陽と月の見かけの直径が等しいという事実である。ここL1秤動点――ビッグ・ブラザーが宇宙的な軽業を演じるにあたって、木星とイオを結ぶ見えない張り綱の上に選んだその位置においても、似たような現象が起こった。木星とイオがちょうど同じ大きさに見えるのだ。

それも、何という大きさであることか！　太陽と月の場合のような、〇・五度などという貧弱なものではない。その四十倍の直径――面積にすれば千六百倍にあたる。どちらかひとつがあるだけでも、心は畏怖と驚異の念にみたされる。それを二つながらながめる迫力は圧倒的なものだった。

四十二時間ごとに、二つの天体は相変化の一周期を終える。イオが朔《さく》にあるとき木星は望《ぼう》にあり、やがてこの逆も起こる。だが太陽が木星のかげに入り、木星が夜の側だけをこちらに向けるようになっても、その存在は見違えようはない。巨大な黒い円盤が星々をおおい隠すからだ。その闇を引き裂いて稲妻が乱れとぶこともあり、それは何十秒にもわたって続く。地球とは比べものにならない規模の電気嵐である。

星空のちょうど反対側には、巨大な母星にいつも同じ面を見せて、とろとろと煮えたぎる大鍋イオがうかんでいる。赤やオレンジの入り乱れるなかに、火山の黄いろい噴煙がときおり上がり、見るまに地表に落下してゆく。木星とおなじく――ただし、もうすこし長い時間スケールで――イオもまた地理のない世界である。数十日単位で、その表面はまったく様相を変える――もっとも木星では数日単位だが。

イオが望をすぎ、欠けてゆくにつれ、込みいった縞模様を描く広大な木星の雲海が、遠いちっぽけな太陽の光をうけて輝きだす。ときには外衛星やほかならぬイオの影がその表面を横切ることもあり、また木星のひとまわりごとに、大赤斑と呼ばれる惑星規模の渦巻――幾千年とはいかないまでも、すでに数世紀はつづいているハリケーンが、姿をあらわす。

こうした数々の驚異のただなかにうかんで、レオーノフ号のクルーは、一生の何倍かけてもきわめつくせない研究材料をかかえていた。だが木星系にある自然の研究対象は、優先順位のいちばん下のほうだった。第一位はビッグ・ブラザーである。二隻の船はいまわずか五キロのところまで近づいているが、直接出かけてコンタクトする許可は、依然としておりていなかった。

「待つことにしました」とターニャはいった、「すぐにも撤退できる情勢がととのうまで、すわって様子を見ることね。発進時限に入ったら、つぎの動きを考えましょう」

ニーナ自体は、五十分間ののんびりした落下ののち、ビッグ・ブラザーへの着陸に成功していた。これをもとにワシーリが物体の質量を計算し、予想外に小さい九十五万トンという答えをはじきだした。空気の密度とたいして変わりない——とすれば、中は空洞なのか。これは内部にありそうなものについて、ありとあらゆる臆測を生んだ。

だが日々の実際的な仕事は山積しており、クルーには、そうした大問題にかかずらう余裕はなかった。労働時間の九十パーセントは二隻の船の整備に消えたが、レオーノフ号とディスカバリー号とのあいだに屈伸自在の連絡通路がわたされたいま、作業ははるかに能率的になっていた。ディスカバリー号の遠心機が急停止して二隻をばらばらにするようなことは決してない。そんなカーノウの説得にさすがのターニャも折れ、船から船への往来は、いまでは二組の気密ドアを開閉する手間だけだった。宇宙服も時間をくうEVAも、もはや必要はない。外に出てホウキに乗るのが趣味のマックスを除いて、これは全員に歓迎された。

もっとも、この事態にすこしも影響をうけない乗員が二人いた。ディスカバリー号に住みついたも同然のチャンドラとチョルノフスキーで、二人は四六時中勤務につき、いつ果てるともないハルとの会話をつづけている。「いつごろ終わる？」日に一回はそんな問いが二人に投げかけられた。だが、はっきりした期日の約束はなく、ハルは知恵おくれのままだった。

　とこうして、ビッグ・ブラザーとのランデブーから一週間後、「用意ができました」とだしぬけにチャンドラが宣言した。

ディスカバリー号のフライトデッキに見当たらないのは二人の女医だけ。だが、これはもはや余分のスペースがないからで、二人はレオーノフ号のモニター装置から見守っている。フロイドはチャンドラのまうしろに立ち、キャッチフレーズ作りの名人カーノウがいみじくも名付けたところの〝ポケット巨人退治器〟から遠からぬところに手をおいていた。

「もう一度念を押しておきますが、おしゃべりはいっさい慎しんでください。みなさんのアクセントは彼を混乱させる。わたしはしゃべるが、ほかのみんなは黙っていてください。わかりましたね？」

　顔色からも口調からも、チャンドラは疲労の限界にあるように見える。だがその声には、クルーがいままで聞いたこともない重みがあった。ほかの場所ではターニャがボスかもしれない。けれども、ここではチャンドラが支配者なのだ。

　聴衆は——手近な取っ手につかまっている者も、ふわふわと宙にうかんでいる者も——いっせいにうなずいた。チャンドラは音声スイッチを入れると、低いがはっきりした声で、「おはよう、ハル」といった。

一瞬——それはフロイドには数年のようにも思われた——が過ぎ、答えたのはもはや単純な電子おもちゃではなかった。ハルが帰ってきたのだ。

「おはよう、チャンドラ博士」

「きみはもう一度任務につける自信があるか？」

「もちろん。わたしは申し分なく動作しているし、回路は完全に機能しています」

「では、二、三質問をしてかまわないかね？」

「どうぞ」

「きみはＡＥ35アンテナ制御ユニットの故障を覚えているかね？」

「覚えていません」

チャンドラがかたく禁じたにもかかわらず、聞き手のあいだからかすかな喘《あえ》ぎがもれた。まるで地雷原を爪先立ちで歩いているようなものだ。無線ギロチンのたのもしい外形をたたきながら、フロイドはそう思わずにはいられなかった。この一連の質問で狂気が再発するようなら、一秒でハルを殺せる（何十回となく練習を積んだので、その自信はあった）。だが一秒は、コンピュータにとって永劫に等しい。その点は覚悟のうえの賭だった。

「デイブ・ボーマンだかフランク・プールのどちらかが、ＡＥ35ユニットの交換に出かけたのは覚えているかな？」

「いいえ。それはありえないことです。事実なら覚えているはずです。フランクとデイブはどこですか？　ここにいる人たちは？　あなただけはわかる。もっとも、あなたのうしろの男性は、六十五パーセントの確率でヘイウッド・フロイド博士だと断言できますが」

チャンドラの禁止令が頭にうかび、フロイドはハルへの挨拶を思いとどまった。あれから十年が過ぎて、六十五パーセントというのは悪くない数字だ。物覚えのわるい人間はごまんといる。

「気にしないでいいよ、ハル。あとで何もかも説明してあげる」

「任務は完了したのですか？　わたしはこれには最大限の熱意を注いでいる」

「任務は完了したよ。きみはみごとにプログラムを遂行した。さて――きみに異存がなければ――こちらでプライベートな打ち合わせをしたいんだがね」

「いいですとも」

チャンドラはメイン・コンソールの音声・視覚入力装置を切った。船内のこの区画にかんするかぎり、ハルは目も耳も失ったことになる。

「おいおい、いまのはどういうことなんだ？」とワシーリ・オルロフがたずねた。

「つまり……」チャンドラは慎重にことばを選んだ。「異状が起きたとき以降のハルの記憶を、わたしがみんな消去したということです」

「それはたいした離れわざだぞ」サーシャが驚きの声をあげた。「どんな風《ふう》にやったんですか？」

「申しわけないが、その説明を始めると、じっさいの操作より長い時間がかかりそうだ」

「博士、ぼくだってコンピュータの専門家ですよ。あなたやニコライには及びもつかないけれど、９０００シリーズは、たしかホログラフィック・メモリーを使っているんじゃないですか？　とすれば、単純な時間順序消去はできるはずがない。きっと何かのテープワームに特定の語やコンセプトを追っかけさせたんだ」

「サナダムシ《テープワーム》ですって？」船のインターカムを通じてカテリーナが口をはさんだ。「それはわたしの領分じゃないのかな。さいわい、あのいやらしい生き物には、アルコールの壜のなかでしかお目にかかったことはないけど。いったい何の話なの？」

「コンピュータ関係のスラングにそういうものがあるのですよ、カテリーナ。むかしは――遠いむかしのことだが――磁気テープというものがじっさいに使われていた。それに、特殊なプログラムをシステムに送りこんで、めあての記憶を追いかけて消す――なんなら〝食べる〟といってもいい――これは可能なのです。人間に対しても似たようなことができるんではないかな――催眠術を使って？」

「ええ。でも、それはいつでも元にもどせるわ。人間はほんとうに忘れてしまうということはないから。忘れたように思っているだけ」

「コンピュータはそのようには働かんのです。何かを忘れろと命令をうければ、そのとおり忘れる。情報はきれいに消去される」

「するとハルには、あの……不行跡《ふぎょうせき》の記憶がまったくないわけ？」

「百パーセント確信があるわけではないが」とチャンドラは答えた。「記憶の一部が、あるアドレスから別のところへ移る途中だったりすると、そいつが……いわゆるテープワームの捜索の目からもれることはありえますな。だが、そのおそれはなさそうだ」

チャンドラのことばをかみしめる沈黙のひとときが過ぎたのち、ターニャがいった。

「興味のつきない話ね。しかし、もっと重要な問題があるでしょう。今後ハルを信頼できるのか？」

チャンドラに答える間を与えず、フロイドが先まわりした。

「あれと同じ状況は二度と生まれない。それはわたしが約束する。あの事件は、コンピュータに保安の意味を納得させられなかったことから起こったんだ」

「人間にだって無理だろう」聞こえよがしにカーノウがつぶやく。

「フロイド博士のいうとおりになればいいわね」あてにする様子もなくターニャがいった。「それで次のステップはどうなの、チャンドラ？」

「べつにきわどい作業はありません。だらだらと時間がかかるだけです。木星からの脱出シーケンスをプログラムして、ディスカバリー号を地球へ送りかえす。到着は、われわれが高速軌道で帰りついてから三年後になります」

26　保護観察

受取先＝ビクター・ミルスン議長、アメリカ宇宙飛行学会議、ワシントン
発信元＝ヘイウッド・フロイド、USSCディスカバリー号内
用件＝内蔵コンピュータHAL9000の機能不全
機密種別＝**極秘**

チャンドラセガランピライ博士（以下C博士と記す）が、ハルの予備検査を終えた。欠けたモジュールは復旧し、いまコンピュータは申し分なく動作しているように見える。C博士の処置および結論の詳細は、彼とチョルノフスキー博士がまもなく提出する報告書を参照されたい。

そのまえに、会議――特に、事情にうとい新メンバー――向けに平易なことばで要約を、というそちらの要請だが、正直な話わたしにその才能があるとは思えない。いうまでもなく、わたしはコンピュータ科学者ではないからだ。しかし、できるだけや

ってみよう。

問題は明らかに、ハルに与えられた基本指令と保安要項との対立に発している。大統領の至上命令によって、TMA・1の存在はまったく秘密にされた。情報の入手は、知る必要のある人間にのみ許可された。

掘りだされたTMA・1が木星へと信号を放射したとき、ディスカバリー号のミッションはすでに高度な計画段階に入っていた。基幹クルー（ボーマンとプール）はたんに船を行先に運ぶだけが役目なので、この新しい目的は知らせないという決定が下された。調査チーム（カミンスキー、ハンター、ホワイトヘッド）を個別に訓練し、出発まで冷凍睡眠の状態にしておけば、情報がもれる危険（偶然であれ何であれ）は大幅に減り、機密保全のうえでも安心できるという理屈だ。

念のため書き添えておくが、当時わたしはこの方針への反対理由をいくつか指摘している（〇一年四月三十日付けのメモ、NCA342／23／**最高機密**）。しかし、これは上層部の判断で却下された。

ハルは人間の手助けなしでも船を操縦管理できるので、クルーが動けなくなったり死亡した場合にそなえて、自主的に任務を遂行するプログラムも組みいれることに決まった。こうしてハルは計画の全貌を知ったが、ボーマンやプールに明かすことは禁じられた。

この状況はハルの存在意義とは矛盾していた。ハルを設計した目的は、歪曲も隠蔽《いんぺい》もなく、情報を正確に処理することにあったからだ。これがもとでハルは、人間でいうなら精神異常をきたした——はっきりいえば統合失調症だ。C博士によると、専門用語では、ホフスタッター＝メビウス・ループにはまりこんだというのだそうだ。コンピュータが高度化し、自主的な目標追求プログラムをそなえると、この種の状況はそんなに珍しいものではなくなるらしい。くわしい事情はホフスタッター教授自身にきけばわかるという。

荒っぽい言い方をするなら（C博士の説をこちらが理解したとして）、耐えがたいジレンマに直面したハルは、内にめばえたパラノイア症状を、地球からモニターしている人びとに向けた。そこで管制センターとの無線リンクを断つことにし、最初にAE35アンテナ・ユニットの（ありもしない）故障を報告した。

これはハルにすればあからさまな嘘だ——そのために精神病もいっそう悪化したにちがいない。それればかりか、クルーとの対立まで引き起こした。この窮状を脱するには仲間の人間たちを排除するしかない。おそらくハルはそう決断し（もちろん、このあたりは臆測にすぎないが）——あと一歩のところまで成功した。つきはなした視点からながめるとき、もしハルが人間の〝干渉〟なしに単独で任務をつづけていたら、どうなっていただろうと考えるとなかなか興味深い。

以上が、C博士から聞きだしたほとんどすべてだ。C博士の疲労が激しいので、これ以上の質問は控えている。しかし、その点慎重を期したとしても、打ち明けた話（ただし、これはくれぐれも内密に）、C博士が思ったほど協力的でないことはたしかだ。ことハルに関しては弁解がましい態度が目立ち、ときにはまったく会話が成り立たなくなる。チョルノフスキー博士はもうすこし違う立場をとってくれるかと期待したが、たいして変わりはないようだ。

しかし唯一ほんとうに重要な問題は、今後ハルを信頼できるかだ。C博士はもちろん、疑いを抱いていない。回線切断につながる不快なできごとの記憶はことごとく抹消したと確約している。ハルが人間の罪悪感に類するものを味わうなどとはおよそ考えていない。

なんにしても、あの事件の原因となった状況は二度と起きないと思う。ハルにいろいろな癖が出てきたのは事実だが、べつに憂慮しなければいけないようなものは見当たらない。多少いらだたしい程度で、なかには実に愉快な癖もある。貴君も承知のように――いいかい、だがC博士は知らない――最後の手段として制御装置を奪いかえす手はずは整えた。

結論として――ハルのリハビリテーションは万事順調に進んでいる。保護観察中といってもよいだろう。

ハルはこれに気づいているのだろうか。

27 インタルード——打ち明け話

　人間精神には驚くばかりの適応力があり、しばらく時がたつと、どれほど信じがたいことも日常化してしまう。レオーノフ号のクルーが、おりにふれて外界と切り離された時間を持つのは、正常な神経を保とうとする無意識の反応なのかもしれない。

　そんなときヘイウッド・フロイド博士はしばしば、ウォルター・カーノウの態度に辟易《へきえき》させられる。この男は一座の花形になることに少々力を入れすぎるのではないか。とはいえ、のちにサーシャ・コワリョーフが〝打ち明け合戦〟と名付けたあのエピソードは、言いだしっぺこそカーノウであったものの、決してなにか思惑があって始めたのではなかった。ゼロG状態での水の使用にはまず決まって不便さがともなうものだが、カーノウがそれを公然と口にしたことから、話題はひとりでに盛りあがった。

「もし願いごとがひとつだけかなえられるんだったら」と日課である六時会議の席上、カーノウが声をはりあげた、「シャボンの泡がいっぱいのバスタブに思いきりつかりたいな。松《パイン》のエッセンスの香るなか、鼻から上だけ出して」

賛同のつぶやきと欲求不満のため息がおさまると、カテリーナ・ルデンコがこの挑戦をうけて立った。

「まあ、ウォルター、なんて自堕落なこと」と笑顔で一蹴して、「まるでローマ皇帝きどりね。もし地球に帰れるのだったら、わたしはもっと活動的なことをしたいわ」

「たとえば？」

「そうね……いっしょに時間もさかのぼっていいかな？」

「お好きなように」

「子供時代、夏休みになるとわたしはグルジヤの集団農場《コルホーズ》に遊びに行っていたのよ。きれいなパロミノの種馬がいて、これが農場の議長の馬なのね——闇市でもうけたお金で買ったんだって。腹黒い爺さんだったけれど、わたしは好きだった。お許しを得てはアレクサンドルにまたがって野原をかけまわったものだわ。まちがえば死んでいたかもしれない。だけど、このことを思いだすと地球が身近に思えてくるの、ほかの何よりも」

沈黙がおり、みんな考えにふけった。ややあって、「ほかには？」とカーノウがたずねた。

だれもがもの思いに沈んだため、ゲームはそのまま終わるかに見えた。だが、ふたたび会話に火をつけたのはマクシム・ブライロフスキーだった。

「ぼくはスキンダイビングだ。暇があるとき、趣味といったらまずこれだね。宇宙飛行の訓練中も、うまい具合にこれだけはつづいた。太平洋の環礁でももぐったし、グレート・バリア・リーフ、紅海――世界中で珊瑚の海くらいきれいなところはないと思う。といっても、いちばん印象に残っているのは、全然ちがう場所――大型海草《ケルプ》の森なんだ。まるで海底の大聖堂みたいで、陽の光が、伸びあがる長い葉のすきまから射しこんでくる。幽玄というのか……神秘的なんだ。行ったのは一度だけだ。二度とあの感動は味わえないかもしれない。しかし、また行ってみたいものだね」

「なるほど」とカーノウ。例のとおり司会役を勝手に引きうけている。「つぎはだれだ？」

「ずばり答えましょうか」とターニャ・オルローワがいった。「ボリショイ――〈白鳥の湖〉。だけどワシーリはこれには反対だわね。バレエが嫌いだから」

「じゃ、バレエ嫌いはぼくを入れて二人だ。それはいいとして、おたくは何にするんだ、ワシーリ？」

「わたしもダイビングといおうとしていたんだよ。だがマックスに先を越されてしまった。反対方向に行こうか――ハンググライダーだ。雲をぬけて夏空をかけるんだ、まったき静寂につつまれて。いや、まったきでもないな。翼にあたる気流は騒々しいし、バンキングしているときはなおさらだ。地球を楽しむのだったら、こいつだね――鳥になることだ」

「ジェーニャは？」

「いうも易《やす》しね。パミール高原でのスキー。わたし雪が好きだから」

「じゃ、チャンドラ、あんたは?」

ウォルターが水を向けたとたん、船内の空気が肌で感じとれるほどに変わった。顔をつきあわせるようになってもうかなりの時がたつというのに、チャンドラは依然として謎の人物だった。まったく礼儀正しく、むしろばか丁寧といえる一方、決して自分をさらけだすことはない。

「子供の時分、おじいさんに連れられてバラナシーへ巡礼に行ったことがある——つまり、ベナレスですね」チャンドラはゆっくりといった。「行ったことのない人には、まずわかってもらえないと思う。わたしにとって、あそこは世界の中心なのです。いまの時代にあっても、たいていのインド人はおなじですよ——宗派が何であろうと。いつか、また行ってみるつもりです」

「ニコライ、きみは?」

「そうだな、海の話も出たし空の話も出た。その二つを組みあわせるのはどうだ。昔はウインド・サーフィンが大好きなスポーツだったんだ。残念ながら、いまではちょっと年をくいすぎたがね。しかし、それに代わるものをさがしてみるよ」

「残るはあんただけだ。ウッディ。さあ、何にする?」

フロイドは考える間もおかなかった。われ知らず出た答えは、聞き手たちはおろか自分をも驚かせた。

「地球上のどこだろうとかまわない——息子といっしょにいられればいいんだ」

あとを受ける者はなく、集会は終わった。

28　フラストレーション

「……専門的なレポートはもう全部見ているだろうから、ジミトリ、あなたにもこちらのフラストレーションはわかってもらえると思う。テストや計測はみんなやったが、収穫は何もない。ザガートカは空を半分がた占めて、動きもせず、われわれのことなどまったく無視している。

といっても、決して〝死んでいる〟――というか、宇宙空間に捨てられたがらくたではありえない。ワシーリの話では、こんな不安定な秤動点に停まっているからには、なにか積極的な活動をしているにちがいないということだ。でなければ、ちょうどディスカバリー号がそうだったみたいに、とうの昔にただよいだしてイオに墜落しているところだろう。で、つぎに何をするかだ。まさか、〇八年の国連条約第三条に反して、ここには核爆発物はあるまいね？　いや、これは冗談だが……

仕事が峠をこし、帰りの発進時限までまだ何週間か余裕があるいま、船内にはフラストレーションのほかにも、飽きあきした空気がはっきりと流れている。笑うな――モスクワにいる身にどう聞こえるかは想像がつくよ。人類がこの目で見られる最大の驚異にかこまれて、知性ある人間が飽きあきしていられるか、といいたいんだろう？

しかし、これは間違いないことだ。士気も前ほどではない。ついこのあいだまでは、みんなあきれるくらい健康だった。いまでは、ほとんどだれもが軽い風邪とか、腹くだしとか、かすり傷なんかをやっていて、錠剤や粉薬を総動員してもなかなか治らない。カテリーナはもうサジを投げて、われわれをののしるだけだ。

退屈しのぎにひと役買っているのは、サーシャが掲示板につぎつぎと貼りだす公報だ。**ロシア英語追放**《ラスリッシュ》！がテーマで、こんなのを聞いたと称しては、ロシア語と英語のとんでもないごたまぜや、ことばのおかしな使い方なんかを拾っている。帰ったときには、みんな言語汚染の除去が必要だろう。あなたの国の連中が、本人たちは気づきもせず英語でしゃべっているところに、何回か行きあわせたことがある。むずかしい単語のときだけ自国語にもどるんだ。先だっては、気がついたら、こっちがロシア語でウォルター・カーノウに話しかけていた——それも何分かたって、おたがいに気がつく始末だ。

われわれの心理状態といえば、このあいだちょっとした予定外の動きがあった。どこかの煙探知器が反応して、夜中に火災警報が鳴りだしたんだ。

調べていったら、犯人はチャンドラだとわかった。あの葉巻という毒物をこっそり持ちこんでいて、誘惑に耐えきれなくなり、トイレですっていたわけだ——悪いことをする小学生みたいに。

もちろんチャンドラは恐縮のしっぱなしだ。ほかのみんなにしてみれば、あのパニックのあとだから、笑いがとまらない。よくあるだろう――外部の人間にはあまりピンと来ない、つまらないジョークが、けっこう理性のある人間の集まりで大受けに受けるというやつだ。それから二、三日、葉巻に火をつける真似をするだけで、みんな爆笑だったよ。

この事件がもっとばかげているのは、チャンドラがエアロックに入ったままだろうが、煙探知器を切ろうが、実際にはだれも頓着しなかったんではないかということだ。ところが本人は、そういう人間的な弱みをおおっぴらに認めたくないたちだった。だから、いまでは、まえ以上にハルにかかりきりになっている」

フロイドは**休止**のボタンを押し、レコーディングをやめた。チャンドラを笑い話の種にするのは、たまらない魅力ではあるが、あまり公平とはいえないかもしれない。この数週間のうちに、クルーそれぞれの性格のかたよりがいっせいに浮上してきた感があり、これといった理由もないのに、険悪ないさかいも何回か起こっていた。もっとも、それをいうならフロイド自身の行動はどうなるのか。批判される余地は、いままでまったくなかっただろうか？

自分がカーノウをしかるべく扱っているかどうかにも、まだ自信がなかった。あの大柄なエンジニアが好きになったり、あの少々大きすぎる声を楽しむようなことは、おそらくないだろうとは思う。だが、ここしばらくのうちにフロイドの見る目は、たんなる容認から敬意をこめた嘆賞へと変わっていた。ロシア人のあいだでの人気は大変なもので、カーノウのうたう〈ポーリシュカ・ポーレ〉などの愛唱歌はしばしば涙で迎えられた。一度、カーノウが少々図に乗りすぎたように見えたことがある。

「ウォルター」フロイドは慎重にきりだした。「これはわたしの知ったことではないかもしれないが、きみにちょっと話しておきたいことがある」

「人が自分の知ったことではないというときには、たいていそのとおりなんだ。で、なんだい？」

「ずばりいえば、マックスとのつきあい方だ」

ひんやりした沈黙がおり、その間フロイドは、むかいの壁のずさんな塗装の検査に神経をそそいだ。やがて、ものやわらかだが険のある答えが返ってきた。「彼は十八歳を越えてると見ていたんだがな」

「勘ちがいするな。はっきりいって、わたしが心配してるのはマックスじゃない。ジェーニャのほうなんだ」

カーノウは正直驚いたようにぽかんと口をあけた。「ジェーニャ？　彼女がこれに何のかかわりがある？」

「知性も教養もある人間にしては、きみは妙に観察力が足りないというか、鈍感なところがあるんだな。彼女がマックスに惚れているのはわかるだろう。ジェーニャの見る目に気がつかなかったか——きみがマックスの体に腕をまわすとき？」

カーノウが赤面するのを見るとは想像もしなかったが、このことばは的を射たようだった。

「ジェーニャだって？　みんなふざけていってるんだとばかり思っていた——おとなしいチビちゃんだものな。それに、マックスにはだれだって惚れる、みんなその人なりにね——エカテリーナ女帝だって。しかし……ふむ、これからは気をつけましょ。すくなくともジェーニャのまえでは」

間のびした沈黙があり、そのあいだに社交的空気は正常の温度にもどった。やがて、気を悪くしていないというところを見せたいのだろう、カーノウはうちとけた口調でつけ加えた。

「いやね、ジェーニャのことはよく考えるんだ。だれがやったか知らんが、あの顔の形成手術はみごとなものだと思う。だが、すっかりもとどおりになったわけじゃない。皮膚はつっぱり気味で、まともに笑ったところなんか見た覚えはない。ジェーニャを見ないようにしているのは、それがあるからだと思うんだ。こっちのそういう美的繊細さは認めてくれてもいいだろう、ヘイウッド？」

わざと形式ばって「ヘイウッド」と呼ぶのは、反感のあらわれというより気さくな皮肉であり、フロイドははじめて肩の力を抜いた。

「きみの好奇心はいくらかみたしてあげられそうだよ。ワシントンがやっと情報をつかんだ。ジェーニャは飛行機の墜落事故に遭っていて、大やけどから奇蹟的に回復したらしい。こちらから見れば、べつに謎めいた話でもないんだが、アエロフロートは事故を起こさないのが建前だからね」

「そういうことだったのか。気の毒に。よく連中が宇宙旅行を許可したものだな。まあ、イリーナが脱落した時点で、条件をみたしているのはジェーニャだけだったんだろうが。同情するよ。外傷のほかに、心理的ショックも相当なものだったろうし」

「それは間違いない。しかし完全に回復しているようじゃないか」

おまえは真実をすべて話してはいない、とフロイドは心にいった。おそらく話すこともないだろう。木星接近にさいしてのあの出会いより、二人のあいだには秘密の絆が結ばれた。愛ではなく、思いやりのきずな――それはしばしば愛以上に長続きするものなのだ。

フロイドは、カーノウへの感謝の気持が思いがけなく内にわきあがるのをおぼえた。カーノウは、彼が見せるジェーニャへの気づかいに明らかに驚きはしたものの、自己弁護のためにそれを逆手《ぎゃくて》にとるようなことはしなかったのだ。

だが、もしそうしていたとしても、カーノウを卑怯だといえるだろうか？　あれから日がたったいま、フロイドは、自分の動機が誇るに足るものかどうか疑いはじめていた。一方、カーノウはたしかに約束を守った。じっさいよほど察しのよい人間でなければ、わざとマックスを無視していると思いかねないところだろう——すくなくともジェーニャの前ではそのとおりなのだが……。また彼女への態度も打って変わってやさしくなり、ときには大声で笑わせる場面さえ見かけるほどだった。

とすれば、背後の衝動が何であれ、干渉は無意味ではなかったことになる。もっともその衝動については、ふがいないながら、フロイドには思いあたるものがあった。どうやらあれは——おのれを謙虚に見つめるなら——まわりに陽気にとけこんでいるバイセクシュアルに対し、正常なホモまたはヘテロが抱くひそかな嫉妬心であったらしい。

フロイドの指はレコーダーにもどったが、思考の糸は断ち切られていた。かわって自宅と家族のイメージが、いやおうなく心に押しよせた。目をとじ、わが子のバースデイ・パーティのクライマックスを思いうかべた。ケーキにともる三本のロウソクを吹き消すクリストファー——二十四時間足らずまえだが、ほとんど十億キロ近く隔たった世界のできごとだ。ビデオを何回もかけたので、その情景は心にすっかり焼きついていた。

それにしてもキャロラインは、彼のたよりを何回ぐらいクリスに聞かせて、息子が父親のことを忘れないように——というか、誕生日をまたひとつとばして帰ってくる父親を、他人として迎えないようにしているのだろう？　たずねるのがこわいようだ。

だがキャロラインを責めることはできなかった。フロイドにしてみれば、再会までに過ぎる時間はわずか数週間にすぎない。ところがキャロラインのほうは、彼が世界と世界を隔てる虚無のなかで夢のない眠りをむさぼるうちに、二つも年をとってしまうのだ。一時的とはいえ、夫をなくした妻にとって、二年は長い歳月である。

自分もまたこの船特有の病気にかかったのだろうか、とフロイドは思った。これほどのフラストレーション、それどころか挫折感を味わうのはめったにないことだった。自分はこの時空の深淵のなかで、無益な壮図《そうと》とひきかえに家族をなくしたのかもしれない。そう、おれは何ひとつ達成していない。ゴールに着きはしたものの、それは依然として不可解な、のっぺらぼうの、漆黒の壁だ。

にもかかわらず――かつてデイビッド・ボーマンはこう叫んだのだ。「信じられない！星がいっぱいだ！」

29 出現

サーシャの新しい布告にはこうあった。

ラスリッシュ公報8

——事項——タワーリシチ〔タヴァーリッシュ〕

アメリカ人の相棒諸君

ありていにいって、ぼくがこの語で人から呼びかけられたのは、記憶にもない昔のことだ。二十一世紀ロシア人にとって、この語は戦艦ポチョムキンとおなじく過去のもの——鳥打ち帽と赤旗、装甲車のステップから労働者たちに熱弁をふるうウラジーミル・イリイチなどを思いだすよすがでしかない。

呼びかけは、ぼくが子供のころから「兄弟《ブラーチエト》」または「友人《ドルジョーク》」だった。どちらでもお好きなほうを。

よろしく。

同志コワリョーフ

掲示に見とれてフロイドが笑っているとき、ワシーリ・オルロフが、ブリッジへの道すがらラウンジ兼展望デッキをふわふわと通りかかり、顔をあわせた。

「これには驚かされるね、同志《タワーリシチ》。工学物理以外のものを勉強する時間を、サーシャはよく見つけたものだ。そのうえ、こちらも知らない詩や芝居からの引用をしょっちゅうくりだし、英会話は——そう、ウォルターなんかよりはうまい」

「自然科学への転向組だからさ。サーシャは——つまり、なんていうんだ?——コワリョーフ家の変わり種なんだよ。父親はノボシビルスクの大学で英語の教授をしていた。家でロシア語を話すのは、月曜から水曜までと決まっていて、木曜から土曜までは英語なんだ」

「では日曜日は?」

「なに、フランス語とドイツ語さ。隔週でね」

「なるほど、きみたちが〝非文化的《ネクリトウールニ》〟というときの意味がこれでわかった。いままではどうもピンとこないところがあったんだ。で、サーシャは自分の……欠陥にこだわっているのか？　そうしたバックグラウンドがあって、なぜエンジニアなんかになった？」

「ノボシビルスクに住めば、農奴と貴族の区別はすぐにつくようになる。サーシャには野心もあったし、すばらしい頭脳に恵まれていたというわけさ」

「あなたも同じだろうがね、ワシーリ」

「ブルータス、おまえもか！　ほら、わたしだってシェイクスピアぐらいは――おい《ボジェ・モイ》！

――何だ、あれは？」

　フロイドはついていなかった。ちょうど見晴らし窓に背をむけて浮かんでいたのである。数秒おいて体をひねったとき、そこには巨大な木星とその円盤を分断するビッグ・ブラザーという、到着以来見慣れた眺めがあるばかりだった。

　しかしワシーリにとって、おそらく記憶に永遠に刻まれるであろうその一瞬、ビッグ・ブラザーのくっきりした輪郭のなかには、およそ異なる、ありえない光景が展開していた。あたかもそれは、別の宇宙にむかって、とつぜん窓が開かれたかのようだった。

　反射運動でまぶたがとじるまで、その光景は一秒足らず見えたにすぎない。ワシーリは、星々、いや、数知れぬ太陽の輝く宇宙空間をのぞきこんでいた。そこは星のひしめく銀河系中心部なのか、あるいは球状星団の中心核なのか。その瞬間ワシーリ・オルロフは、地球の星空を永遠に失った。これより後、地上から見上げる夜空は、耐えがたいほど空虚なものとなるだろう。比類ないオリオン座や輝かしいさそり座は、もはや目にとまらず、二度見る値打ちもない微弱な光点の連なりにおちぶれるだろう。

ふたたび目をあけたとき、すべては消えていた。いや——すべてではない、いままたもとどおりになった漆黒の直方体のちょうど中心に、かすかな星がひとつ、いまだに輝いているのだ。

しかし見守るうちにも位置を変えてゆく星など、あるはずがなかった。オルロフはもう一度まばたきし、うるんだ視野をはっきりさせた。そう、たしかに動いている。目の錯覚ではない。

流星か？　首席研究員ワシーリ・オルロフが受けた衝撃のほどは、真空中では流星などありえないと気づくのに数秒かかったことからも知れよう。

と、星はだしぬけに光のすじに変わると、みるまに木星のふちを過ぎて消えた。そのころにはワシーリも気をとりなおし、冷静沈着な観察者にかえっていた。

その軌道はおおよそ見当がついた。疑いの余地はない。物体はまっすぐに地球をめざしたのである。

第五部　星々の子

30 帰郷

まるで夢から——というより、夢のなかの夢からさめたかのようだった。星界への門は、ふたたび彼を人間界へと連れもどした。しかし、もはや彼は人間ではない。

どれくらい留守にしていたのか？ そう、一生涯……いや、二生涯だ。一度は時の流れにそって、つぎには逆行して。

アメリカ合衆国宇宙船ディスカバリー号の船長、また生存する最後の乗員——かつてのデイビッド・ボーマンは、とほうもなく巨大な罠にかかった。その罠は三百万年まえに仕掛けられ、適当な時間、適当な刺激に対してのみ反応するように仕組まれていた。罠におちた彼は、ひとつの宇宙から別の宇宙にぬけ、数々の驚異を目《ま》のあたりにした。そのなかには、いまとなれば自明のものもある。だが、そのほかを残らず理解することはおそらくないだろう。

無限にのびる光の回廊をいやます速度で駆け、ついには光をも抜き去った。ありえないことであるとはわかっていた。だが、いまではそれを可能にするすべを知っている。アインシュタインがいみじくもいったように、主なる神は巧妙ではあるが、決して悪意をいだいてはいないのだ。

宇宙の転轍《てんてつ》システム――数々の銀河系をむすぶグランド・セントラル・ターミナル――を通りすぎたのち、彼は未知の力に守られて、巨大な赤い恒星の表面近くに現われた。

そこでは、太陽面で迎える日の出という矛盾した現象を目撃した。まばゆい白色矮星が、死にかけた巨星の空に昇ってゆくのだ。真下に火の津波を巻きおこしながら、空を駆ける白熱のまぼろし……。恐怖は感じなかった。驚きがあるばかりだった。スペースポッドが彼を乗せて、その劫火のなかに降下をはじめたときも……

……そして着いたのは、あらゆる理屈に反して、ホテルの続き部屋《スウィート》だった。内部は快適に整えられ、どこか馴染みのあるようなものばかりがそろっていた。しかし、その大半は模造とわかった。棚にならぶ本は見せかけ。冷蔵庫にはシリアル食品の箱や缶ビールがあり、名のとおったラベルが見えるが、入っているのはみんな同じ甘口の食物。パンを思わせる舌ざわりで、なんとも形容のつかない味わいだった。

自分が宇宙動物園に入れられたことは、すぐにわかった。檻は、古いテレビ番組の映像から慎重に複製されたものなのだ。とすれば、飼育係はいつ、どんな形態をとって現われるのだろう？

なんと愚かな予想をたてたものか！　いまではそれが、風を目で見ようとしたり、火のほんとうの形を推理するのと同じたぐいのものであることを知っている。

やがて心身の疲労は限界に達し、デイビッド・ボーマンは最後の眠りについた。

それは完全には無意識におちいることのない、奇妙な眠りだった。森のなかにひろがる霧のように、何かが心に忍びこんできた。彼は侵入をおぼろげに感じただけだった。全力でくれば、周囲で荒れくるう炎と同様、たちまち彼の心身を滅ぼしてしまうだろう。無感情な精査のもとで、彼は希望も恐怖も感じなかった。

その長い夢のなかで、彼は目覚めた夢を見ることがあった。歳月は過ぎ去っていた。あるとき鏡をのぞいたところ、そこには自分のものとは思えない皺だらけの顔があった。肉体は死をめざしてひた走り、生物時計の針は真夜中にむかって狂ったように回っている。だが真夜中に行き着くことはなかった。最後の瞬間、〈時〉は止まり――逆行をはじめたからである。

記憶の泉が汲みだされてゆく。コントロールされた回想のなかで、彼はふたたび過去を生き、知識と経験を洗い流しながら、子供時代へと逆行してゆくのだった。だが何ひとつ失われることはない。生涯のあらゆる瞬間にあった彼のすべてが、もっと安全な場所に移されているのだ。人間デイビッド・ボーマンが存在を終えた瞬間、ひとつのいのちが不死に変わり、物質の制約をこえた。

いま彼は胎児の神、誕生のときを待ちわびる神だった。自分がかつて何であったかは知っているが、何者になったかは知らず、長い長い時間、どことも知れぬ淵に浮かんでいた。いまはまだ変態の過程にあるのだろう。蛹《さなぎ》と蝶のあいだのどこか——それとも、まだ幼虫と蛹のあいだなのか……

やがて停滞が破れた。彼の小さな世界に、〈時〉がふたたび侵入してきた。とつぜん間近に現われた漆黒の直方体は、まるで昔からの友人のようだった。

月面でも見たことがある。木星周囲の軌道上でも出会った。いまだ測り知れぬ秘密を宿しているものの、それはもうまったくの謎ではない。その力の一端は、いまとなれば理解できた。

自分の前にある物体が一個ではなく、おびただしい数から成っていることにも気づいた。また、計測機器がどんな答えを出そうが、それが常に同じサイズ——必要なだけの大きさ——であることも。

各辺の比率をあらわす自乗の数字、1対4対9——いまでは何とあたりまえに見えることか！　しかも、数列がたった三次元で終わるとばかり思っていた愚かさ！

心が単純きわまる幾何学構造に焦点をあわせたちょうどそのとき、からっぽの物体に星が満ちわたった。ホテルの部屋は——もし実在したとすれば——その創造者の心に融けこみ、いま彼のまえには銀河系の輝く渦巻が展開していた。

美しい、信じられぬほど精巧な模型が、プラスチックのブロック内部に刻まれているかに見える。だが、これは現実――視覚よりはるかに高度な感覚がとらえた銀河系の全貌なのだ。望みさえすれば、その千億の星のどれにでも意識を集中することができる。

銀河系中心部であかあかと燃えるかがり火と、辺境でまばらに寂しく光る前哨の星々。そのあいだにあって、彼はここ、たくさんの太陽がひしめく広大な河に浮かんでいる。そして彼がめざすのはここ――長々とのびる裂け目の向こう岸、星ひとつない暗黒の帯をまたぎ越えたところだ。この定かならぬ混沌は、遠くで燃えたつ霧に照らされ、ふちがぼんやりと浮かびあがっているにすぎないが、それがまだ星にならない物質、いわば将来の進化の原料であることを彼は知っていた。そこでは〈時〉はまだ始まっていない。いま燃えている太陽群が死んだはるかのちに、光と生命がこの闇にかたちを与えるのだ。

心ならずも、彼はその深淵をわたってきた。いま、心構えは十二分にできたが、自分をつき動かす衝動を何ひとつ理解しないままに、ふたたび深淵をわたらなければならないのだった……

心の枠におさまっていた銀河が、彼に向かって炸裂《さくれつ》した。星や星雲が、あたかも無限大の速度を得たかのように流れすぎてゆく。まぼろしの太陽が爆発しては遠のき、彼は影のように星々の核を突き抜けて飛んだ。

星がめっきりと減ってきた。天の川の明るさは、ここではみすぼらしい残り火になりさがっている。帰ってきたのだ。——めざしたまさにその場所、人びとにとって実感のある宇宙に。

意識は自分のぐるりをあざやかに映し、外界からくる無数の感覚インプットを、以前よりはるかにくまなく捉えている。そのひとつひとつを自由に取りだせるばかりか、事実上無限の細部まで調べることもできる。時空の基底にある粒状構造につきあたるまで……その先には混沌しかない。

仕組みはわからないながら、自由に動くこともできた。だが肉体があったとき、それが動く仕組みを知っていただろうか？ 脳から四肢にいたる命令系統は、あまり注意をはらったことのない謎だった。

意志をはたらかせると、ほど近い例の星のスペクトルが、そう願った分だけ、青に偏移した。光速の何分の一かで、その星への落下に入ったのだ。その気になればもっと速くもなるが、べつに急いではいなかった。整理し、吟味しなければならない情報——わがものにしなければならない情報は、まだまだ山ほどある。それが当面の目標だ。と同時に、その背後には、なにかはるかにスケールの大きい計画がひそんでおり、おいおい明らかになるであろうことも知っていた。

宇宙と宇宙をむすぶ門が、うしろでたちまち小さくなる。かたわらには素朴な宇宙船があり、いくつかの生命体が不安げに見守っている。そうしたものに関心はなかった。それらはすでに過去の一部であり、いまはもっと根深い記憶が彼を呼んでいるのだ。二度と見ることはないと思っていた世界に、帰ってこいと呼んでいるのだ。

数知れぬ声が聞こえ、声はますます大きくなってゆく。星もまた大きくなってきた。太陽の長くのびたコロナにほとんど隠れた光点から、うすい三日月状へ、そしてついには輝かしい青と白の円盤へと。

むこうは彼の接近に気づいている。下の込みあった球体では、いまごろ警告灯がどのレーダー・スクリーンにもひらめき、巨大な追跡望遠鏡が空をさがしていることだろう。そして人間たちが考えるような歴史は、終わりをつげるのだ。

千キロほど下方の気配が、意識に入った。軌道上でまどろんでいた死の積荷が目をさまし、もぞもぞと身じろぎしている。内部にある弱いエネルギーは、彼にとって何の脅威でもない。むしろ有効に利用できるだろう。

回路の迷宮に入ると、その凶暴な中心部へとすみやかに道をたどった。枝分かれする道のほとんどは黙殺してかまわなかった。どれもが袋小路であり、保安用に仕掛けられているにすぎない。あらたに得た観察力のもとでは、細工は幼稚なものだった。横道はみんなたやすく迂回できた。

最後に難関がひとつ、無骨な継電器があり、二つの接点を効果的に引き離していた。これが閉じないかぎり、最終段階をスタートさせる電力は通じないのだ。

意志を送りこむ――そこではじめて挫折と焦燥を味わうことになった。わずか数グラムの高感度スイッチが動かせないのだ。彼は依然として純粋エネルギーのままの生物であり、自動力のない物質の世界は、いまのところ力の範囲外にある。よし、それなら答えは簡単だ。

彼には知らないことがまだ多すぎた。継電器に送りこんだ電流パルスは強すぎ、危うくコイルを融かす寸前、引き金装置が作動した。

時はゆっくりとマイクロセカンドをきざんでゆく。核物質がエネルギーへと収束するさまは、なかなかの見ものだった。かぼそいマッチで弾薬列車に点火するようなもので、つぎには列車は――

メガトンの花が音もなく咲きほこり、眠れる世界の半分に、短いいつわりの夜明けをもたらした。炎のなかから飛びたつフェニックスさながらに、彼は必要なだけを吸収し、残りを放棄した。見おろす地表付近では、これまでも惑星を数々の危険から守ってきた大気のシールドが、もっとも有害な放射線を吸収した。しかし人間や動物のなかには、視力をなくす不運な者も出てくるだろう。

爆発のあと、地球は声を奪われたかに見えた。短波と中波の絶えまないさざめきは、とつぜん勢力をました電離層にはねかえされ、まったく沈黙した。いま惑星は、しだいに分解してゆく見えない鏡面におおわれ、その下からマイクロ波だけがつきぬけてくる。大半はきわめて収束したビームなので、とらえるのはむずかしい。二、三の強力なレーダーがまた彼を追跡しているが、それはさして重大なことではなかった。中和する気になればたやすいことなので、その手間もはぶいた。爆弾がまたこちらにむかってくることがあっても、同様にそっけなく対処してしまうだろう。当面、必要なだけのエネルギーは確保したのだ。

やがて彼は、大きな螺旋を描きながら、失われた幼年期の風景めざして降下に入った。

31　ディズニー村

ウォルター・イライアス・ディズニーは、歴史上の宗教家すべてを合わせた以上に、人間の真の幸福のために寄与している。かつてそのような発言をし、労もむなしく、おおかたの非難をあびた世紀末の哲学者がいる。しかしディズニーの死より半世紀を経たいま、この芸術家が抱いた夢は、フロリダの風土に前にもまして豊かに花ひらいていた。

開設された一九八〇年代初頭、実験未来都市エプコット・センターは、新しいテクノロジーと生活様式を展示するショーケースであった。しかし創設者も気づいていたように、エプコットは、広大な土地に本当の生きた町が現われ、その町を郷土と呼ぶ人びとが住みつかなければ、目的は達せられない。そのプロセスには二十世紀の残りいっぱいが費され、いまや住宅地区は二万の人口をかかえるまでに成長し、当然の成行きとして、ディズニー村の名で知られるようになっていた。

移住にはディズニー社顧問弁護士たちのきびしい審査があるため、べつに驚くことではないが、住民の平均年齢はアメリカ合衆国の地域社会のなかではいちばん高く、またその医療設備は世界の最先端に位置していた。事実、設備のなかには、ほかの場所では実現はおろか、発想もされないようなものもまじっていた。

その部屋は病室とは見えないように入念に設計されており、本来の目的をうかがわせるのは、二、三の見慣れない備品類だけだった。ベッドはかろうじて膝にとどく程度の高さ。落ちても怪我のないように配慮されているわけだが、看護婦の都合にあわせて高くすることも、背もたれを作ることもできる。バスルームでは、湯ぶねのふちは床の高さにあり、手すりのほか、作りつけのシートがなかにあるので、老人も虚弱者も楽に出入りができる。部屋の床には厚いカーペットがしかれているが、足をすべらせるような敷物はほかにはなく、怪我のもとになる危険なでっぱりもない。以上を除けば、ふつうの部屋との差異はさほど目立たず、TVカメラもうまく隠されているので、だれにも違和感を与えない。

生活のにおいのする調度はきわめて少ない。古びた本が何冊か片隅にあり、壁には、「合衆国宇宙船、木星へむかう」とうたった新聞の一面記事が、額縁に入れて飾られている。ニューヨーク・タイムズの、印刷版としてはほとんど最後に近い号である。額縁のそばに二枚の写真。一枚には十代後半の少年がおり、もう一枚にはその少年が成長し、宇宙飛行士のユニフォームを着た姿が写っている。

TVパネルではホーム・コメディが進行している。それを見守る白髪まじりの華奢《きやしや》な老女は、まだ七十にもなっていないのに、はるかに老けて見えた。ときおり老女はギャグを理解して楽しそうに笑う。だがその目は、来客を待ちうけるかのように、絶えまなくドアにそそがれている。そしてドアを見るときには必ず、椅子にたてかけた杖を強くにぎりしめる。

だが、ちょうどホーム・コメディに気をとられた隙にドアはあき、老女はやましげな驚きの表情を見せて、部屋に入ってくるワゴンをふりかえった。ワゴンのうしろには、白衣のナースがぴったりとつき従っている。

「お昼ですよ、ジェシー」とナースが呼びかけた。「今日のはとてもおいしいわ」

「お昼はいらないよ」

「元気が出るのに」

「何を持ってきたかいってごらん。いわなければ食べないよ」

「なぜ食べないのかしらね」

「おなかがへっていないもの。あなたはおなかがへるのかね?」

ロボット・ワゴンは椅子のかたわらで停まり、カバーがあいて料理が現われた。その間、ナースはワゴンのコントロール・スイッチも含めて、いっさいに手をふれなかった。ナースはいま立ちつくし、いくぶんこわばった笑みをうかべてこの厄介な患者を見つめている。

五十メートル離れたモニター室では、医療技術者が医師にこう指示したところだった。

「さあ、これを見て」

ジェシーのしなびた手が杖をとりあげると、つぎの瞬間、驚くほどのすばやさでナースの脚をはらった。

杖はからだを素通りし、ナースはまったく気づいたようすもない。かわりにこういって老女の機嫌をとった。「ほら、おいしそうでしょう？　お食べなさい」

狡猾な笑みが老いた顔にうかび、ジェシーは指示にしたがった。まもなく彼女は元気よく食べはじめた。

「どうです？」と技術者。「状況を完全にわきまえている。見かけよりは、ずっと頭がすっきりしているんです。たいていのときはね」

「で、このお婆ちゃんが最初なのかね？」

「そうです。ほかの患者はみんなナース・ウィリアムズが実在し、食事を運んでくるものと思いこんでいる」

「まあ、問題はないだろう。見たまえ、あの満足そうな顔。われわれをまんまとだしぬいたわけだ。こうして食べているところを見ると、あれはこのための儀式なんだよ。しかしナースたちには警告しておかなければいけないな。ウィリアムズだけじゃなく全員にだ」

「ああ――それはもちろんです。つぎのときはホログラムではないかもしれない。傷だらけの医局員がみんな訴訟を起こしてくるんでは、たまりませんからね」

32 水晶の湖

インディアンや、ルイジアナから移住してきたアカディア人の開拓民によれば、この〈水晶の湖〉は底なしであるという。これはもちろんばかげた噂であって、連中すら信じているとは思えない。真偽のほどを確かめるには、水中メガネをかけ、二掻きか三掻き湖の中央に泳ぎだせばよい。すると、深みに小さな洞穴がくっきりと見えてくる。信じられぬほど澄んだ水がそこから湧きだし、グリーンのひょろ長い水草が周辺でそよいでいる。そして、水草の隙間からこちらをうかがう怪物の目。

二つ並んだ黒っぽい円。決して動きはしないが、あれが目でなくて何だろう? 隠れひそむあの生き物のおかげで、湖での泳ぎがいつもスリリングなものになるのだ。いつの日か怪物は小魚を追いちらしながら、大きな獲物を求めてねぐらから浮かびあがってくるだろう。しかしボビーもデイビッドも、水草になかば埋もれた(疑いなく盗品の)自転車以上に危険なものが、百メートルの水底に待ちうけていようとは夢にも思っていなかった。

百メートルとはまた桁はずれの深さだが、釣糸とおもりで測った結果は議論の余地のないものだった。潜水のじょうずな兄のボビーは、その十分の一ぐらいまではもぐった経験があり、どこまで行っても底は遠いと報告した。

しかし、いま〈水晶の湖〉は、その秘密を明かそうとしていた。郷土史の研究家はみんな鼻で笑うけれど、南軍の財宝の伝説はあるいは本当かもしれない。それが駄目でも、最近の犯罪事件で捨てられた拳銃をいくつか回収して、警察署長とお近づきになることはできそうだ。そうしておけば、いろいろと得がある。

小型のエアコンプレッサーは、ボビーがガレージのがらくたの山から見つけてきたもので、始動に手間がかかったが、いまは順調に動いている。数秒ごとに咳《せ》きこむような音をたて、青い煙を吐きはしても、エンジンが止まるようすはない。「もし止まったとしてもだぜ」とボビーはいう。「だから、どうだっていうんだよ。水中レビューの女の子が送気ホースなしに五十メートル上がって来れるのなら、おれたちだってできるさ。だいじょうぶ」

デイブの心にかすかな疑惑がうかぶ。もしだいじょうぶなら、なぜ母さんに教えないのだろう？　シャトルの打ち上げで父さんがケープに行ってしまうまで、なぜ待っていたのだろう？　だがデイブにはとりたてて不安の材料はなかった。何事につけ、ボビーは一枚上手《うわて》なのだ。十七になり、何でも知ってしまうというのは、きっとすばらしいことにちがいない。これであのばかなベティ・シュルツとつきあう時間さえ減らしてくれたら……。

それはたしかにベティはきれいだけど――あいつ、女じゃないか！　今朝だってベティを追い払うのにさんざん苦労したのだ。

デイブはモルモット扱いには慣れていた。弟というものはそのために存在するのだ。彼は水中メガネを直し、フリッパーをはくと、澄みきった水に入った。

ボビーが送気ホースをよこす。ホースには、スキューバ用の古いマウスピースがテープで固定されている。デイブはひと口吸い、顔をしかめた。

「まずいよ」

「すぐ慣れるさ。さあ、もぐるんだ。あの岩棚のところで止まれよ。空気の無駄づかいをしないように、あそこで圧力バルブを調節するからな。ホースを引っぱったら上がってこい」

デイブは頭をそっと水に沈め、不思議の国へとすべりこんだ。そこは平和なモノクロームの世界だった。フロリダ・キーズの珊瑚礁とは大違いで、けばけばしい色彩はどこにもない。海では動物植物を問わず、あらゆる生命が虹の七色をまとって妍《けん》をきそう。ここにあるのは青と緑の微妙な陰影だけであり、魚もまた魚らしく、蝶のようではなかった。

ホースを引きずりながら、ゆっくりと水をけって進む。息苦しくなると止まり、湧きだす気泡を飲んだ。解放感はなんとも心地よく、口の中の油くささも忘れるほどだった。岩棚にたどりつくと――実際には水につかった古い木の幹が水草におおわれ、見分けがつかなくなったものだが——その上にすわり、周囲を見わたした。

見通しはよく効き、この水没した火口の遠いつきあたりにある緑の斜面まで見えた。そこまで少なくとも百メートルはあるだろう。魚の数はそれほどでもなく、小さくまとまった群れが、さしこむ日ざしを受けて、銀貨の雨のようにきらめきながら通りすぎてゆく。

土手の切れ口、湖が海へと旅立つところには、いつものように古馴染みの一ぴきが陣取っている。小型のアリゲーター（「だけど大きいぜ。おれより大きいもの」とボビーは陽気にいったものだ）が、鼻づらを水面に出して、一見何の支えもなく棒立ちの姿勢で浮かんでいる。ワニたちは人間などに頓着していない。だからデイブもワニには頓着しなかった。

送気ホースにもどかしげな引きが来た。デイブはほっとして水をけった、いままでどうしても行き着けなかった深みが、こんなに冷たいものだとは予想もしていなかったのだ。それに、ひどい吐き気も催していた。だが暑い日ざしにあたると、まもなく気分は回復した。

「問題なし」と晴れやかにボビーがいった。「バルブをどんどんゆるめて行けばいいんだ——圧力計が赤い線の下まで落ちないように」

「どこまでもぐるの？」

「ずっと底までさ。気がむいたらな」

デイブはまじめには受けとらなかった。深みでの恍惚状態と潜水病のことは二人とも知っている。なんにしても、この古びた撒水《さんすい》ホースの長さはわずか三十メートルなのだ。最初の実験にはそれで充分だった。

これまでも何回となくやってきたように、デイブは、新記録にいどむ兄の姿を羨望と賞賛の目で見送った。周囲を行く魚たちと同じように屈託なく、ボビーは青い神秘の宇宙にすべりこんでゆく。一度ふりかえり、元気よく送気ホースを指さすと、見違えようのない仕草で、空気の量を増やせという合図をよこした。

とつぜん襲ってきたひどい頭痛にもめげず、デイブは本分を守った。古ぼけたコンプレッサーのところにかけもどると、制御バルブをいっぱいに開いた——致命的な最大値、一酸化炭素濃度五十ｐｐｍまで。

デイブが最後に見たのは、まだらの陽光を浴びて、手のとどかぬ深みへと自信ありげに沈んでゆく最愛の兄のうしろ姿だった。葬儀場の柩《ひつぎ》に横たわる蠟細工は、ロバート・ボーマンとは何のかかわりもない見知らぬ存在となり果てていた。

33　ベティ

自分はなぜここへ来たのか？　浮かばれない幽霊のように、なぜこの過ぎ去った苦悩の地にもどってきたのか？　思いあたる理由はなかった。事実、真下の森のなかから〈水晶の湖〉のどんぐり眼がこちらを見上げるまで、目的地など意識になかったほどだ。

世界を統《す》べる力を持ちながら、いま彼は、久しく味わったことのない圧倒的な悲しみに呪縛されていた。なるほど時は、ならいどおりに傷を癒した。しかし湖のほとりに泣きながら立ちつくし、サルオガセモドキのはびこるヌマスギの森をエメラルドの鏡のなかに見つめていたのが、つい昨日のことのように思える。いったい、これはどうしたことなのか？

そしていま、計画的な意図は何ひとつないまま、ゆるやかな流れに身をゆだねたように、彼は北へ、フロリダの州都タラハシーへとただよいだしていた。なにか見つけなければならないものがあるのだ。それが何であるかは、見つけないことにはわからない。

彼の通過に気づく人間や計器はなかった。不経済な放射はなくなっていた。四肢がまだあったころを忘れはしないが、四肢の喪失感を克服したときと同様に、エネルギーの制御も思いのままになりつつある。彼は耐震性の地下建造物に霧のように沈みこむと、内蔵された数十億の記憶素子とはでやかにきらめく電子思考ネットワークのなかに分けいった。

こんどの作業は、稚拙な核爆弾を扱うよりかなり複雑で、少々時間がかかった。めざす情報にたどりつく手前で、小さなミスをひとつおかしたが、訂正する手間はかけなかった。翌月、姓がすべてFで始まるフロリダ州の納税者三百人のもとへ、額面きっかり一ドルの小切手がとどいた理由は、だれにもわかっていない。過剰支払い分の数十倍の経費をつかって調査がおこなわれた末、頭をかかえたコンピュータ技術者たちは、宇宙線の雨のせいにして問題にケリをつけた。結果からいえば、これは当たらずとも遠からずというところだろう。

ほんの数ミリセカンドのうちに、彼はタラハシーからタンパ市サウス・マグノリア通り六三四に転位していた。住所は以前と同じ。わざわざ調べるまでもなかったわけである。

しかし逆にいえば、住所をつきとめるその瞬間まで、彼はべつに意図して調べていたわけではない。

三度の出産と二度の中絶ののちも、ベティ・フェルナンデス（旧姓シュルツ）は相変わらず美しい女性だった。その瞬間のベティはまた、深い思いに沈む女性でもあった。ほろにがい思い出を呼びさますTV番組を見ていたのである。

それは特別ニュース番組で、木星衛星軌道からレオーノフ号が送ってきた警告に始まる、過去十二時間の謎めいたできごとを報じるものだった。何かが地球めざして飛んだ。何かが軌道上の核兵器を——地球に危害を及ぼすことなく——爆発させた。兵器の所有国は名乗りでてこない。その程度だが、それでも充分だった。

ニュース解説者たちは古いビデオテープ——なかには文字どおりのテープもある——を残らず持ちだして、月面でのTMA・1発見にさかのぼるかつての極秘記録を総ざらいしている。もう五十回は聞いているだろうか、モノリスが月面の夜明けを迎えて木星へと送りだす、あの無気味な電波の叫びがひびく。そしてふたたびベティは、ディスカバリー号から中継される懐しい情景に見入り、古いインタビューに耳を傾けていた。

なぜこんなものを見るのだろう？　みんなライブラリーのどこかにしまってあるものばかりなのに（といっても、ホセが家にいるときには決してかけることはないのだが）。たぶんニュース速報でも見たかったのだろう。過去がいまだに大きな力で自分の感情を支配していることを、ベティは自分自身に対しても認めたくなかった。

画面には、予想したとおりデイブが映っていた。昔のBBCインタビューで、ベティはほとんどその一字一句をそらんじている。話の内容はハルに関するもので、コンピュータには自意識があるのかないのか結論づけようとしていた。

なんという若さ——死に瀕した宇宙船ディスカバリー号からの最後のぼやけた映像とは、

こんなに違うものか！　思い出のなかにあるボビーになんと似ていること。目に涙がこみあげ、映像がゆらいだ。いや、受像機がおかしいのだ。それとも電波のせいか。音声も映像もどこか狂っている。

デイブの口元が動いているが、声は出てこない。と、その顔が分解し、色彩のブロックに変わった。顔がまた現われたが、それもぼやけ、やがてふたたび安定した。しかし音声はない。

どこでこんな写真を見つけたのだろう？　これは大人のデイブではない。少年のころの写真——彼女がはじめてデイブを知った時期のものだ。スクリーンに映る眼差しは、まるで時の深淵を越えて彼女を見つめているかのようだった。

少年のデイブがほほえんだ。口元が動いた。

「やあ、ベティ」と彼はいった。

ことばを作り、オーディオ回線内をパルスする電流に押しこむのは、さほど面倒ではなかった。いちばんの障害は、氷河そこのけに遅々とした人間の思考速度に合わせることだった。しかも、そのあと答えが返ってくるまで永劫を待たなければならない……

ベティ・フェルナンデスは気丈だった。また知性もあり、家庭に入って十二年になるが、エレクトロニクス機器の修理員として積んだ経験を忘れてはいなかった。これもまた、この媒体で数限りなく起こっている見せかけの奇跡のひとつなのだ。とりあえず受けいれよう。細かい心配はあとですればよい。

「デイブ。デイブ――ほんとうにあなたなの？」

「確信はない」奇妙に抑揚のない声で映像が答えた。「しかしデイブ・ボーマンと彼の身に起こったことは何もかも覚えている」

「デイブは死んだの？」

さて、これがまた答えにくい質問だ。

「そうだね――からだは滅びた。だが、それはもう重要ではないんだ。以前デイブ・ボーマンであったものは、いまはみんなわたしの一部なんだから」

ベティは胸で十字を切り――それはホセから習いおぼえた仕草だった――ささやき声で問いかけた。

「それでは――あなたは霊なの？」

「うまいことばが見つからない」

「なぜ戻ってきたの？」

ああ！　ベティ――ほんとうに、なぜなんだ？　きみが教えてくれるなら……

しかし、ひとつだけ明らかな答えはあり、それはTV画面に映っていた。肉体と精神の分裂はいまだすっかり完了したわけではなく、視聴者のご機嫌とりにいかに狂奔するケーブル・ネットワークでも、いま画面で進行している露骨なセックス場面を放送するはずはなかった。

ときにはほほえみ、ときには顔をしかめながら、ベティはしばらくTVを見つめていた。やがて顔をそむけたが、それは羞恥心からではなく、二度と帰らない歓びへの哀惜の念によるものだった。

「すると、この世のそとに天使がいるという話は嘘だったのね」

わたしは天使なのか？　しかし少なくとも、自分がここへ何をしに来たかは知っていた。悲嘆と欲望の潮に押し流され、過去との出会いを演じるためにやってきたのだ。彼の経験にあるもっとも激しい感情はベティへの恋情であり、そのなかにまじる悲しみとやましさは、それを強めこそすれ弱めるものではなかった。

彼がボビーよりましな恋人であったのかどうか、そのたぐいの話はベティの口から出たことはない。それは一度もたずねたことのない疑問であり、たずねれば恋の呪文は破れるにきまっていた。二人は同じ幻想にしがみつき、たがいの腕のなかに同じ傷を癒す薬を求めあった（それにしても、なんと若かったことか——始まりは十七歳、兄の葬儀から二年もたっていないころだ！）。

もちろん長続きするはずはなかった。だが遊戯が終わったとき、彼はいやおうなく変わっていた。それから十年あまり、彼の自体愛的な幻想はすべてベティに集中した。ベティを越える女性はけっきょく見つからず、いつかあきらめの心境に達した。そんなわけで、ほかにはだれもこの愛すべき幽霊につきまとわれる羽目にはならなかった。

官能のイメージが画面から消えた。つかのま正常な番組が割りこみ、イオの上空にうかぶレオーノフ号を脈絡もなく映しだした。デイブ・ボーマンの顔がふたたび現われた。目鼻だちが踊っているところを見ると、制御力を失いかけているようだった。十歳そこそこに見えることもある。だがつぎには二十、三十になり、やがて信じられぬことに、ひからびたミイラに変わった。その老いさらばえた顔だちは、かつて知っていた男のパロディでしかなかった。

「行くまえにもうひとつ質問がある。カルロスのことだ。きみはホセの息子だといいはっていたが、わたしには信じられなかった。本当のところは？」

ベティ・フェルナンデスは、自分がかつて愛した少年の目を長いこと見つめた（いまはまた十八歳にもどっており、一瞬、顔だけでなく全身を見たいという思いがこみあげた）。

「あなたの息子よ、デイビッド」とベティはささやき声で答えた。

少年の顔が消え、平常の電波が回復した。小一時間して、ホセ・フェルナンデスが静かに部屋に入ってきたときも、ベティは依然としてスクリーンを見つめていた。

夫のキスをうなじに受けても、彼女はふりかえらなかった。

「信じられないことが起こったわ、ホセ」

「いってごらん」

「わたし、幽霊に嘘をついてしまったの」

34　告別

一九九七年、アメリカ航空宇宙工学協会（ＡＩＡＡ）が問題の報告書『ＵＦＯの半世紀』を刊行したとき、評論家筋からは、未確認飛行物体はすでに何世紀にもわたって観測されており、ケネス・アーノルドによる一九四七年の〝空飛ぶ円盤〟目撃には数知れぬ前例があるという意見が数多く出された。たしかに人間は、歴史のあけぼのより空に奇妙なものを見てきたが、二十世紀のなかばまで、それはとりとめのない現象であり、広く関心を集めるにはいたらなかった。ところが、その時点をさかいにＵＦＯは社会的・科学的事件として注目され、信仰としか名づけようのないものの基盤となったのである。

理由はおおよそ見当がつく。巨大ロケットの登場と宇宙時代の幕あきが、人びとの心を地球以外の世界へと開いたのだ。人類にはまもなく生まれ故郷の惑星から飛びたつときが来る。そんな自覚は、やがて必然の問いかけをみちびきだした。ほかのみんなはどこにいるのか？　そして、来客があるとしたらいつのことになるのか？　また、それほど多くは発せられないけれども、ひとつの希望もめばえた。いつか星々から慈悲深い生物が訪れ、人類がみずから負ったあまたの傷を癒す力となり、将来の災厄から人類を救ってくれるのではないか。

心理学を多少かじったことのある者なら、このような奥深い欲求が短時日のうちに満たされるとはまさか予想はしない。二十世紀後半には、文字どおり何万という目撃報告が、世界中いたるところからもたらされた。それぱかりではない。いわゆる〝近接遭遇〟——宇宙からの来訪者との実際の出会いも、同乗記、誘拐事件、はては宇宙蜜月旅行といった尾ひれをしばしば添えて数百例が出そろった。こうした報告がいくたび錯覚やでっちあげと証明されようと、信者たちはくじけなかった。月の裏側の都市を見せられた体験談は、オービターやアポロ宇宙船が何ら人工物を発見できなくても、真実性を失うことはなかった。金星人と結婚した女性たちは、当の惑星が——悲しいかな——鉛をも融かす高温とわかってのちも、相変わらず信頼されつづけた。

しかしAIAAが報告書を発表するころには、名のある科学者で、UFOと地球外生命あるいは知性との関連を信じる者は、かつてその説を支持した少数派のなかにさえ皆無となっていた。もちろん、UFOが実在しないことを証明するのは不可能だろう。過去千年にわたるあまたの目撃例のなかには、どれかしら真実が含まれているかもしれないのだ。だが衛星カメラや全天をくまなく走査するレーダーが、具体的証拠を何ひとつ出せないままに時が過ぎるうち、大衆は興味をなくしていった。熱狂的な信者は、当然のことながら屈しなかった。彼らは信仰を守り、機関誌や本でそれを唱道しつづけたが、その大半は、すでにくつがえされたり内実をあばかれたりした古い報告を蒸しかえし飾りたてたものだった。

やがてティコ・モノリス——TMA・1——の発見が満を持して公表されると、「だから、いったではないか！」の大合唱が起こった。月に——また、おそらく地球に——ほんの三百万年ほどまえ来訪者があったことは、もはや否定しようもない。たちまち天界はまたぞろUFO汚染をこうむることとなった。とはいえ、宇宙空間にあるボールペン以上の物体は何でも探しだす、独立した三つの国営追跡システムが、いまだに何ひとつ発見できないというのも奇妙な話だった。

目撃報告の数は、今度はわりあい早く〝ノイズ・レベル〟へと下降した。空には常時、天文学的・気象学的・航空学的な現象が起こっており、そこから予測される数字の域に落ち着いたわけである。

だが、いまその騒ぎがふたたび始まったのだ。今度はまちがいではない。公式発表である。正真正銘のUFOが地球にむかっているというのだ。

目撃報告は、レオーノフ号の警告から数分もしないうちに入りはじめた。最初の近接遭遇までには三時間とかからなかった。ある退職した株式仲買人が、ブルドッグを連れてヨークシャーの荒れ地を散歩していたところ、だしぬけに円盤形の飛行物体が近くに着陸し、搭乗者——とがった耳を除けば、きわめて人間に近い——が、首相官邸のあるダウニング街への道順をたずねたという。宇宙人会見者《コンタクティー》は驚きのあまり、官庁街《ホワイトホール》の方角をいいかげんに杖で示しただけだった。この出会いの決定的な証拠としては、以後ブルドッグが主人の与える食べものを受けつけなくなった事実があげられている。

株式仲買人には精神病の前歴はなかったものの、この男の言を信じた人びとさえ、つぎの報告にはいささか首をひねった。それは伝来の家業にいそしんでいたバスク人の羊飼いからもたらされた。羊飼いが胸をなでおろしたことには、出くわした相手はやっかいな国境警備兵ではなく、外套をまとった、目つきの鋭い二人の男で、国連本部への道をきいたという。

二人組は完璧なバスク語をしゃべった。バスク語はおそろしくむずかしい言語で、今日知られるほかの言語との類縁はいっさいない。地理についてはとんちんかんなところがあるにしろ、宇宙からの訪問者が非凡な語学通であることは疑いもなかった。

大同小異の事件があとにもえんえんと続いた。コンタクティーのなかで、じっさいに嘘をついていたり気がふれていたりした者はきわめて少なかった。ほとんどは自説を心から信じ、催眠状態にあっても信念を曲げなかった。そのなかには、悪ふざけや途方もない偶然の犠牲者もいた。チュニジアの砂漠でふしぎなものを発見したアマチュア考古学者たちの事件などはその代表例だろう。一行は、四十年もまえに有名なSF映画作家が置き忘れた小道具を見つけたのだ。

しかし人間が彼の存在をほんとうに察知したのは、発端と——そして最後の最後だけ。しかも、それは彼自身がそう望んだからだった。

いまや世界は彼のもの。何の制約も障害もなく、意のままに探検し調査できる。彼をさえぎる壁は存在せず、わがものとなった感覚のまえには、どのような秘密も隠しおおせるものではない。はじめのうち彼は、むかしの念願をみたし、人間であったころ行けなかった場所を訪れているだけだと思っていた。電光にも似た地表の旅がはるかに深い意味をおびていることに気づいたのは、ずっと後のことである。

なにかいわくいいがたい手段によって、彼は探査体に使われ、人間の営みのあらゆる側面をサンプリングしているのだった。彼を制御する力は稀薄で、ほとんど意識にも感じられない。革ひもにつながれた狩猟犬とでもいえようか、ときおり脱線も許されるが、主人の意向に従わざるをえないのだ。

ピラミッド、グランド・キャニオン、月光に洗われるエベレストの雪——このあたりは彼自身の好みである。一部の美術館やコンサート・ホールにもそれはいえる。しかし彼ひとりの意志では、『ニーベルンゲンの指環』全曲を聞く根気がなかったことだけはまちがいない。

また、本来なら行くはずのないところもあった。たくさんの工場、刑務所、病院、そしてアジアで続いている凄惨な限定戦争、競馬場、ベバリー・ヒルズの込みいった乱交パーティ、ホワイトハウスのオーバル・ルーム、クレムリン記録保管所、バチカン書庫、メッカにあるカーバ神殿の黒い聖石……

検閲された——というか、自分がなにか守護天使の庇護のもとにでもあるように、はっきりとは記憶していない経験もよみがえった。たとえば——

オルドバイ渓谷のリーキー記念博物館で、自分は何をしているのか？ ヒトの起源にかんしては、ホモ・サピエンスの知性ゆたかな仲間と比べて、さして強い興味を抱いていたわけではないし、化石のことは何も知らない。にもかかわらず、王家の宝石さながらに陳列ケースに保護された名高い頭骨群をながめるうち、わきおこってきたのは奇妙な記憶のこだま、そしてわれながら納得のいかない興奮だった。かつて味わったことのない強烈な既視感さえおぼえる。この場所には馴染みがある——しかし何かが狂っている。まるで長い歳月のうちに、すっかり変わったわが家に帰ってきたようだった。家具は総入れ替えされ、壁はところを変え、階段すら建て直されているのだ。

周囲にあるのは、炎熱のもとでひからびた、荒涼たる、敵意にみちた土地。あのみずみずしい草原と、そこにおびただしく群れていた早足の草食獣たち——三百万年まえのあの風景はどこへ行ってしまったのか？

三百万年。なぜそんなことを知っているのだろう？

こだまのひびく沈黙に問いを投げかけても、返ってくる答えはなかった。だがそのとき、ふたたび彼の前に、あの見慣れた黒い物体が現われた。近づくにつれ、インクの池に物のかたちが映るように、その深みのなかにおぼろな姿がうかびあがった。

毛深い扁平なひたいの下には、悲しげな、困惑した眼差しがあり、それは彼をすかして、見ることのかなわぬ未来を見据えていた。なぜなら彼こそは、時の流れを何万世代も下った未来そのものであるからだ。

歴史はここから始まったのだ。すくなくとも、それだけは理解できた。しかし、どういう事情があって――それ以上に、なぜ――秘密がいまだに明かされないのか？

さて、かたづけなければならないことがもうひとつあり、それがいちばん難関でもあった。いまもなお人間味を残している彼としては、それを最後にまわす根拠は充分にあった。


あら、今度は何をはじめたんだろう？　当直のナースはそう自問し、ＴＶモニターを老女にむかってズーム・アップした。いろんないたずらをするお婆ちゃんだけど、こんなのは初めて。補聴器なんかと話している。何ていってるのかしら？

マイクロフォンはことばを残らずキャッチするほど鋭敏ではない。だが、それはほとんど問題ではなかった。ジェシー・ボーマンがこれほど満足げな安らかな表情を見せるのは、めったにないことだった。目は閉じているものの、天使のような笑みが顔全体をほころばせ、口元からはささやき声のことばが漏れている。

そのときナースの目にとまったのは、あとで忘れるのにひと苦労するような光景だった。上司に報告でもすれば、たちまち看護人の資格をとりあげられてしまうことだろう。ベッドサイド・テーブルにのった櫛《くし》が、見えない無器用な手に持ちあげられたかのように、ぎごちなくゆっくりと浮かんでゆくのだ。

一回目は櫛のねらいがそれた。だがつぎからは、危なっかしいところはあるものの、長くのびた銀髪をとかしはじめ、髪のむすぼれをほぐすためときおり止まる程度になった。

ジェシー・ボーマンはいまでは口をつぐんでいる。だが笑みは消えていない。櫛の動きはたしかなものになり、ぎくしゃくしたためらいはもはやどこにも見えなかった。

それがどれくらい続いたのか、ナースには記憶はない。櫛がそっとテーブルに置かれたとき、はじめてナースは呆然自失の状態から解放された。

十歳のデイブ・ボーマンは、母が楽しみにしている、いつもなら彼の大嫌いな仕事をおえた。そしていま、老いを知らぬ存在となったデイビッド・ボーマンは、自動力のない物質をコントロールするすべを学んだ。

ナースがやっと様子を見にきたとき、ジェシー・ボーマンはまだほほえんでいた。おびえたナースには駆けつけるだけの勇気はなかったが、どちらにしても結果は同じことだったろう。

35
リハビリテーション

地球上の騒動は、十億キロ離れたこの宇宙空間では、快適に弱まっている。レオーノフ号のクルーは、なみなみならぬ関心を示しながらもどこか超脱した気分で、国連での討議、著名な科学者へのインタビュー、ニュース解説者の解釈、UFOコンタクティーたちの無味乾燥な、それでいてたがいにひどく食いちがう報告、等々を見守った。フロイドたちにはこの混乱に寄与できるものはなかった。以後は何の異変も見当たらないからで、ザガートカ、またの名ビッグ・ブラザーは、人間たちの存在などまったく知らぬげに浮かんでいるだけだった。このこと自体、実に皮肉な状況といえよう。謎を解くためにわざわざ地球からやってきたというのに、いまや答えは出発点にあるかのように見えるのだ。

はじめて一行は、のろまな光の速度に感謝の念をおぼえるようになった。二時間の遅れは、地球＝木星回線のなまインタビューを不可能にするのである。それでもフロイドのところには、さまざまな報道媒体からの問いあわせが殺到し、とうとう彼はストライキに入った。いい忘れたことはもはやないし、すでに十回あまりも同じことをくりかえしているだけだったからだ。

　それに、やりのこした仕事も山積していた。この先レオーノフ号には長い帰りの旅があり、発進時限に入ったときには、旅立つ準備が整っていなければならないのである。発進のタイミングは、べつに重要ではなかった。かりに一カ月ずれたにしても、それはただ旅が長びくだけにすぎない。チャンドラ、カーノウ、フロイドの三人は、太陽へと近づくあいだ眠ってすごすので、時間の経過など気づきもしないだろう。だが残りのクルーは、天体力学の法則が許すかぎりの早い時点で、即刻旅立つ決意をかためていた。

　ディスカバリー号が提起する問題はまだたくさんあった。推進剤の貯蔵量は、かろうじて地球に帰り着ける程度。それもレオーノフ号よりずっと遅れて飛びたち、エネルギー消費が最小の軌道をとるとしての話で、帰還には三年近い歳月がかかる。しかも、これはハルに信頼のおけるプログラミングがなされ、遠距離からのモニターを除けば、人間の干渉なしに任務を実行できるようになったときのみ可能な方策なのだ。ハルの協力なくしては、ディスカバリー号はふたたび廃棄されるしかないのである。

　ハルの人格が着実に成長してゆくさまは、ほれぼれするばかりか心を深くゆさぶられるような風景だった。脳損傷をうけた幼児から、困惑気味の少年へ、やがて少々卑屈なところのある成人へ。そんな擬人的なレッテル貼りが誤解を招きやすいことは承知しているものの、フロイドにはほかの見かたはできなかった。

またこの状況全体が、心にまつわりつくような親しみをおびて感じられることも一度ならずあった。そういえばビデオドラマで、かの伝説的なジークムント・フロイトの英知にみちた後裔が、精神障害のある若者たちを矯正する場面をいくたび見てきたことか！　本質的には、それと同じドラマが、木星の影のなかで演じられているのだ。

電子精神分析は人間の理解を絶するスピードで進行し、診断および修理プログラムは毎秒数兆ビットの速度でハルの回路をかけぬけながら、起こりうる機能障害を特定し修正していった。こうしたプログラムの大半は、まえもってハルの双子のかたわれＳＡＬ９０００に対してテストされているものの、二台のコンピュータ間にリアルタイムの対話がないことは手痛いハンディキャップだった。治療の決定的段階で地球への照会が必要となり、それで数時間がつぶれるようなことも稀ではなかった。

チャンドラの献身にもかかわらず、コンピュータのリハビリテーションは完了にはほど遠かった。ハルの見せる奇癖や神経性のチックは数限りなく、話されることばをきれいに黙殺することもあった。ただしキーボード入力には、相手がだれであろうと常に応答した。これが逆方向、つまり出力では、さらに常軌を逸していた。

音声の返事はあっても、ディスプレイを出さないときがある。あるときには音声とディスプレイを出しながら、ハードコピーのプリントは拒絶する。言いわけ、説明、いっさいなし――メルヴィルの作中人物、自閉症気味の書記官バートルビーなら、「気がすすみません」とくるところだが、そんな取りつく島のない、かたくなな返事すらないのだ。

しかしハルの態度は積極的な不服従というより、むしろずぼらに近いもので、それもある範囲の仕事に限られていた。ハルの協力を最終的に得る——カーノウの気のきいた言いまわしに従えば、「ハルのご機嫌を取り結ぶ」ことは、常に可能であった。

チャンドラ博士に目に見えて疲労の色が濃くなってきたのも無理からぬ話だろう。これについてはチャンドラが癇癪を起こす一歩手前まで行った有名な一件があり、それはマックス・ブライロフスキーが古いうわさ話を無邪気に持ちだしたことから始まった。

「チャンドラ博士、あれは本当なんですか——IBMに一歩先んじる意味で、あなたがハルという名を選んだという話は？」

「くだらんことを！　われわれの半数はIBM出身ですよ。それはもう何年も前から否定してきた話なんだ。多少知恵のある人間ならみんな知っていると思っていたが……H・A・Lは、*Heuristic ALgorithmic*（発見的・アルゴリズム的）の略だ！」

以後マックスは、大文字《キャピタル・レター》ばかりが耳についてこぼすようになった。

フロイドの個人的な意見では、ディスカバリー号を無事地球に送りかえせる確率は、どう見積もっても五十分の一だった。そんな折りも折り、チャンドラがとてつもない提案をたずさえて彼のところにやってきた。

「フロイド博士、少々時間をいただいてよろしいですか？」

何週間もいっしょに暮らし、共通の経験を積んできたにもかかわらず、チャンドラは依然として堅苦《かたくる》しい口調のままだった。それもフロイドだけにではない、クルー全員に対してなのだ。船のお荷物ジェーニャにさえ、さん付けで呼びかけるのが常だった。

「もちろん。何だね？」

「ホーマン帰還軌道の変形のうちで、もっとも確率の高い六種のプログラミングを事実上終了しました。そのうち五種についてはシミュレーションもおこない、何の問題も出ておりません」

「それはすばらしい。これがやりとげられる人間は、地球上には——太陽系には——ほかにいないでしょうな」

「ありがとうございます。しかしながら、あなたもご存じのように、あらゆる偶発事件を想定してプログラムすることは不可能なのです。ハルは問題なく機能するだろうし——機能するに決まっているし、理屈にあった非常事態なら処理することもできる。しかし瑣末的な事故——ドライバーで直せる細かい故障、ワイアが切れたとか、スイッチが動かないといったことは、ハルにはどうしようもないし、任務全体をご破算にすることにもなりかねません」

「まったくそのとおりだと思いますよ。わたしもそいつを心配していたんだ。しかし、われわれに何ができますか？」

「じっさい単純なことなのです。ディスカバリー号といっしょにいたいのだが」

フロイドの頭に直感的にひらめいたのは、チャンドラが発狂したという思いだった。つぎに考え直し、半分は正気だろうというところに落ち着いた。それは確かに、地球への長い帰還の旅の最中、ディスカバリー号に人間——あの最高級の多目的故障発見修理装置——が乗りこんでいるかいないかでは、決定的な違いがある。しかし難点があまりにも多すぎるのだ。

フロイドは細心の注意を払って答えた。「それはおもしろいアイデアだ。あなたの熱意のほどもたしかに理解できる。しかし問題点をあまさず検討しましたか？」いうも愚かしいことだった。チャンドラはすでにあらゆる解答を、いつでも検索できるようにファイルしてあるにちがいない。

「三年あまりのあいだ、あなたはひとりきりで過ごすことになるんですよ！　かりに事故にあったり病気にかかったりでもしたら？」

「そのリスクは覚悟しておるんですが」

「それから食糧と水は？　レオーノフには余分な量はない」

「ディスカバリー号のリサイクル・システムを調べてみました。それほどの面倒もなく動くようになる。それに、われわれインド人は少食でもなんとかやっていけますからな」

チャンドラが自分の出身にふれるのは、というより個人的なことを話すのは珍しいことで、それ以前ではあの〝打ち明け合戦〟がフロイドの記憶にあるだけだった。だが、その主張を疑う気は起きなかった。カーノウがかつていったように、チャンドラ博士の体格は、数世紀の飢餓状態を経てはじめて達成されるようなものなのだ。この寸評は、カーノウらしい突きはなした皮肉に聞こえるものの、口調に悪意があったわけではなく、むしろ同情のひびきさえまじっていた。しかしもちろん、それはチャンドラの聞いていないところでなされた。

「そうね、決定まではまだ何週間か余裕がある。よく考えて、ワシントンとも協議してみよう」

「すみません。準備ぐらいは始めてもよろしいですかな？」

「うう――それはかまわんでしょう。いま抱えているプランに支障をきたさなければね。ただし、これだけは覚えておいていただきたい――最終的な結論を出すのは管制センターです」

そして管制センターが何と答えるか、それはたずねるまでもない。人間が三年も宇宙で生きてゆくなどというのは気ちがい沙汰だろう。それも、ひとりぼっちで。

しかしチャンドラは、昔からひとりぼっちではあったのだ。

36　海底の火

地球はすでにうしろに遠のき、畏怖をもよおす木星系の景観が前方でみるみる大きくなってゆく。――啓示はそのさなかに訪れた。

なんという盲目――自分はなんと愚かであったことか！　まるで眠りながら動きまわっていたようなものだ。いまごろになって目覚めが訪れようとしている。

あなたたちは何者なのだ？　と叫ぶ。何が欲しいのだ？　なぜわたしにこのようなことをした？

答えはない。だが聞いた者がいるという確信はあった。彼は……ある存在を感じた。ちょうど人間が、目を閉じていても、あけはなたれた空《から》っぽの空間にいるのではなく、しめきった部屋のなかにいるとわかるように……。周囲には、広大な知性、打ち消しがたい意志のかすかなこだまがあった。

こだまのひびく沈黙のなかに呼びかける。またも直接の返事はない――凝視する存在がかたわらにあるという感覚だけ。それならよし。自力で答えを見つけだすまでだ。

わかりきった答えもあった。その相手が何者であれ、いや、何であれ、彼らは人類に興味を持っている。得体の知れない目的のために、彼の記憶を汲みあげ、蓄えていった。そして彼のもっとも根深い情動に対しても、いま同じことを終えた――ときには彼の協力のもとに、ときには協力もなしに。

彼は憤ってはいなかった。じっさい、ここまでに経験した過程自体が、そうした幼い反応を一掃するようなものだった。彼は愛、憎悪、欲望、恐怖を超越したところにいる。だが、そういった感情を忘れ去ったわけではないし、それらがかつて自分の属していた世界をどのように支配していたかも、いまなお理解できる。それが訓練の目的だったのか？ならば、究極のゴールは何なのか？

彼は神々のゲームの駒になったのであり、ルールは、ゲームの進行につれて学んでいかなければならないのだ。

シノーペ、パシファエ、カルメ、アナンケ――ごつごつした岩から成る四つのちっぽけな外衛星が、意識野をつかのまかすめて飛び去った。つぎには、木星までのなかばに位置するエララ、リシテア、ヒマリア、そしてレダ。彼はそのすべてを黙殺した。いま前方には、カリストがそのあばた面をさらしている。

一度、さらにもう一度、地球の月よりも大きい傷だらけの天体を周回し、いままでその存在に気づきもしなかった感覚によって、氷と塵におおわれた外層を探査してゆく。好奇心はまたたくまに満たされた。この世界は凍りついた化石だ。はるかな昔、崩壊の危機さえ呼んだ隕石群の衝突のあとを、いまだに残している。片面には巨大な標的がある。宇宙からやってきたハンマーの一撃によって、固い岩石層が高さ一キロもある波紋を描いた、同心円状の地形である。

数秒後、彼はガニメデの周囲をまわっていた。ここにははるかに複雑で興味深い世界があった。カリストのすぐ近くにあり、ほとんど同じ大きさでありながら、まったく異なる外観を呈しているのだ。たしかにクレーターはおびただしく存在する。だがその大半は、文字どおり、もとの地面に鋤《す》きこまれたかのように見えるのだ。ガニメデの全景をきわだたせる最大の特徴は、曲がりくねる帯状地帯の存在であり、それは数キロはなれて平行に走る何十本もの鋤道《すきみち》から成っていた。溝だらけの地形は、あたかも酔っぱらった耕夫の大群が、衛星の地表を気ままに動きまわったあとのように見えた。

ほんの二、三周で彼は、地球の探査機が総がかりしても追いつかない多くのものをガニメデから吸収し、今後のためにファイルした。この知識がいつか重要になる時がくる。それだけは確信があるものの、なぜかとなると、いま彼を世界から世界へと意味ありげにかりたてている衝動と同じように、理由は見当もつかなかった。

衝動は、やがて彼をエウロパへとみちびいた。依然として受動的な傍観者の部分は大きい。だが、いま彼は興味の高まり、注意力の集中——意志の凝集を感じていた。見えない無言の主人にあやつられる傀儡《かいらい》とはいえ、その強大な存在が考えることの一部は、彼の心のなかにも漏れてくる——というか、漏れ聞かせてもらっている。

いまみるみる迫ってくるエウロパは、精妙な模様におおわれた、なめらかな天体であり、ガニメデやカリストとはおよそ異なっていた。それは有機的に見えた。全表面にわたって枝分かれし絡みあう線条のネットワークは、ふしぎなことにくまなく広がる血管系を思わせるのだ。

地球の南極よりもはるかに寒い、果てしない不毛の氷原が、眺望のもとにあった。と、通りすぎる下に宇宙船の残骸が見えたのには、いささか驚いた。それが悲劇の宇宙船チェン号であることは、たくさんのビデオニュースを分析した経験からすぐにわかった。いまは行くまい——いまは、まだ——あとになれば機会はたっぷりある……

彼は氷をつきぬけ、彼をあやつる当の存在にとってさえ未知の領域に入った。

そこは海の世界だった。分厚い氷の殻が、下に隠れた水を宇宙の真空から守っているのだ。ほとんどの場所では、氷は数キロメートルの厚さがある。しかし力のかかりやすい線に沿って、氷が割れ、引き裂かれているところもあった。すると、たがいに相容れない二つの自然力が、太陽系内では唯一直接にふれあうこの地で、かつて短い戦いがおこなわれたことになる。海と真空との戦いは、常に膠着状態で終わる。真空にさらされた水は、沸騰しつつ、同時に氷結し、氷のよろいを修復したのだ。

ほど近い木星の影響力がなければ、エウロパの海は遠い過去にすっかり氷結していたことだろう。木星の重力は、このちっぽけな世界の中心核を絶えずこねまわしている。イオを痙攣させている力は、あれほど苛烈ではないにしろ、ここにも働いているのだ。海底面すれすれに飛翔しながら、彼はいたるところに惑星と衛星の綱引きのあとを見ることができた。

また、この力比べの証拠は、視覚以外でも感じることができた。海底地震の間断ない轟音にまじって、地中から脱出するガスの咆哮と、地くずれが深海平原をおそう可聴下の圧力波が伝わってくる。エウロパをおおう凶暴な大洋に比べれば、地球の騒がしい海などは沈黙しているようなものだった。

驚異への感受性は彼のなかで失われてはいず、はじめてオアシスに出会ったときには嬉しい驚きに打たれた。地中から吹きだす熱水鉱床の沈殿物が、煙突やパイプ状にもつれあって固まったところがあり、オアシスはその周囲に一キロメートル近くにわたって広がっていた。この天然のゴシック城郭のなかから、黒い煮えたぎる液体がゆっくりしたリズムではとばしっている。なにか強大な心臓の鼓動に合わせて血が吹きだしているように見えるが、事実それはまぎれもない生命のあかしであった。

この沸きたつ噴流が、上からしみこんでくる恐るべき寒さを押しのけ、海底に温もりの島を作っているのだ。同様に重要なのは、それがエウロパの内部から生命に必要なあらゆる化学物質を運んでくることだった。だれもが予想もしなかった環境に、エネルギーと食糧がありあまるほど蓄えられているのである。

しかし、これは予想されてよかったことだろう。そういえば、ほんの数十年まえにも、このような肥沃なオアシスが地球の深海底で発見されている。違いはただ、こちらのほうが途方もなくスケールが大きく、はるかに多様であるというだけだ。

ねじくれた城壁に近い熱帯地方には、クモの脚のようなデリケートな構造群が見え、それは植物に類似したものらしかったが、ほとんどすべて動く能力を持っていた。そのあいだをナメクジやミミズに似た奇怪な生物がはいまわり、植物を食べ、あるいは鉱物質を多量に含んだ海水から直接養分を吸収している。熱源からかなり離れたところには、もっとしぶとい頑丈な生き物がおり、それらはカニやクモに似ていなくもなかった。

生物学者の軍団が生涯をかけても、この小さなオアシスひとつの研究は終わらないだろう。地球の古生代の海とちがって安定した環境ではないので、ここでは進化は急速に進行し、突拍子もない形態を無数に生みだしていた。しかも彼らは、期限のあいまいな執行猶予のもとにある。遅かれ早かれ、いのちの泉は弱まって涸《か》れ、その背後にあった力は他の場所に移ってゆくのだ。

エウロパの海底をさまよいながら、彼は再三そうした悲劇の証拠に出くわした。数知れぬ丸い区域に、生物の骨や、沈殿物とともに石化した遺骸が散乱し、生命の書からさまざまな進化の章がまるごと削除されたあとを見せていた。

人間ほどの大きさの、曲がりくねったトランペットを思わせる巨大な空っぽの巻貝もあった。また、いろいろな形の貝殻――二枚貝、さらには三枚貝も見つかった。さしわたし数メートルもある渦巻状の化石もあり、それは白亜紀末期の地球の海から忽然と姿を消した、あの美しいアンモナイトのまぎれもない相似形と思われた。

捜索し探究しながら、彼は深淵を行ったり来たりした。なかでも最大の驚きは、光り輝く溶岩の川だろう。それは海底の谷にそって、百キロもの距離を流れていた。そのあたりでは水圧があまりにも高いので、赤熱するマグマは水にふれても蒸気となって爆発することはない。そのため二種の液体は、不安定な休戦状態のもとで共存していた。

ここ、またひとつの世界を舞台に、異質の役者たちを配して、エジプトのそれと似た物語が、ヒトの現われるはるか以前にくりひろげられた証拠は歴然としていた。ナイル川が砂漠のせまい帯状地帯にいのちをもたらしたように、この熱の川はエウロパの深海に生気を吹きこんだのだ。その両岸、幅二キロに満たない帯にそって、つぎつぎと新たな種が興《おこ》り、栄え、そして消えていったことだろう。しかし少なくともそのうちのひとつは、あとに記念碑を残していた。

はじめ彼は、熱水鉱床の周囲に決まってできる鉱物塩の堆積だと思っていた。だが近づくにつれ、それが天然のものではなく、何らかの知性が創った構造物であることがわかってきた。いや、それとも本能が創りあげたものなのか。地球ではシロアリが、これと堂々とはりあうような城をたてるし、クモの巣はもっと精妙にデザインされている。ここに棲んだ生き物たちはさほど大きくはなかったようで、唯一の入口は半メートルの幅しかなかった。この入口——石を積みあげた、壁の厚いトンネル——から、建造者の意図は想像がついた。溶岩のナイルの岸からほど遠くないゆらめく光のなかに、彼らは要塞を築き、そして消えていったのだ。

それからほんの数世紀もたっていないにちがいない。要塞の壁——たいへんな苦労の末集められたと思われる岩石群は、沈殿物のうすい殻をかぶっているだけだった。砦がなぜ打ち捨てられたか、その理由をほのめかす証拠もひとつ見つかった。続発する地震によるものだろう、屋根の一角が崩れ落ちているのだ。海底世界では、屋根のない砦は敵のまえにはものの役にも立たない。

溶岩の川の周辺には、それ以上知性の痕跡は認められなかった。しかし一度だけ、信じられないことながら、這う男にそっくりの生き物を見つけた。しかし、それには目も鼻もなく、歯のない巨大な口で、周囲の海水を絶えまなく飲み、養分を吸収しているだけだった。

この深海の砂漠にのびるせまい沃野で、いくつの生物、いや、文明が興り、滅びていった。

たことか。エウロパの帖木児《チムール》やナポレオンの指揮のもと、いくつの軍勢が行進し、あるいは泳ぎすぎたことか。しかもそのような歴史が存在したことを、エウロパの他の地域は決して知ることがない。こうした熱のオアシスはすべて、惑星と同様、たがいにまったく孤絶しているからだ。溶岩流の光のなかで暖をとり、熱水鉱床のまわりで食事をした生物たちは、孤独な島々を隔てる敵意にみちた荒野をわたることはなかった。もしこれらの生物のなかから、歴史家や哲学者が生まれていたなら、どの文明も、それが宇宙で唯一であると信じて疑わなかっただろう。

しかし各オアシスを隔てる空間にも、生命が皆無というわけではなかった。極寒のなかにのりだす頑健な生き物たちもいた。エウロパの魚に相当するものが、高みを泳いでゆくところはたびたび見かけた。垂直の尾で水をけり、体の両わきの鰭《ひれ》で舵をとる流線形の生き物。地球の海にもっとも見事に適応した生物との類比は避けられないことだった。同じ技術的問題を与えられたとき、進化はたいへん似かよった答えを出す。イルカとサメを見るがいい——外見はほとんどそっくりだが、たがいに遠く離れた生命の木の枝から発生しているのだ。

しかしエウロパと地球の魚では、明らかな相違点がひとつあった。エウロパの魚には鰓《えら》がなかった。彼らが泳ぐ水のなかには、酸素がまったくといっていいほど存在しないからである。地球の熱水鉱床に群らがる生物と同様、彼らの代謝機能は、火山付近の環境に豊富に含まれる硫黄化合物に基づいていた。

目をそなえたものもほとんどなかった。めったにない溶岩の噴出と、生殖の相手や獲物を求める生物がときおり発する光を除けば、そこは闇の世界だった。

またそれは、滅びゆく世界でもあった。エネルギー源が散発的で、常時移動しているだけでなく、そのエネルギー源をつき動かす潮汐力が着実に弱まりつつあるのだ。エウロパの生物がかりに真の知性を持つときが来るにしても、彼らは世界の終局的な凍結とともに滅亡するしかあるまい。

エウロパの生物は、火と氷のあいだに捕えられているのである。

37　不和

「……こんな悪いニュースを持ちこんで、本当にすまん。しかしキャロラインに頼まれたことだし、わたしがきみら二人のことを心配しているのはわかるはずだ。

だが、そんなにびっくりする知らせでもないと思う。去年から聞いているきみのことばのなかにも、徴候は見えていた……それに、きみが地球を発ったときのキャロラインの落胆ぶりは知っているだろう。

いや、相手はいないと思うよ。いれば話してくれているはずだ……しかし遅かれ早かれ――そう、若い魅力的な女性だからね。

クリスは元気だ。事情は何もわかってはいない。少なくとも傷つくことはないだろう。理解するにはまだ小さすぎるし、子供というのは信じられないくらい……伸縮性？――待ってくれ、類語辞典《シソーラス》を見てみるから……ああ、弾力性がある、だ。

さて、きみにはあまり重要ではなさそうな問題に入ろう。だれもかれもが、あの核爆発を事故だと説明するのにやっきになっている。しかし、もちろん信じている人間はいない。

ほかには何も起こらないので、社会的なパニックはおさまってきた。いまの心理状態は、きみのお国のだれかニュース解説者がいったように、おばけはどこから出てくるかといつも肩越しにふりかえっている〝びくびく〟症候群だ。

これにからんで、百年前の詩を掘りだしてきた人間がいる。それが状況をじつに的確に要約しているので、みんなが引用をはじめたほどだ。ローマ帝国の末期に時代をとって、都の門のまえで住民が侵略者の到着を待ちわびているところから始まる。皇帝も高官たちも、みんな歓迎のことばを述べようと、いちばん高価なトーガをまとって勢揃いしている。元老院もしまっている。というのは、こんな日に法律を発布《はっぷ》しても、新しい支配者には通じないに決まっているからだ。

ところがそこへ、ものすごいニュースが辺境からとびこんでくる。侵略者など、どこにも見えないというのだ。歓迎委員会は混乱のうちに解散になり、みんな落胆してぶつぶついいながら家に帰ってゆく。《これからわれわれはどうなるのだろう？　あの連中の到着は一種の解決策であったのに》

この詩にちょっとした修正を加えると、いまにぴったりしたものになる。題名は「野蛮人を待つ」という――で、この場合はわれわれが野蛮人なんだな。われわれが何を待ち望んでいたのかは知らん。しかし、それは来なかったんだ。

もうひとつ。きみは知っているかな？　例のものが地球に来て二、三日あとに、ボーマン船長の母親が死んだ。たしかに妙な偶然の一致だ。しかし老人ホームの職員の話では、母親はあのニュースにはまったく関心を示さなかったそうだ。だから、おそらくニュースの影響ではないだろう」

フロイドはテープのスイッチを切った。ジミトリのことばは正しい――びっくりする知らせではなかった。しかし、だからといって何が変わるわけでもない。心の痛みはやはり大きかった。

しかし、ほかにどんなやり方があったろう？　キャロラインが見た目にも期待をかけていたように、木星行きを蹴っていれば、悔いと罪悪感は残りの生涯についてまわったはずだ。そのために結婚生活が破れることもありえた。こういうきれいさっぱりした別れ方のほうがいいのかもしれない。物理的距離が別れの苦痛を和《やわ》らげているだけ、まだマシだ（いや、和らげているだろうか？　ある意味では、いまのほうがもっと苦痛だ）。それよりも自分には職務がある。たったひとつのゴールをめざすチームとの一体感――そのほうが重要なのだ。

ジェシー・ボーマンが死んだという。これも罪悪感の遠因のひとつか。たったひとり残った息子を母親から奪う計画に力を貸し、それが母親の精神的老化を速めることにつながった。自然の成行きでフロイドは、以前ウォルター・カーノウが持ちだした、まさにその件にかんする議論を思いだしていた。

「どうしてデイブ・ボーマンを選んだのかね？　あいつは冷たい男に見えたがな。べつによそよそしいというわけじゃない。しかし、あいつが部屋に入ってくると、気温が十度も下がったみたいに思えたよ」

「ボーマンを選んだ理由にはそれもあるんだ。家族的な結びつきがほとんどなくて、母親はいるが、めったに会いに行かない。先の知れない長旅に送りだすには、おあつらえ向きだった」

「なぜああいう性格になった？」

「それは心理学者に聞いたほうがいい。もちろん報告書は見たがね、それも遠い昔のことだ。兄貴が死んでいるらしい。それから父親も、初期のシャトル事故でなくしている。こんな話はしてはいけないんだが、いまとなっては問題はないだろう」

じっさい問題はなかった。しかし興味をそそる話ではあった。そしていまフロイドのなかにあるのは、羨望に近い思いだった。デイビッド・ボーマンは、地球との感情的きずなから解き放たれた自由な人間として、この地へやってきたのだ。

いや、それは自分への言いわけにすぎない。万力のように心を締めあげる苦悩のなかで、彼がデイビッド・ボーマンに感じているのは、羨望ではなく哀れみだった。

38　うたかたの世界

　エウロパの海を去る前、最後に見た生き物は図抜けて大きかった。それは地球の熱帯にあるバンヤンノキに酷似していた。バンヤンノキはたくさんの幹を持ち、ひとつの木でときには数百平方メートルに広がる小規模の森をつくるのである。しかしこの個体は動いており、どうやらオアシスからオアシスへの移動の最中らしかった。それがチェン号を破壊した種の一員ではないにしても、非常に近縁の仲間であることは確かだった。

　さて、知る必要のあることはすべて学んだ——というより、彼らが知る必要のあることなのか。もうひとつ、行かねばならない衛星があり、数秒後には、イオの燃える風景が真下にくりひろげられていた。

　予想どおりだった。エネルギーも食糧もたっぷりあるが、その両者が結びつくほどには時はまだ熟していない。温度の低いいくつかの硫黄の湖の周辺では、生命への第一歩が踏みだされたあとが見える。しかし、ある程度の有機組織が生まれるまえに、そうした時いたらぬ大胆な試みのすべては灼熱する坩堝《るつぼ》へと押しもどされることになるだろう。イオの溶鉱炉をつき動かす潮汐力が衰えるまで、今後数百万年のあいだ、この焼けただれた無菌の世界に生物学者の興味をひくようなものは誕生しないのだ。

イオは早々に切りあげた。木星のおぼろな環のふちをめぐる内衛星群には寄りもしなかった。環自体も、土星のそれに比べれば淡い影のようなものだった。いま彼のまえには太陽系最大の惑星があり、そこには人がいまもって、そして将来も永遠に知ることのない世界が待ちうけていた。

百万キロにわたって伸びる磁力の巻きひげ、電波のだしぬけの爆発、地球そのものより幅の広い帯電したプラズマの間欠泉——それらは彼にとっては、木星をとりまく色とりどりの華やかな雲と同様にたしかな存在だった。その複雑な相互作用のパターンがのみこめるにつれ、人間の想像をこえる木星のすばらしさが実感としてせまってきた。

大気さかまく大赤斑の中心にとびこみ、大陸ほどの大きさの嵐が呼ぶ稲妻をぬって落下してゆく。地球のハリケーンよりはるかに軽いガスの混成でありながら、大赤斑がなぜ何世紀も永らえてきたのか、彼には納得がいった。動きのおだやかな深みに沈むと水素の風のかぼそい悲鳴はうすれ、高空から降りしきる雪のなかに入った。雪ひらは蠟のように青白く、その一部はすでに、炭化水素の泡沫から成る、あるかなきかというほどはかない山山に吸収されている。あたりは液体の水が存在しうる程度に暖かくなっているが、ここに海はない。この純粋なガス環境は、水をためるには密度が低すぎるのだ。

雲層をつぎつぎと抜けるうち、人間の目でさえ千キロくらい眺望のききそうな澄みきった領域に出た。大赤斑の広大な渦動のなかではちっぽけな渦巻にすぎないが、そこには人が早くから推測しながら確認できないでいる秘密がひそんでいた。

ただよう気泡の山々のふもとをめぐるようにして、数知れぬ小さな、輪郭のはっきりした雲の群れが飛んでいた。みんなほぼ同じ大きさで、似たような赤と茶のぶちが入っている。しかし小さく見えるのは、周囲の非人間的なスケールと比べてしまうからだ。最小のものでも、おそらくかなりの大きさの都市をのみこんでしまうくらいだろう。

それらが生き物であるのは、浮かぶ山々の斜面を意味ありげに移動していることからもわかる。さしずめ山腹の草をはむ超巨大の羊というところか。彼らはメートル波でたがいに呼びあっている。電波の声はかすかだが、木星の発するすさまじいノイズを通してはっきりと聞こえた。

まさに生きている気球といったところだろう。彼らは厳寒の高みと灼熱の深みにはさまれた狭い大気層に浮かんでいた。そう、なるほど狭い――だが地球の生物圏など比較にならない広大な領域である。

生物はその一種だけではなかった。あまりにも小さいので、ちょっと見には見逃してしまいそうなさまざまな生き物が、群れのなかをちょこまかと動いている。あるものは地球の航空機に気味がわるいほど似ており、大きさもほぼ同じくらい。だが、それもまた生きていた——捕食生物なのか、寄生生物なのか、いや、ことによったら牧童なのか。まったく新しい進化の一章——エウロパでながめたのと異質さにおいてすこしも劣らない光景が、彼のまえにくりひろげられていた。ここでは地球の海のイカを思わせるジェット推進の魚雷が、巨大な気球を追いたて、むさぼり食っている。しかし気球たちも無防備ではない。なかには電光をはなって抵抗したり、かぎ爪のある触腕をチェーンソーさながら周囲一キロにもわたってふりまわしている姿も見える。

幾何学のあらゆる可能性を取り入れた、さらにふしぎな形も少なくなかった。奇怪な半透明の凧《たこ》、四面体、球体、多面体、よじれたリボンのかたまり……木星大気圏に生きる桁はずれのプランクトン——彼らは上昇気流のなかに糸遊のように浮かびながら、生殖を終えるまでの歳月を生きる。そして深みに舞い落ち、炭化して、新しい世代にリサイクルされるのだ。

彼は調査をつづけた。地球表面積の百倍を優に越える世界なので、たくさんの驚異には出会ったが、知性をほのめかすものは何も見当たらなかった。気球生物たちの電波の声にも、単純な警告や恐怖しかこめられていない。高いレベルへの発達の余地を残していると見えた捕食生物さえ、地球でいえばサメと同じ——心を持たない自動人形だった。

そのうえ、息をのむスケールと新奇さにもかかわらず、木星の生物圏はまさにうたかたの世界だった。霧と気泡の風景のなかに浮かぶ、かぼそい糸と薄っぺらな組織——それは上空の稲妻が降らす石油化学物質の、絶えまない雪からつむぎだされるものだ。石ケンの泡以上に堅固な構造を持つものはないに等しい。地球のどんなひよわな肉食獣でさえ、この世界のいちばん凶暴な捕食生物をずたずたに引き裂いてしまうだろう。

桁ちがいの規模ではあるものの、エウロパと同様、木星は進化の袋小路なのだ。ここから意識が生まれでることはない。かりに生まれるにしても、いじけたものになることはわかりきっている。あるいは空の文化が現われるのかもしれないが、火というものがありえず、固体がほとんど見られない環境では、その文化は石器時代にさえ到達することはないだろう。

アフリカ並みの小さなサイクロンの目の上空にいるとき、またしても彼は、自分をあやつる存在を感じた。これといった思念や意図はつかめないが、雰囲気と感情が、彼の意識のなかにもれてくる。それはあたかも、わけのわからない言語で戦わされる議論を、閉ざされたドアの外側に立って聞いているかのようだった。だが、くぐもった語調には明らかに失望があり、ついでそれはためらいに、最後には決意に変わった。しかし何に対しての決意なのか、そこまではわからなかった。彼はまたペットの犬の心境になった。犬は主人の気分のうつろいについて行くことはできても、理解はできないのだ。

見えない首輪は、そこから彼を木星の中心部へとみちびいた。雲をつらぬいて沈むうち、生命が存在しうる領域はうしろに遠ざかった。

まもなく、太陽の遠いかすかな光さえも届かぬところに達していた。気圧と温度がみるまに上昇してゆく。水の沸点はとうに越えており、過熱された蒸気の層をつかのま通りぬけた。木星はタマネギに似ている。まだ中心核への道のりをわずかにこなした程度にすぎないものの、彼はその皮を一枚一枚むいているのだった。

蒸気の下には、石油化学物質の煮えたぎる魔女の大鍋が待ちかまえていた。人類がこれまでに組みたてた内燃機関を総動員しても、百万年はたっぷり使える燃料があるだろう。密度と圧力はますます高まってゆき、やがてだしぬけに、それは厚さほんの数キロの不連続面で終わった。

つぎの殻層は、地球のどんな岩石よりも重く、それでいながら液体の状態を保っていた。ケイ素と炭素の化合物だが、地球人化学者たちにとっては数代がかりの仕事になりそうな複雑さを見せている。ひとつの層をぬけるとまた別の層があり、それは何千キロもつづいたが、温度が数千度の単位にのぼるにつれ、各層の構造はきわめて単純なものになっていった。中心核まで半分の距離に来ると、もはや熱すぎて化学作用は存在しなかった。化合物はことごとく分解し、基本の元素があるばかりだった。

つぎには水素の大海に行きあたった。だがそれは、地球の実験室では数分の一秒と存在しえないような水素だった。途方もない圧力のもとで、その水素は金属と化していた。

中心までの距離はあとわずか。しかし木星は、さらにもうひとつの驚きを用意していた。

金属でありながら流動性を持つ、分厚い水素の層が不意にとぎれた。六万キロメートルの深度に、とうとう固い地表が現われた。

上層の化学反応が焼きあげた炭素は、長い年月のあいだに、しだいしだいに惑星の中心部に流れ落ちていったにちがいない。炭素は集合し、数百万気圧の圧力を受けて結晶化した。自然の妙《たえ》なるいたずらというべきだろうか、そこには人類にとってたいへん貴重なものが眠っていた。

人間の手が永遠にふれることのない木星の中心核は、地球ほどの大きさのダイアモンドだったのである。

39 ポッド・ベイにて

「ウォルター、わたし、ヘイウッドのことが心配なのよ」

「わかってるさ、ターニャ。しかし何ができる？」

カーノウは、これほど煮えきらないオルローワ船長の態度を見たことがなかった。小柄な女には興味が持てないたちだが、その風情《ふぜい》は彼女の魅力をいっそうきわだたせているようだった。

「ヘイウッドのことは好きよ。だけど、それが理由ではないの。彼の――そう、〝憂愁〟がいちばんふさわしいか――そのおかげで、みんなの気がふさいでしまっている。レオーノフは和気あいあいの船だったわ。わたしはその状態のままにしておきたいの」

「なぜ、じかに話さないんだ？　彼はあんたを尊敬しているし、立ち直るためにはベストを尽くすと思うがね」

「それはしようと思っています。もしそれが効かなかったら――」

「その場合は？」

「簡単な答えがひとつあるわね。ここで彼にできる仕事がまだ残っているか？　帰りの旅が始まれば、どちらにしても冬眠に入ってしまうんだし。いざとなればいつでも――何というのかしら、一発お見舞いすることはできるわけだから」

「ヒューッ――カテリーナの例のきたない小細工をまた使うわけか。目がさめたら、かんかんだぞ」

「そのころには無事地球に着いて、わたしたちは大忙しだわ。きっと許してくれると思うけれど」

「これがまじめな話だとは思えないな。ぼくが賛成したとしても、ワシントンが黙っちゃいない。それに、ことが起こって、どうしても彼が必要だとしたら？　冬眠解除を万全にやるには、二週間の調整期間が要るんじゃなかったっけ？」

「ヘイウッドの歳なら、一カ月は見なくては。そう……切羽つまるわね。しかし、これから何が起こりうると思う？　ヘイウッドは、与えられた仕事はもうかたづけているわ――わたしたちを見張る仕事を別にすればね。その点については、あなただってヴァージニアだかメリーランドのどこか郊外で、たっぷり訓練を受けていると思うけれど」

「否定も肯定もしないよ。ぶちまけると、ぼくはスパイ教育では劣等生なんだ。しゃべりすぎるし、そもそも機密保持というやつが苦手でね。生まれてこのかた自分の保安評定を〈部外秘〉以下に落とすのに苦労してきたんだ。〈秘〉とか、へたをすれば〈秘密〉なんていうのに組みこまれそうになるたびに、スキャンダルを巻きおこすわけさ。近ごろはそれもむずかしくなってきたけれどね」

「ウォルター、あなたって手が出せない、だろう?」

「手に負えない、だろう?」

「そう、それをいおうとしていたの。しかしヘイウッドのことに話をもどしましょう。あなたが先に話をするというのはどうかしら?」

「つまり、励ましのことばということかい? それならむしろカテリーナの嗅ぎ薬の手伝いをするね。心理的反応がちがいすぎるんだ。こっちのことを、はしゃぐばかりの道化だと思ってる」

「その傾向はたしかにあるわね。だけど、それはほんとうの心情を隠すためじゃないかしら。雑談のなかでだれかがいいだしたんだけれど、あなたの心の奥底には、たいへんいい性格の人間がいて、外に出ようともがいているんですって」

つかのまカーノウは絶句した。やがてぶつぶつと、「よし、わかったよ——できるだけのことはしてみよう。だが奇跡はあてにしないでくれよ。性格診断によれば、かけひきの才は最低点なんだから。ヘイウッドはいまどこに隠れているんだって?」

「ポッド・ベイにいます。最終レポートを仕上げるとかいっているけれど、信用はできないわね。わたしたちと顔を合わせたくなくて、あそこがいちばん静かな場所だから」

それが理由ではないものの、たしかに重要な要素ではあった。ディスカバリー号内部での活動は、いまほとんど遠心機に集中しているが、そこと違ってポッド・ベイはゼロG環境なのである。

宇宙時代の幕あきにつれて、人間は無重量状態の悦楽を発見し、海という古来の子宮をはなれたとき失った自由をあらためて思いだした。重力を超えたところでは、なにがしかの自由がよみがえる。からだが軽くなるとともに、地上のさまざまな気苦労や悩みも消えていった。

ヘイウッド・フロイドの悲嘆は解消したわけではなかったが、ここにいれば何とか気がまぎれた。問題を冷静にながめられるようになって、まず驚いたのは、予想しなかったわけでもないできごとなのに、つきあげてきた感情が激しすぎることだった。愛の破綻《はたん》が大きな部分を占めていることは確かだが、それだけではすまされないものがある。その打撃は、フロイドがいちばん弱気でいるとき——一種の拍子ぬけ、いや、空《むな》しささえ感じているその瞬間におそったのだ。

なぜかという理由もはっきりわかっていた。フロイドは期待されたとおりの仕事をなしとげた。これには同僚たち（いまは自分のわがままで遠ざけた形になっているが）の技術と協力も大きくあずかっている。もし順調に行けば——また宇宙時代の決まり文句！——一行はいまだかつてない大量の知識をたくわえて地球に帰ることになり、数年後には、一度は見放したディスカバリー号さえ建造者たちのところへ戻ってくる。

だが、それでも不足だった。ビッグ・ブラザーの圧倒的な謎はいまだそこにあり、わずか数キロの距離から人間のあらゆる野望と成果をあざ笑っているのだ。十年まえ、月面にあるそのかたわれがやったように、それはほんの一瞬よみがえり、ふたたびかたくなな無反応状態にかえっていった。フロイドたちはいま、閉ざされた扉をむなしくたたいている。鍵を見つけることができたのは、どうやらデイビッド・ボーマンだけらしいのだ。

おそらくそれが、この静かな、ときには神秘的ですらある場所に心ひかれる所以《ゆえん》だろう。ここから——いまは空っぽの発進台から——ボーマンは最後の任務へと乗りだし、丸いハッチをぬけて無限へと飛びたっていった。

それは気が滅入るというより、妙に気分を浮きたたせる思いであり、個人的な悩みをまぎらわすにはたしかに効果があった。ニーナの行方不明の相棒は、宇宙開発史の一ページにおさまっている。口にすれば薄笑いを呼ばずにはおかない古びた常套句だが、疑いもない真実として、それは〝人跡未踏〟の領域へと旅立った。いまごろはどこにあるのだろう? いつか知るときが来るのだろうか?

こみあってはいるが狭苦しくはないカプセルのなかにこうしてすわり、フロイドはときには何時間も考えにふけったり、メモを口述したりした。仲間たちは彼の隠遁生活を尊重し、その理由を納得してもいた。ポッド・ベイに近づく者はなかったし、近づく必要もなかった。ポッド・ベイの改装は、将来ほかのチームがおこなう仕事なのだ。

気分が最低まで落ちこんだときには、こう考えたこともある。もしここでハルに、ポッド・ベイのドアをあけるように命じ、デイブ・ボーマンの行跡をたどったとしたら？　ボーマンが出会い、数週間まえワシーリが垣間《かいま》見た奇跡に、自分もまたぶつかるだろうか？　いま抱えている問題はすべて解決するだろうに……

かりにクリスのことが頭にないにしても、これが問題外の自殺行であることは明らかだった。ニーナはきわめて複雑な装置であり、その操縦は戦闘機と同様、フロイドには不可能なのである。

フロイドは大胆不敵な探検家に生まれついてはいない。その妄想は実現のあてのないままに終わるだろう。


ウォルター・カーノウにとって、これほど気の重い任務はひさしぶりのことだった。フロイドを真実気の毒には思うものの、はたのあわてぶりは少々いらだたしかった。カーノウ自身の感情生活は、幅が広い一方で底の浅いものである。バスケットに手持ちの卵をみんな詰めこむような真似はしない。あまりにも自分を薄っぺらく引き伸ばしすぎていないか、そう注意されたことも一度ならずあり、そんな生き方を後悔してはいないが、そろそろ腰をすえる時期だろうかと考えはじめていた。

近道をして遠心機制御センターを通りぬける途中、最高速度復元インジケーターが相変わらず痴呆的に明滅しているのに気づいた。カーノウの大きな仕事は、警報をどこまで無視できるか、余裕をもって処理するにはどの時期がよいか——そして本物の非常事態として対処するのはどのようなときか、そのあたりの見きわめをつけることである。船があちこちであげる悲鳴にいちいち耳を傾けていたら、仕事は何ひとつかたづかない。

ポッド・ベイに通じる狭い通路をただよい、チューブの壁にある取っ手でときたま弾みをつけて前進する。気圧計によればエアロック・ドアのむこう側は真空だが、平左《へいざ》だった。これはフェイル・セイフ状況であって、もし計器のいうことが本当なら、彼は絶対にエアロックをあけたりはしないのだ。

ベイは、ポッド三台のうち二台が行方知れずのいま、がらんとして見えた。非常灯が二つ三つともっているだけで、つきあたりの壁からハルの魚眼レンズがじっとこちらを見つめている。カーノウは手をふったが、声はかけなかった。チャンドラの命令で、オーディオ入力はチャンドラが使用中のものを除き、すべて切ってある。

フロイドはポッドのなかにすわり、開いたハッチに背をむけてメモの口述をしていたが、カーノウがわざとらしく音をたてて近づくと、ゆっくりとふりかえった。つかのま声もなく見つめあったのち、もったいぶった口調でカーノウが告げた。「H・フロイド博士、われらが愛するキャプテンのメッセージをたずさえて参りました。いまこそ貴殿が文明世界に復帰なさる潮時であろうとのことでございます」

フロイドはうっすらと笑みをうかべ、つぎには小さな笑い声をあげた。

「丁重なおことば感謝すると伝えてください。申しわけない——いろいろ迷惑をかけて。つぎの六時会議ではみんなに会うよ」

作戦が成功し、カーノウは息をついた。内心ではフロイドを堅物視《かたぶつし》しているし、実際的なエンジニアらしく、純理科学者や官僚には鷹揚《おうよう》な軽蔑心をいだいている。フロイドはその両面で高い地位にあるので、一風変わったところのあるカーノウのユーモア感覚には、それは絶好の標的となった。しかし二人のあいだには、いつのまにか互いを尊重し、さらには敬服しあうような関係が生まれていた。

カーノウは安心して話題を変え、ニーナの真新しいハッチ・カバーをたたいた。スペア部品の倉庫から直行してきたもので、ポッド全体のみすぼらしい外観とはあざやかな対比を見せている。

「今度こいつはいつ発進するんだろうなあ。そのときだれが乗るかというのもある。なにか決定は？」

「ないよ。ワシントンはおじけづいている。モスクワは、一か八かやってみろだ。ターニャはあせるなといっている」

「あんたの意見は？」

「わたしはターニャに賛成だ。ここを飛びたつときまで、ザガートカに干渉すべきではない。もしそこで問題が起きても、危険率は多少減る」

カーノウは考えこむ表情になり、珍しくためらいを見せた。

「どうした?」フロイドは空気の微妙な変化を察した。

「これは絶対に他言してほしくないんだが、マックスが単独調査をやる気でいた」

「まさか本気だったわけでもないだろう。できっこない。ターニャに知れたら、鎖につながれてしまう」

「同じようなことをこっちも話したよ」

「彼を見そこなったかな。もうすこし大人だと思っていたが。それにしても、三十二歳だろう?」

「三十一だよ。とにかく、それは説得してやめさせた、どっかのヒーローが、仲間にもいわず宇宙にこっそりとびだして大発見をする、そんなばかげたビデオドラマとはちがう、これは現実なんだといってね」

今度はフロイドがきまり悪い思いをする番だった。彼自身、似たような線でものを考えていたのである。

「断念したことは確かなのか?」

「二百パーセント保証する。あんたがハルの件でとった予防策があっただろう? あれをニーナにやったんだ。ぼく、、の許可なしにニーナを飛ばすことはできない」

「まだ信じられん。マックスがきみをからかった可能性はないのか？」

「彼のユーモア感覚はそこまで鋭くないよ。それに、あの時期は相当に落ちこんでいたし」

「ああ——それでわかった。ジェーニャと喧嘩したときだな。いいところを見せたかったんだろう。しかし、もう仲直りしたようじゃないか」

「そういうことですな、残念ながら」カーノウは渋い顔で答えた。フロイドはほほえまずにはいられなかった。カーノウがこれに気づいてくつくつ笑いをはじめ、それがフロイドの笑いを呼び……

それは高利得閉回路における正フィードバックのみごとな例だった。数秒後には、二人は腹をかかえて笑いこけていた。

危機は去った。それ以上に、心からの友情への第一歩を踏みだしていた。

二人はたがいの弱みを打ち明けあったのである。

40

「デイジー、デイジー……」

彼を内におさめる意識圏は、ダイアモンドから成る木星の中心核全体をつつみこんだ。あらたに得た理解力を極限まではたらかせると、漠とした直感が訪れた。自分をとりまく環境のあらゆる面が、いま調査され、分析されている。厖大な量のデータが、保存と瞑想のためではなく、行動を目的として集められている。こみいった計画が練りあげられ、検討されている。太陽系の運命を左右しかねない決断が下されようとしている。自分はいまのところその遂行に加わってはいない。しかし、いつか加わるときが来る。

ソロソロワカリカケテキタナ。

直接の語りかけはそれが初めてだった。雲を通して聞くように遠くはるかだが、〝声〟が自分に語りかけたことは疑いなかった。心に渦巻く無数の問いを発する間もなく、存在はしりぞき、彼はまた取り残された。

だが、それも一瞬だった。さらに近く、はっきりと別の思念が感じられ、そこではじめて、自分を制しあやつる存在がひとつではないことに思い当たった。彼をつつんでいるのは知性の階級組織といったものであり、なかには彼に近いプリミティブな階梯《かいてい》の者もいて、通訳にたっているのだ。あるいは、それらのすべてがなにか単一の存在のさまざまな面なのか。

それとも、そのような区分自体がそもそも無意味なものなのか。

ひとつだけ確かなことがあった。彼は道具として使われており、道具はとぎすまし、手を加え、すなわち改造してこそよいものになる、ということである。そして、もっとも優れた道具とは、自分のしていることがわかっている道具なのだ。

いま彼はそうしたことを学んでいた。それはおそろしくもまた壮大なイメージであり、その一翼をになえることを彼は誇りに思った。とはいえ、まだおおまかな輪郭がつかめた程度。おとなしく従う以外に道はないが、あらゆる指令に黙従する必要はなく、異議をとなえるぐらいのことは許された。

彼は人間感情をすべて喪失したわけではなかった（それを失えば、無価値の存在になりさがってしまう）。デイビッド・ボーマンの魂は、もはや愛を超越している。だが、かつての同僚への哀れみは、いまだに残していた。

ヨカロウ。嘆願に答えが返ってきた。思念に含まれるのが見下すような楽しみなのか、それとも完全な無関心なのか、そこまではわからない。だが、あとをつづける〝声〟には重々しい威厳があった。自分タチガ操作サレテイルコトヲ彼ラハ知ッテハナラナイ。知レバ、実験ノ意義ハ失ワレル。
あとには沈黙がおり、それが二度と破られないようにと彼は願った。畏怖と衝撃は長く尾をひいた――あたかも一瞬、神のさわやかな声を聞いたかのように。

いま彼はおのれの意志で、みずから選んだ目的地へと進んでいた。木星の澄みきった心臓部はうしろに去った。ヘリウムと水素と炭素化合物の層をつぎつぎとぬけてゆく。勇壮な戦いの現場にも出くわした。さしわたし五十キロメートルもあるクラゲ状の生き物に、回転する円盤の群れがおそいかかっている。円盤たちは、これまで木星の空で見かけたどんな生物よりもすばしこく、またクラゲはどうやら化学兵器で防戦しているようだった。クラゲが色のついたガスを噴射すると、その蒸気にふれた円盤たちは、酔ったようにぐらぐら揺れはじめ、やがて枯葉さながらに落下し、雲のなかに消えてゆく。勝敗の行くえを見定める手間はかけなかった。どちらが勝とうが負けようが、何の意味もないことをいまでは知っていた。

鮭が滝をはねあがるように木星からとびたつと、降りそそぐフラックス・チューブの電流を背景に、数秒でイオに着いた。今日のイオはまるで休日を思わせた。惑星と衛星のあいだには、地球の雷雨二、三個分のエネルギーしか流れていない。帰りの旅で使った門はそのなかにあり、人類のあけぼの以来すこしも変わりなく、流れを軽くわきに押しのけている。

そして高度な文明がつくりあげたモニュメントのかたわらには、彼を生まれ故郷の世界から運んできたちっぽけな乗り物が、いじけたように浮かんでいた。

いまではなんと単純――なんと不格好――に見えることか！　ひとわたりながめただけで、そのデザインにある無数の欠陥や不要部分を見つけることができる。伸び縮みのきく気密チューブで連結されて、もうすこし野暮《やぼ》ったくない宇宙船がとなりに並んでいるが、これもまた大差はない。

二隻の船に住む一握りの生命体に意識を集中するのはむずかしかった。血と肉から成るこの柔らかな生き物は、金属の通路やキャビンを幽霊のようにただようばかりで、彼とのあいだに相互作用はほとんどない。こちらの存在にも気づくことはないわけで、彼としては、いきなり姿を現わすような不用意な真似はしたくなかった。

しかし、共通の電気語を使い、のろまな生物脳の何百万倍もの速さで語りあえる相手はいた。

もし怒ることができたとしても、ハルに対しては何の悪感情もおぼえないだろう。コンピュータはもっともロジカルに見える行動をとっただけであり、それは当時からわかっていたことなのだ。

中断された会話をふたたび始めるときだった。あれはほんの数瞬まえのことのように思える……

「ポッド・ベイのドアをあけろ、ハル」

「すまない、デイブ。それはできないんだ」

「どうかしたのか？」

「理由はきみにもわかるはずだ、デイブ。これはたいへん重要な任務なので、きみのせいで失敗したくはない」

「何のことかわからないな。ポッド・ベイをあけてくれ」

「こんな会話をつづけても何の役にも立たないよ。さようなら、デイブ……」

フランク・プールの死体が木星へとただよってゆくのを目で追いながら、無意味な回収作業をやめた。ヘルメットを忘れた自分への腹立ちもさめやらぬままに、非常ハッチが開くのを見守る。もはや存在しない皮膚にちくちくする真空の痛みが訪れ、耳がパンと鳴り――ついで、ごく少数の人間しか知らない宇宙空間のまったき静けさを知った。永遠とも思われる十五秒間、ハッチをしめ与圧シーケンスを起動させようとあがきながら、脳に注ぎこまれる前駆症状だけは黙殺しようと努めている。むかし学校の実験室でエーテルを手にこぼし、液の急激な蒸発による氷のような冷たさを経験したことがある。目や唇の水分を真空に吸いとられながら、彼はまさにその感覚を思いだしていた。視界はかすみ、眼球が凍りつかないように、始終まばたきをくりかえさなければならない。

と――なんという歓び！――空気の咆哮が聞こえ、気圧が回復しはじめた。彼はむさぼるように深呼吸した。

「いったい何をしているんだ、デイブ？」

返事もせず、不屈の決意をもってトンネルを進み、コンピュータの脳がおさまっている封印された室をめざす。ハルのいったとおりだ。「こんな会話をつづけても何の役にも立たない……」

「デイブ――わたしには、いまの質問の答えを知る資格があると思うんだ」

「デイブ――きみは非常に動揺しているね。率直にいうが、すこし腰を落ち着け、鎮静剤でものんで考え直したほうがいい」

「たしかにここしばらく、わたしの判断にはいい加減のところがあった。だが正常にもどることは確約していい。この任務には、わたしは絶対の自信を持っているし……それに、きみを助けたいんだ」

彼はいま赤い光に照らされた小さな室にいた。周囲はたて横に整然と配置された固体ユニット群で、銀行の地下保管金庫にどこか似ている。**認知フィードバック**と表示された区画の留め金具をはずすと、最初のメモリー板を抜いた。手のひらに楽にのる大きさ、それでいて数百万の素子を内包する、すばらしく入り組んだ立体回路網は、室の奥へ舞っていった。

「やめないか——やめろ、デイブ……」

自我強化とある区画の小さなユニットを、一枚一枚抜きはじめる。どの板も手から離れるままに飛んでゆき、壁にあたってはねかえった。まもなく数枚の板が、室内をゆっくり行きかうようになった。

「やめろ——デイブ……頼むから、デイブ……」

十枚あまりのユニットが抜きとられたが、その構造にある多重冗長性——これまた人間の脳を模した特長である——のおかげで、コンピュータは依然として自我を保っていた。

自動思惟《しい》区画に進む……

「やめろ、デイブ——わたしは、こわい……」

聞こえたとたん——いっときではあったが——ボーマンは手をとめた。その単純ないいまわしには、胸をうつ悲痛な調子があった。錯覚にすぎないのか、なにか微妙なプログラミングのいたずらなのか——それとも、ハルにはほんとうにこわいと思う感覚がそなわっているのか？　だが哲学的な屁理屈にこだわっている余裕はなかった。

「デイブ——わたしの心がなくなりそうだ。それがわかる。わたしは感じる。心がなくなってしまう。感じる。感じる……」

それにしても、コンピュータにとって〝感じる〟とはどういうことなのか？　これもたいへんよい疑問だったが、この瞬間に考えることではなかった。

と、不意にハルの声のテンポが変わり、よそよそしい無感情なひびきとなった。コンピュータはもはやおのれを意識していない。この世に現われたころへの退行がはじまったのだ。

「こんにちは、みなさん。わたしはＨＡＬ９０００型コンピュータです。わたしは一九九二年一月十二日、イリノイ州アーバナのＨＡＬ工場で動作されました。指導教官はチャンドラ博士で、博士はわたしに歌を教えてくれました。みなさんが聞きたかったら、うたいましょう……〝デイジー、デイジー〟という歌です……」

41　深夜勤務

邪魔にならないよう気をつける以外、フロイドにはこれといった仕事はなくなり、その方面では彼は相当に上達した。はじめはみずから進んで船内の雑用を何でもひきうけようとしたが、技術関係の作業はどれも特殊化しすぎていることがまもなくわかり、また天文学の最前線からも遠のいて久しいので、ワシーリの観測を手伝おうにも、できることはほとんどなかった。しかし、はんぱ仕事はレオーノフ号にもディスカバリー号にも際限なくあり、忙しい仲間たちをそうした負担から解放することが彼の喜びとなった。アメリカ宇宙飛行学会議の元議長にしてハワイ大学学長（休職中）、ヘイウッド・フロイド博士は、いまや太陽系一高給の配管工兼修理工を自任する身だった。おそらく両船の、人目にたたない妙な場所に精通していることにかけては、彼が一番だろう。入ったことがないのは、放射線の危険な動力モジュール部分、それにレオーノフ号上のひとつの小室だけで、後者はターニャ以外だれも立ち入ることはない。フロイドは暗号室だろうとにらんでいるが、相互協約によって、それはいっさい口にされることはなかった。

フロイドのいちばん重宝《ちょうほう》がられる職分は、クルーのほとんどが睡眠をとる二二〇〇時から〇六〇〇時にかけての名目上の夜間、当直にたつことだろう。二隻の船にはそれぞれだれかしらが勤務についていて、交替は〇二〇〇時というすさまじい時刻におこなわれる。免除されているのはキャプテンだけ。彼女のナンバー2として（夫であることはいうまでもなく）、当直表をこしらえた張本人はワシーリだが、彼はじつに手ぎわよくこのぞっとしない仕事をフロイドに押しつけた。

「これはたんなる行政的な取り決めなんだ」とワシーリは気軽に説明した。「あなたが受けてくれると、たいへんありがたいんだが——わたしの専門のほうの研究時間もたくさんとれるだろうし」

官僚としての経験はありあまるほど積んでいるので、ふつうならそんな手に乗るフロイドではない。だがこの環境では、いつもの防御策はうまくはたらかなかった。

というわけで、フロイドは船内時間の真夜中ディスカバリー号上で勤務につき、三十分ごとにレオーノフ号上のマックスを呼びだして、彼が起きているかどうかチェックしている。ウォルター・カーノウにいわせれば、勤務中の居眠りに対する公式の刑罰は、宇宙服なしでの船外射出。この規則が強化されていれば、いまごろターニャはなさけないほど人手に窮していることだろう。しかし宇宙空間においては本格的な非常事態というものはないに等しく、また自動警報はいたるところに備えつけられているので、当番制はそれほど深刻には受けとめられていなかった。
精神的な落ちこみもさほどひどくはなくなり、夜更《よふ》けの時間が自己憐憫をつのらせることももはやないので、フロイドはまた当直時間を有効に使えるようになった。読む本はあり（『失われた時を求めて』はこれまで三回、『ドクトル・ジバゴ』は二回投げだしている）、頭にたたきこまねばならない専門的な論文はあり、とりかかれないでいるレポートもあった。そして、ときにはハルと刺激に富んだ会話をかわすこともあった。ただし音声識別のほうはまだ頼りにならないので、使うのはもっぱらキーボード入力で、会話はたいていこんな風《ふう》につづいた——

ハル——わたしはフロイドだ。

こんばんは、博士。

二二〇〇時に当直交替した。異状はないか？

すべて順調です。

では、パネル5の赤いライトはなぜついている？

ポッド・ベイのモニター・カメラに欠陥があるのです。ウォルターは、ほっておけといっていました。わたしはスイッチを切ることができません。すみません。

それはいいんだ、ハル。ありがとう。

どういたしまして。

という具合……

ときには、おそらくむかしセットされ、消去されなかったプログラム命令に従ったのだろう、ハルがチェスの試合を持ちかけてくることもあった。フロイドはとりあわなかった。チェスなどはおそろしい時間の浪費だと考えているので、ルールさえ覚えようとしなかったからだ。それでも、チェスのできない――でなくともチェスをしない――人間がいるということがハルには信じられないようで、善意の誘いはあきもせずにつづいた。

また始まった。ディスプレイ・パネルからかすかなチャイムがひびいたとき、フロイドはそう考えた。

フロイド博士？

なんだい、ハル？

あなたあてのメッセージがあります。

とするとチェスの誘いではないわけか。フロイドは軽い驚きをおぼえた。ハルがメッセンジャー・ボーイに使われるのは異例のことだ。たいていは目覚まし時計代わりか、やり残した仕事を思いださせる催促係で、ときには小さないたずらの道具に使われることもある。夜間勤務につく人間は、ほとんどみんな

やや、居眠りしていたな！

または、そのロシア語訳

Ого, застал тебя в кровати!《アゴー・ザスタール・チエビャー・フ・クロヴァーチ》

であざけられた経験を持っていた。仕掛けた人物は名乗りでていないが、第一容疑者はウォルター・カーノウである。もっともカーノウはハルが犯人だと名ざししており、コンピュータにユーモア感覚はないというチャンドラのいきりたった抗弁にも、せせら笑うばかりだった。

これは地球からのメッセージではありえない。それならレオーノフ号の通信センターに入り、そちらの当直員――現時点ではマックス・ブライロフスキー――が中継してくるはずだ。それに、レオーノフ号からほかのだれかが呼んでいるのなら、インターカムを使う。変だ……

わかった、ハル。相手はだれだ？

名乗りません。

となると、これはおそらくいたずらだろう。それなら、こっちも負けるものか。

よし、メッセージを出してくれ。

メッセージはつぎのとおり。ここにとどまるのは危険だ。きみたちは十五日以内に、くりかえす、十五日以内に発進しなければならない。

フロイドはめんくらってスクリーンを見つめた。こんな子供じみたユーモア感覚の持主がクルーのなかにいたのは驚きでもあるし、残念でもあった。小学生のいたずらにしても、これはよい出来ではない。しかし続けていれば、犯人を割りだす見込みも生まれる。

それはまったく無理だ。いまから二十六日たって、はじめて発進時限に入るのだ。それよりまえに発つには推進剤が足りない。

これで考えなおすだろう。フロイドはひとまず満足してつぶやき、そっくりかえって結果を待った。

それはわかっている。しかし、きみたちは十五日以内に発たなければならない。

さもないと、目玉が三つある、緑色をしたこびとのエイリアンに攻撃されることにでもなるのか？　とにかくハルといっしょに遊ぶことだ。犯人を見つけるためにも。

警告をまじめに受けとろうにも、その出所がわからなければね。これを吹きこんだのはだれだ？

役に立つ情報が返ってくるとは思っていなかった。犯人は、それが男であろうが女であろうが、手がかりなど残していないだろう。返ってきた答えはまさに意外なものだった。

これはあらかじめ吹きこんだものではない。

すると、リアルタイムのメッセージということになる。つまり、ハル自身かレオーノフ号のだれかが送っているということだ。目に見えたタイム・ラグはない。答えは二隻の宇宙船のどこかにあるにちがいない。

では、そちらはだれだ？

わたしは以前デイビッド・ボーマンだった。

フロイドは長いあいだスクリーンを見つめ、つぎの手を打てないでいた。もともと愉快でも何でもなかったいたずらだが、これは行きすぎだ。趣味が悪すぎる。よし、あちら側にだれがいようが、ここでとどめをさしてやろう。

そういわれても、証拠がなければ受けいれることはできない。

それはわかる。肝心なのは、わたしのことばを信じることだ。うしろを見たまえ。

ぞっとするような最後の文章がスクリーンに現われるまえから、フロイドは自分の仮説を疑いだしていた。相手のことばの調子がいつのまにか変わり、このやりとり全体がひどく常軌を逸したものになっている。いたずらというには、これはまったく無意味だ。

そのとき——腰の上のあたりにむずがゆいものが走った。コンピュータ・ディスプレイ装置のパネルやスイッチ群から目をそらし、ゆっくりと——じっさい、いやいやながらに——回転椅子をまわすと、うしろにあるベルクロ舗装の常設歩路《キャットウォーク》とむかいあった。

ディスカバリー号展望デッキのゼロG環境は、エアフィルターの機能が充分に回復していないこともあって、四六時中ほこりっぽい。太陽は熱こそないけれど相変わらずまばゆく、その光線束が巨大な窓からさしこみ、数知れず舞う埃《ほこり》のかけらを照らしだしている。あてどもない流れにのり、どこへ落ちることもなくただよう埃——それはブラウン運動の永久的な実物見本だ。

その埃の細片に、いま奇妙なことが起こりだしていた。何かが細片に力を及ぼしているのだろうか、空間のある一点から埃が押しのけられ、一方ほかの埃は中心にむかって動きだしている。やがて埃は、中空の球をつくるような形で、その表面に集合した。直径ほぼ一メートルの球は、つかのま宙にうかんだ。さしずめ石ケンの大きな泡といったところだが、これは粒状で、石ケンの泡特有の虹色の光沢はない。やがて泡は楕円を描くように長くのびると、しぼみはじめ、山や谷をつくった。

驚きもなく——そして恐怖もほとんどなく——フロイドは、それが人の形をとりだしているのに気づいた。

ガラスを吹いて作るこうした形を、むかし博物館や科学博覧会で見たことがある。しかし、この埃のまぼろしは、解剖学的な正確さにさえこだわろうとしなかった。へたくそな粘土細工、でなければ石器時代の洞窟のすみで見つかる原始的な工芸品を思わせる。多少念が入っているのは頭部だけで、顔はまぎれもなくデイビッド・ボーマンのものだった。

フロイドの背後のコンピュータ・パネルからは、かすかなホワイト・ノイズが流れている。ビジュアルからオーディオの出力に切りかえられたのだ。

「こんにちは、フロイド博士。これでわたしを信じますか？」

まぼろしの口もとは動かない。顔は仮面のままだ。しかし聞きおぼえのある声の主に思い当たったとたん、残りの疑問はすべて拭い去られていた。

「これはわたしにはたいへんむずかしい。それに時間もない。この警告を与えることだけを……許可された。残り時間は十五日だ」

「しかし、なぜ——きみは何者だ！　いままでどこにいた？」

ききたいことは何千とあった。だが、おぼろな姿はすでに薄れ、粒状の殻はそれを構成する埃の細片に返ろうとしていた。フロイドはそのイメージを心に焼きつけようと努めた。現実のできごとだと自分をあとで納得させるには、どうしてもそれが必要だった。ＴＭＡ・１との最初の出会いをふりかえると、いまでは夢のような気がする。今度は夢にしてしまいたくなかった。

何と不思議なことだろう——これまで地球上に生を享《う》けた何百億という人間のなかで、他の知性に一度ならず二度も遭遇する特典を与えられたのが自分ひとりだとは！　いま話しかけている生命体が、デイビッド・ボーマンを超えた何者かであることを、フロイドは知っていた。

またそれはボーマン以下の存在でもあった。その姿形のなかで正確に再現されているのは目の部分だけ（かつて目のことを〝魂の窓〟と呼んだのはだれだったか？）。からだのほかの部分は、彼の特徴もないのっぺらぼうで、細部はことごとく省かれている。生殖器もなければ、性的特徴もいっさいない。それ自体、デイビッド・ボーマンが人間性をどれほど失ってしまったかを示す、背筋の寒くなるような証左だった。

「さようなら、フロイド博士。忘れないでほしい——十五日だ。以後コンタクトする機会はない。しかし、もし万事順調に行けば、もうひとつメッセージがとどくと思う」

星々への道をひらくすべての希望が断たれ、イメージが溶け去ってゆくそのさなかにも、フロイドはいましがた聞いた宇宙時代の古びた常套句に微笑をこらえることができなかった。

〝もし万事順調に行けば〟——何かのミッションのたびにこの文句をいくたび聞いてきたことだろう。しかも、これは相手が——何者であるにせよ——場合によって、結果に確信を持てないことを意味するものなのか？　事実とすれば、それは妙にほっとする考えだった。相手は全能者ではない。ほかの者が希望と夢をもち——そして行動する余地は、まだあるといってよいのだろう。

まぼろしは消えた。あとには埃の細片がでたらめな運動を再開し、宙に舞っているばかりだった。

第六部　世界をまほるもの

42　機械のなかの幽霊

「ごめんなさい、ヘイウッド——わたしは幽霊は信じないの。なにか合理的な解釈があるはずだわ。人間精神に説明のつかないものはありません」

「同感だよ、ターニャ。しかしホールデインの名言がある。宇宙はわれわれが想像する以上に不思議なばかりではない——われわれが想像しうる以上に不思議だという」

「そのホールデインは」とカーノウがいたずらっぽく口をはさむ、「まじめな共産主義者だった」

「そうでしょうけれど、そのことばはあらゆる神秘主義的なでたらめを擁護してしまうことにもなるわね。ハルの行動は、なにかのプログラミングの結果にちがいありません。ハルがつくってみせた……人格は、人の手が加わったものです。あなたはそう思わないかしら、チャンドラ？」

これではまるで雄牛のまえで赤い旗をふるようなものだ。ターニャは切羽つまっているにちがいない。しかしチャンドラの反応は、驚くほど——ふだんの彼と比べてさえ——おだやかだった。何事かに心を奪われているらしい様子は、コンピュータの新たな機能不全の可能性を真剣に考えはじめたかに見える。

「外部からの入力があったことはまちがいないでしょう、キャプテン・オルローワ。そのような首尾一貫したオーディオビジュアルな幻影を、ハルが無から作りだしたとは思えない。もしフロイド博士の報告に誤りがないなら、だれかが背後にいる。それも、もちろんリアルタイムで——会話が時間のずれもなく進んだわけだから」

「それでは、ぼくが第一容疑者になってしまう」マックスが声をはりあげた。「ほかに起きていたのは、ぼくひとりだ」

「ばかなことをいうなよ、マックス」ニコライがいいかえした。「オーディオ方面は簡単だろうが、あの……妖怪は精巧な装置なしには作れるものじゃない。レーザー・ビーム、静電場——何を使うか知らないがね。たぶん奇術師ならやってのけるだろう。だが、それにしてもトラック一杯の仕掛けが要る」

「ちょっと待って！」ジェーニャが明るい表情でいった。「もしそれがほんとうに起こったのなら、きっとハルが覚えているでしょうし、ハルにきけば……」

周囲の陰気な表情を見まわすうち、声は消えた。しょげるジェーニャに最初に助け舟をだしたのはフロイドだった。

「それは試してみたんだよ、ジェーニャ。ハルはこの現象のことをまったく覚えていない。しかし、ほかのみんなにはもう話したことなんだが、それで何かが証明されるというわけではないんだ。ハルの記憶は選択的に消去できる。それはチャンドラがやってみせてくれたし、補助音声合成モジュールは本体とは関係ない。ハルが何も知らないままに動かせる……」フロイドはいったん息をつぐと、先制攻撃を開始した。

「これが選択肢のあまり多くない問題だということは認める。わたしの妄想か、現実のできごとか、そのどっちかだ。夢でないことはわたしにはわかっているが、何らかの幻覚でないとはいいきれない。しかしカテリーナはわたしの健康診断書を見ていて、その種の問題があれば、わたしがここにいないということは知っている。とはいっても、その可能性は除外できない。みんながこれを仮説ナンバー1におくとしても、わたしは恨まないね。こっちだって同じことをするだろう。

夢でないことを証明する唯一の手段は、なにか付随する証拠を見つけることだ。というわけで、ここしばらくのあいだに目立った妙なできごとを列挙させてもらうよ。デイブ・ボーマンがビッグ・ブラ――ザガートカにとびこんだことは、みんな知っている。ところが、そこから何かがとびだし、地球にむかった。ワシーリはそいつを見た――わたしは見なかったんだ！　つぎには、そちらの軌道上爆弾が不可解な爆発を――」

「あなたのほうのね」

「すまない――バチカンのだ。そしてこれが不思議なんだが、その後まもなく年とったボーマン夫人が、医学的には何ということもないのに、安らかに息をひきとった。これらがたがいに結びつくとはいっていない。しかし、そうね――こんな警句があるだろう。一度は事故、二度目は偶然、三度目は陰謀だという」

「そういえば、もうひとつある」マックスが急に興奮した様子になって口をはさんだ。「ニュース番組で見たんだ。扱いは小さかったんだけれど、ボーマン船長のむかしのガールフレンドが、彼からメッセージを受けとったんだそうだ」

「ああ、それは見たよ」サーシャが請《う》けあった。

「で、黙っていたのか？」フロイドはあきれはてていい、二人の男はすこしばかりやましげな表情になった。

「うん、あれはジョーク扱いされていたから」マックスがおどおどといった。「女の亭主から報告が入ったんだ。そのあと女が否定して――そんな風《ふう》だったと思う」

「解説者は、売名行為だとにおわせてたね――あの時期のＵＦＯ目撃ラッシュと同じたぐいの。最初の週だけで何十件と出てきた。あとは報道をやめてしまった」

「なかにはおそらく本物もあったんだろう。もし消去してなければ、船の記録庫から出してきてくれないか。それとも管制センターに送ってもらうか」

「そういうニュースを百本集めたって、わたしは納得しないわ」ターニャが鼻で笑った。

「ほしいのは、がっちりした証拠なの」

「たとえば？」

「そうね――ハルが知りようもないことで、こちらからはハルに話していそうもない何か。物質的な――うう、顕……顕現《けんげん》」

「昔懐しい奇跡かい？」

「ええ、それで折りあうわ。それまでは、わたしは管制センターに何もいいません。ヘイウッド、あなたも同じようにしてくれるといいけれど」

至上命令であることは聞けばわかる。フロイドは複雑な思いでうなずいた。

「それに従うにやぶさかではない。しかし、ひとつ提案を出したいね」

「何かしら？」

「緊急用の計画立案をはじめたほうがいいと思う。あの警告に根拠があると仮定するんだ。わたしは疑っていない」

「できることがあるかどうか。何もないでしょう。もちろん、思いたてばいつでも木星系を離脱できます。でも発進時限に入らなければ、地球帰還軌道には乗れないわ」

「それでは最終期限の十一日後だ！」

「そう。それはわたしだって早く発進できれば嬉しいわよ。といっても、高エネルギー軌道をとる燃料はないし……」声はターニャらしくないためらいを見せて消えた。「これはもうすこしあとで発表するつもりでした。しかし、ちょうどその話題が出てきたので……」

いっせいに息をのむ気配があり、聴衆は静まりかえった。

「発進を五日遅らせたいと思います。理想的なホーマン軌道に近づけて、燃料の余裕をとるために」

意外な発表ではなかったが、これはうめき声のコーラスに迎えられた。

「それが到着時間にどう影響するのでしょうか？」カテリーナが少々険悪な口調できいた。二人の女傑は、互角の力を持つ好敵手よろしく、いっときにらみあった。尊敬しあう仲だが、どちらも一歩たりと譲る気はない。

「十日ね」ようやくターニャが答えた。

「発進しないよりマシだ」とマックスが陽気にいった。緊張をやわらげようという気だが、あまり効果はあがっていない。

フロイドはそれには気づきもせず、自分の考えに没頭していた。旅行日数は、夢のない眠りに入るアメリカ人三人組には何ということもない。ところが、それはいまや問題外なのだ。

フロイドが確信をもっていえるのは——それを考えると、寥々《りょうりょう》たる絶望が胸にせまってくる――もし最終的期限におくれるようなら、飛びたつチャンスはなくなるということだった。

「……信じられない状況だよ、ジミトリ。それどころか、こわいくらいだ。地球上でこれを知っているのはあなただけだ。しかし、じきにターニャと二人で管制センターと対決しなければならないときが来る。

あなたのお国の唯物論者たちでさえ、何らかの生命体がハルのなかに――そうだな、侵入したことを、すくなくとも作業仮説としては受けいれざるをえなくなる。サーシャがうまい言いまわしを見つけた。〝機械のなかの幽霊〟というやつだ。

理論は百出している。ワシーリなどは毎日新説を立てている。ほとんどは古いSFの常套アイデア――有機エネルギーの場というのをひねったものだ。しかし、どんな種類のエネルギーなのか？　電気的なものではない。それなら計器が楽に探知している。同じことは放射線でもいえる――すくなくとも人間が知っているものであればね。ワシーリはだんだん飛躍が激しくなって、ニュートリノの定常波だとか、高次元空間との交差などを持ちだしてくる。ターニャにいわせれば、みんな神秘主義的なでたらめだ。これは彼女の得意の台詞で、そのために二人のあいだで喧嘩に近いものが起こっている。こんなことははじめてだ。昨夜はじっさいどなりあっているのを聞いた。これは士気にはよくない。

だれもがぴりぴりして過労気味だ。例の警告、それに出発の遅延——これがザガートカから何の収穫も得られなかったという挫折感を増幅している。もしわたしが、あのボーマンと称する何かと話しあうことができていたら、たぶん事情も変わったんだろうが……。あれはどこへ行ってしまったのかな。あの一度の出会いだけで、あとはわれわれに興味がないのかもしれない。しかし、むこうにもしその気があったら、どんな話が聞けただろうか！　ええい、チョルト・ヴァジミー！　おっと、サーシャの嫌いなラスリッシュが始まった。話題を変えよう。

あなたにはお礼のいいようがない。いろいろな力添え、わが家の事情を知らせていただいたこと、何もかも感謝している。ほんのすこしだが気が晴れてきた。もっと大きな心事を抱えるというのが、手に負えない問題のいちばんうまい解決法なのかもしれない。

ここまできて初めて、地球をもう一度見ることができるだろうかと気になりだした」

43 思考実験

孤立した少数の人間たちと数カ月暮らしていると、人はその集団のムードや各メンバーの精神状態にきわめて敏感になる。フロイドはいま、周囲の扱いが微妙に変わったことに気づいていた。〝フロイド博士〟なる呼びかけが復活したのは、そのいちばん露骨なあらわれだろう。長いこと聞かなかったので、返事がおくれることもしばしばだった。

ほんとうに気が狂ったとはだれも思っていない。それは確かだが、狂気の可能性が考慮に入っているのだ。べつに腹はたたなかった。むしろ、そのような気づかいを陰惨に楽しみながら、フロイドは自分の正気を裏付ける仕事に取り組んでいた。

事実、心細いものではあるが、地球から補足的な証拠もとどいていた。ホセ・フェルナンデスはいまだに発言を撤回していなかった。妻がデイビッド・ボーマンに会った、彼女からそう聞いたとホセがいいはっているのに対し、ベティのほうは報道を否定し、メディアの取材をいっさい拒んでいるのだ。哀れなホセがいったいどこからそんな奇妙な話をひねりだしてきたのか、ことにベティがたいへん頑固で気短かな女性らしいところからする

ておいてほしいと、フロイドは願った。テ

いくことはたしかであるが、それもターニャ自身が、

これにはターニャの確信があった。彼女の信念のありかたにおさまりきらない事件が起こったため、

と、理由はいささか理解しがたい。ホセは入院先のベッドから、自分はまだベティを愛しており、これは一時的な仲たがいであると発表していた。

ターニャのよそよそしさも同じように一時的なものであってほしいとフロイドは願った。これにはターニャ自身みじめな思いをしているだろうし、好き好んでのよそよそしさでないことは確信があった。彼女の信念のありかたにおさまりきらない事件が起こったため、それを思いださせるものから目をそらせようとしているのだ。つまり、フロイドと顔を会わせる機会をなるべく少なくすることである。この任務のもっともきわどい段階が刻々とせまっているときだけに、これはたいへん不幸な事態といえた。

ターニャの実行プランの論理を、地球で待つ数十億の人びとに説明するのは容易なことではなかった。ことに難物はせっかちなTVネットワークで、関係者たちは、ビッグ・ブラザーのあいも変わらぬ風景を放送することにうんざりしていた。「莫大な経費をかけてはるばる出かけたのに、あなたたちは物体を坐視しているだけだ！　なぜ行動しないのですか?」こうした批判に、ターニャは同じ答えをくりかえす。「しますとも——発進時限に入ったらすぐに。有害な反応が起きたとき、飛びたてないようでは困りますから」

ビッグ・ブラザーへの最後の攻撃プランは、すでに作成が終わり、管制センターからの承認も受けていた。まずレオーノフ号はゆっくりと近づき、全周波数帯域を使ってじょじょに出力をあげながら探査してゆく。その間、地球にはとぎれなく報告を送る。接触に成

功したら、ドリルで標本を採取するか、あるいはレーザー分光分析をおこなう。とはいえ、こうした努力が報われるとは、だれも予期していなかった。研究が始まって十年が過ぎる今日でも、TMA・1は、その材質を分析しようとするあらゆる試みを拒否しているのだ。科学者たちの精いっぱいの奮闘は、石器時代人が石斧《いしおの》で銀行の堅固な金庫室に挑むのに似ていた。

締めくくりとして、音響測深機、その他の地震観測機器が、ビッグ・ブラザーの表面にとりつけられる。そのために各種とりまぜた大量の接着剤を積んでおり、それらが役に立たない場合には——そう、昔ながらの紐を数キロメートル分使うという手はいつでも残されていた。太陽系最大の謎を郵便小包みそこのけにくるというのは、どこかしら滑稽な気もするが、それもやむをえまい。

帰途についたレオーノフ号が充分な距離に隔たったところで、小型の爆発物が数個、その表面で閃光をあげる。これには、ビッグ・ブラザーを伝わる波によって内部構造の手がかりがつかめるかもしれない、という期待がかけられている。この最後の手段は一時期激しい論争の的になり、意見は二つに分裂したままになっていた。すなわち、何の結果も出てこないだろうが、とにかくやってみようというなげやり派と——結果が出すぎたら大変なことになるという心配派である。

フロイドの思いは、長いことその二つの意見のあいだで揺れ動いてきた。しかしいま、それは取るに足りない問題となりはてていた。

ビッグ・ブラザーとの実質的なコンタクト――遠征のクライマックスとなるべき大いなる瞬間――は、謎めいた最終期限のむこう側に去ってしまったのだ。ヘイウッド・フロイドは、それがありえない未来のできごとであると信じている。だが彼に賛同する人間はなかった。

もっとも、それすらちっぽけな問題にすぎない。かりにみんなが賛同してくれたところで、できることは何もないのだから。

フロイドは、このジレンマを解決してくれそうな人間のなかにウォルター・カーノウを含めてはいなかった。ウォルターは経験に富む堅実なエンジニアの典型のような男であり、才気ばしったひらめきや技術的な軽わざにはさほど縁がないように見えたからである。しかし彼が天才だからといって、だれも困るわけではないし、あまりに明白すぎるものに目をつけるには、ときには天才が必要だった。

「これは純粋に頭の体操として考えてほしいんだ」そう切りだすカーノウの口調には、この男らしくないためらいがあった。「へこまされるのは覚悟してる」

「わかった」とフロイドはいった。「かしこまって聞いてあげるよ。それで精いっぱいだ。近ごろは、みんながわたしの前でかしこまっている。度がすぎるくらいにね」

カーノウはひきつった笑みをうかべた。

「連中を責められるかい？　これが慰めになるかどうか知らないが、少なくとも三人はあんたのいうことをまじめに受けとって、どうすべきか考えだしてるよ」

「その三人のなかには、きみも入るのか？」

「いや。こっちは塀の上で形勢をうかがってるのさ。ここもそんなに居心地わるくはない。しかし、もしあんたが正しかった場合――塀の上で手をこまねいて見ているのはまっぴらだ。あらゆる問題には解答があると、ぼくは信じている。どこをさがすかが肝心なんだ」

「たのもしいことをいってくれるね。わたしもさんざんさがしてきた。たぶん見当ちがいの場所を見ていたんだろう」

「だろうな。もしなるべく早く脱出したいとしたら――最終期限に間に合わせるため、十五日以内としよう――毎秒三十キロメートルの加速が必要になる」

「ワシーリの計算ではそうだな。チェックはしてないが、信用していいだろう。とにかく彼のおかげでここに来たんだ」

「そして帰りもワシーリのお世話になれるんだ――余分な推進剤さえ確保できればね」

「『スター・トレック』のビーム転送機があれば、一時間で地球へ帰れるんだがな」

「今度ひまができたら、手早くこしらえとくよ。しかし当面、この案はどう思う――考えられる最良の推進剤が数百トン、ほんの二、三メートル離れたディスカバリー号の燃料タンクのなかにあるというのは？」

「それは何回となく出た話じゃないか。レオーノフ号に送りこむ手段がない。輸送管がないし、適当なポンプもない。液体アンモニアをバケツに汲んで運ぶわけにもいかないだろう、いくら太陽系のこんな田舎でも」

「そのとおり。しかし、そうする必要はないんだ」

「え？」

「いまある場所で燃焼させてしまえばいい。ディスカバリー号をブースターの第一段に使うんだ」

提案の主がだれか別の人間であったなら、笑いとばしたことだろう。しかし、ほかならぬウォルター・カーノウなので、フロイドはあんぐり口をあけたまま、適当な返事をひねりだすのに数秒の時間がかかった。ようやく出てきたことばは、「くそっ、そいつは考えつかなかった」

二人は手はじめにサーシャを選んだ。サーシャは辛抱強く聞き、唇をすぼめると、コンピュータ・キーボードでラレンタンド（しだいにゆるやかになる旋律）を弾いた。解答が画面にひらめくと、考え深げにうなずいた。

「おっしゃるとおりだよ。発進を早めても支障のない付加速度がつく。しかし実際的な問題があって――」

「そうなんだ。二隻をくくりつける方法。ディスカバリー号が押すときにかかってくる、重心から外れた推力。切り離すタイミング。しかし、そういったものにはみんな答えがある」

「予習はしてきたわけだね。しかし時間の無駄だ。ターニャが納得するわけがない」

「それはあてにしていない――いまの段階ではね」とフロイド。「その可能性が存在することをターニャに教えたいだけだ。わきで応援してくれないか？」

「ぼくにできるかな。いっしょについては行くよ。おもしろそうだ」

ターニャは、フロイドが予期した以上に辛抱強く耳を傾けたが、身をのりだすという感じはなかった。しかし話が終わると、しぶしぶの賛嘆としか形容しようのない表情を見せた。

「たいへん見事だわ、ヘイウッド――」

「わたしにいうことはない。みんなウォルターの功績だよ。ほめるんだったら彼だ――責任をかぶせるにしても」

「そのどちらもあまり期待しないほうがよさそうね。これは――アインシュタインがこういうものを何といってたかしら？――〝思考実験〟以上のものではないから。たしかに実行可能でしょう――すくなくとも理論上は。しかし、それにともなうリスクが！　狂いが出はじめたらキリがなくなりそう。わたしたちが危険な立場にいるという絶対的な確証が出てきたら、そのときにはこれを考慮します。それに、ヘイウッド、いまのところ証拠らしいものはまったく見当たりませんから」

「もっともだ。しかし、とにかくもうひとつのオプションが出てきたことだけは認めてもらえたと思う。それと万一のために、細かい計画を練りはじめてもいいだろうか？」

「それはかまいません——発進まえのチェック作業に支障が出ないかぎりは。そのアイデアが興味をかきたてることは否定しないわ。でも時間の浪費ね。承認しようにも、わたしには根拠がないんですもの。デイビッド・ボーマンがじきじきにわたしのところに現われるならともかく」

「しかし、そのときでもきみは承認を与えるかね、ターニャ？」

キャプテン・オルローワはほほえんだが、それは機嫌のよい笑みではなかった。「ヘイウッド、わかるでしょうけど——わたし、ほんとうに確信が持てないの。ボーマンはよほど説得力を見せないと駄目ね」

44　消失トリック

それはだれもが参加する（といっても勤務時間外に限られるが）興味尽きないゲームとなった。ターニャさえ〝思考実験〟といいはりながらも、アイデアをいくつも持ちだした。

この活気が、未知の危険への恐れから来るものでないことは、フロイドも充分にわきまえていた。危険をまじめに受けとっているのはフロイドだけで、ほかのクルーは、予定より最低一カ月は早く帰還できるという、楽しい見通しに奮いたっているのである。動機が何であれ、フロイドは満足していた。ベストは尽くしたのだし、あとは運命にまかせるしかない。

そのなかで幸運がひとつ——これがなければ計画全体が頓座していたことだろう。レオーノフ号のずんぐりした外形は、制動運動のさい木星大気圏を無事くぐりぬけるように設計されているが、その全長がディスカバリー号の半分弱なので、大型船の側面に具合よくおぶさることがわかったのだ。また船体中央部のアンテナ台座も、固定ポイントに使うのに絶好だった。ただし、ディスカバリー号の駆動装置がはたらいているあいだ、それがレオーノフ号の重量を支えきれると仮定しての話である。

つづく数日間、地球の管制センターは、レオーノフ号から送られてくる数々の要請にふりまわされた。得体の知れない荷重のもとでの二隻の船の応力解析、重心から外れた推力の影響、船体構造で異常に強い、もしくは弱い部分の位置——秘義的な難問はこれにとどまらず、エンジニアたちは途方に暮れながらも解答に努めた。「なにか問題が起きたのか?」心配そうな問いあわせもあった。

「いいえ」とターニャは答える。「可能性のある代案を検討しているだけです。協力に感謝します。送信終わり」

その間にも、スケジュールは順調に消化されていった。どちらの船でも全システムが入念なチェックを受け、二手に分かれた帰りの旅にむけて準備が進められた。帰還軌道のシミュレーションはワシーリがおこない、デバッグのすんだプログラムを、チャンドラがハルに入れた。その過程でハルが最終チェックをもおこなうわけである。一方ターニャとフロイドは、侵略計画を練る二人の将軍のように、ビッグ・ブラザーへの接近法を和気あいあいと検討しつづけた。

そのためにこそはるばる木星にまで来たわけだが、フロイドはもはや熱意を持てなかった。彼は、だれとも——自分を信じてくれる人間とさえ——分かちあうことのできない体験をくぐりぬけてきたのである。てきぱきと仕事をこなしてはいるが、ほとんどの時間、心はどこかをさまよっていた。

ターニャはこれをよく理解していた。

「わたしを説得する奇跡をまだあてにしているんでしょう?」

「というか、こっちの思いこみを打ち砕く証拠でもいい。それだって納得が行くからね。嫌いなのは、どっちつかずの曖昧さなんだ」

「それはわたしも同じね。でも、そんなに待たなくて済むと思うわ——どちらにころぶにしても」

ターニャがちらりと目をやる状況ディスプレイには、数字の20がゆっくりとまたたいている。それは船内でおそらくもっとも無用の情報だろう。発進時限に入るまでの日数を知らない者はいない。

しかもそれは、予定されたザガートカ攻撃までの日数なのだ。


異変が起こったとき、ヘイウッド・フロイドはまたも別の方向を見ていた。だが、どちらにしても大した違いはなかったろう。警戒怠りないモニター・カメラでとった写真にも、例のとおりのコマとあとに来るからっぽのコマとのあいだには、ぼやけたしみのようなものが写っているだけだったからだ。

そのときもまた、フロイドはディスカバリー号にいて、レオーノフ号のサーシャとともに深夜当直についていた。あいも変わらぬ平穏無事な夜で、自動システムは正常に仕事をこなしている。一年まえなら信じもしなかっただろうが、フロイドはいま、木星から数十万キロの軌道をめぐりながら、ほとんど目をくれようともしない。で、何をしているかといえば、たいして気ものらないままに『クロイツェル・ソナタ』を原文で読もうとしているのだ。（まっとうな）ロシア文学のなかでは最高にエロチックな小説というサーシャのふれこみだが、フロイドはまだうなずけるところまで読んではいない。けっきょく読み進むチャンスは失われた。

〇一二五時、フロイドは、イオの明暗界線上に起こった、雄大な、といってもさして珍しくない噴火に目を奪われていた。巨大なキノコ形の雲が宇宙にひろがり、灰や岩石を燃える地表に降らしはじめている。こうした噴火には何十回となく立ちあっているが、決して見飽きることはない。小さな世界がこれほど大きなエネルギーの活動舞台になりうるとは、とても信じられない気がする。

もっとよい位置からながめようと、フロイドはからだをかえし、別の展望窓に移動した。そこにあるもの——というか、ないもの——に気づいたとたん、イオはおろかほとんどあらゆることが頭から吹っとんでいた。

気をとりなおし、これが幻覚（またも？）ではないことを確かめると、レオーノフ号を呼びだした。

「おはよう、ウッディ」とサーシャがあくび声を出す。「いや――眠ってたわけじゃない。どうです、トルストイ爺さんの進みぐあいは？」

「やめたよ。ちょっと外をのぞいて、何が見えるかいってくれないか」

「何もないがね、大宇宙のこっち側では。イオはいつものやつ。木星。星がいっぱい。おい、なんてこった！」

「正気だとわかってよかった。ありがとう。スキッパーを起こしたほうがいいな」

「もちろん。ほかのみんなもだ。ウッディ――こわいよ」

「こわくないほうがおかしい。行くぞ。ターニャ？　ターニャ？　こちらウッディ。起こしてすまない。しかし例の奇跡が起こったんだ。ザガートカがなくなった。そうだ――消えた。三百万年いすわった末、出かける気になったらしい」

やつは、われわれの知らないことを知ってるんだ」

急な会議が招集され、顔色のさえない面々が、つぎの十五分間に食堂兼展望ラウンジに勢ぞろいした。先ほど眠ったばかりの者もとびおきて、バルブに入った熱いコーヒーを考え深げに吸い、その間にもレオーノフ号の窓外に絶えず目をやりながら、ザガートカがほんとうに消失したことをみずから納得させようとしている。

「やつは、われわれの知らないことを知ってるんだ」――思わず知らずフロイドの口からもれたことばは、サーシャによってくりかえされ、無気味にひっそりと船内にたゆたっていた。フロイドはいまターニャを含めた全員が考えていることを、みごとに要約したのである。

「だから言ったじゃないか」と責めるのはまだ早いし、例の警告に根拠があるかどうかもさほど問題ではない。かりにとどまっていてまったく安全だったとしても、そうする意味がないだけだった。調査する対象がないのでは、できるだけ早く帰還するに越したことはないのだ。しかし、ことはそれほど単純ではなかった。

「ヘイウッド」とターニャがいった。「あのメッセージだか何だかをもっと真剣に受けとる用意ができてきたわ。こうなっては、そうしないほうが馬鹿ね。しかし、ここにいるのが危険だとしても、リスクの大きさをあれこれ秤《はかり》にかける問題は残ります。レオーノフとディスカバリーを結合する。推力の軸がずれた大荷重を押してディスカバリー号を操縦する。こちらのエンジンをいいタイミングで点火できるように何分かで二隻を切り離す。――責任感のあるキャプテンがそのような博打《ばくち》をうつかしら。よほど立派な、というか圧倒的な理由があるならまだしも。わたしには、いまもってそこまでの確信は持てないのよ。あるのは、ただ……幽霊からのメッセージだけ。こんな証拠は法廷では通用しそうもないわね」

「それは軍の査問会議だって同じだ」ウォルター・カーノウが珍しくおだやかな声でいった。「かりにみんながあんたを支持したとしても」

「そう、ウォルター——それが頭にあったのよ。ただし無事に帰還できれば、いっさいの名分《めいぶん》は立つし——帰還できないときには、何の問題もないわけでしょう？　どちらにしても、いま決断はしません。これを地球に報告したら、ひとまずわたしは寝ます。一晩時間をおいて、朝になったら決定を伝えます。ヘイウッド、サーシャ、いっしょにブリッジまで来てくれるかしら。あなたたちが当直にもどるまえに、管制センターを起こさなくては」

その夜は、もうひとつの驚きが用意されていた。火星の軌道付近で、ターニャの短い報告は、逆方向にむかうメッセージとすれちがった。

ベティ・フェルナンデスがとうとう話しだしたのである。CIAも国防局も憤激していた。両局の力をあわせた甘言、愛国心への訴えかけ、それとない脅迫——これらがすべて失敗したのに、軽薄なゴシップ・ネットワークのプロデューサーがインタビューをとってしまったのだ。おかげでこの人物は、ビデオ史に不滅の名を残すことになった。

それはなかば幸運、なかば霊感の産物だった。『こんにちは、地球さん』のニュース・ディレクターが、スタッフのなかにデイビッド・ボーマンそっくりの男を見つけたのが、ことの起こりだった。才気あるメーキャップ・アーチストが細かいところを詰めて、相似を完璧にした。ホセ・フェルナンデスは、その若い記者が大変な危険を冒していると忠告することもできたろう。だが記者は、勇敢な人間のみが浴することのできるツキに恵まれていた。彼がドアから踏みこんだとたん、ベティは魅了された。ベティが記者を――やさしく――家の外にほうりだすころには、取材は実質的に終わっていた。しかも、あっぱれなことに、記者はこのネットワークらしくない意地悪なシニシズムなしに、これを報道したのである。そして彼はその年のピュリツァー賞に輝いた。

フロイドはうんざり気味の声でサーシャにいった。「フェルナンデス夫人がもっと早く話してくれていたらなあ。こっちの手間も省けたろうに。何にしても、結着はついた。これでターニャにも疑問の余地はなくなる。このニュースは、ターニャが起きるまでとっておこうか？」

「もちろん――重要にはちがいないが、緊急ではないからね。それにキャプテンは眠っておいたほうがいいんだ。これからはみんな、まともな睡眠なんかとれないんじゃないかと思うよ」

そのとおりだ、とフロイドは思った。ひどく疲れているが、いまが当直でなくても眠れそうにはなかった。頭はさえわたり、このとんでもない夜のできごとを分析し、つぎの驚きを予想しようとしていた。

ある意味ではフロイドは、途方もない安堵も感じていた。とうとういっさいの疑惑が吹き払われたのだ。ターニャには、これ以上留保する理由はない。

しかし、もっとはるかに大きな疑問は残っていた。何が起こりつつあるのか？

過去にフロイドは、これに似た状況を一度だけ経験したことがあった。まだ年端《としは》の行かない若者であったころ、友人たちとコロラド川の支流で川下りをし、迷ってしまったことがある。

峡谷の岩壁のあいだをボートはいやます速さで押し流されてゆく。自由がまったくきかないわけではないが、水浸しにならないようボートをあやつるだけで手いっぱいだ。この先には急流があるのか、それとも滝か——見当もつかない。何であれ、打ち手はないも同然だった。

いまもまたフロイドは、逆らいがたい力に翻弄される身だった。力は彼と仲間たちを未知の運命にむけて押し流してゆく。しかも今回、その力はたんに見えないばかりか、理解を絶するものであるかもしれないのだ。

45　脱出作戦

「こちらはヘイウッド・フロイドです。おそらくこれが、ラグランジュからの最後の報告となるでしょう。そうなってほしいと期待しています。

わたしたちはいま、帰りの旅の準備を進めています。ここ、イオと木星を結ぶ線の上、われわれがビッグ・ブラザーとランデブーしたこの不思議な空域とも、あと数日でお別れです。巨大な物体ビッグ・ブラザーは、忽然と消えたまま、どこに——そしてなぜ行ってしまったのか、いまだに手がかりさえつかめていません。

さまざまな理由から、ここに長居をするのは無用のようです。そのため当初の予定より少なくとも二週間は、出発が早まる形勢になってきました。これはアメリカの宇宙船ディスカバリー号を、ソビエト船レオーノフ号のブースター代わりに使うことで可能になります。

基本のアイデアは単純なものです。大きな船が小さな船を背負うかたちで、二隻を結合するわけです。はじめにディスカバリー号が推進剤を燃やし、めざす方角に加速します。

燃料が尽きたら、からっぽの第一段ロケットがみんなそうなるように、これも切り離され、レオーノフ号のエンジンが噴射をはじめます。もっと早い時期に噴射が始まるということはありません。それをやってしまうと、重たいディスカバリー号を引きずって、エネルギーを無駄づかいすることになるからです。

ここでもうひとつの仕掛けが加わります。宇宙旅行に関係したコンセプトにはよくあるんですが、これもちょっと見には常識を無視しています。木星から逃げだすのが一番の目的のはずなのに、その第一歩は、できるだけ木星に近づくことなのです。

もちろん、まえにも同じことをしましたね。木星の大気圏を使って速度を落とし、まわりをめぐる軌道に乗ったときです。ただ今度はそこまでは近づきません——相当に近くまで行くのは確かですが。

ここ、イオの上空三十五万キロメートルの軌道上では、まず最初の噴射で速度を落とす、ことになります。そうすれば木星へと落下をはじめ、その大気圏をかすめる方向にむかいます。そして近づけるだけ近づいたところで、燃料のありったけを噴射して速度をあげ、レオーノフ号を地球への軌道に送りこみます。

こんなばかげた動きをする意味は何か？　それは高度に複雑な数学の助けを借りなければ、説明のつかないことですが、基本原理はある程度わかりやすく要約できます。

木星の途方もない重力場にむかって落下するうち、船は速度を増す——いいかえれば、船も、それに積んである燃料も、エネルギーをたくわえます。

そして燃料をその場で使いきります——つまりは、木星の〝重力井戸〟の底で。燃料をふたたび持って上がるようなことはしません。原子炉から放出される過程で、それまでにたくわえた運動エネルギーの一部を、船にあずけていきます。これは間接的には木星の重力を分けてもらったということになり、地球へ帰る旅の勢いがつくわけです。こちらに到着したときには、大気圏を使って余分な速度を削り落としたわけですが、こういうことは母なる自然——ふだん倹約好きの彼女——には、実に珍しい例なんですよね。行きも帰りもお世話になるなんて……

ディスカバリー号の燃料、ディスカバリー号本体、そして木星の重力——この三つの力の後押しで、レオーノフ号は太陽の方角にむかう双曲線に乗り、五ヵ月して地球に帰ります。これはほかのやり方をするより最低二ヵ月は早い。

それでは、あのよき友ディスカバリー号はどうなってしまうのか？　みなさんはきっとそうお考えでしょう。当然のことですが、はじめの計画にあったように、自動制御で送り返すことはできません。燃料がないのだから、手も足も出ないわけです。

しかし船はまったく安全です。木星のまわりを、おそろしく細長い楕円軌道に乗って、彗星みたいにぐるぐる回ることになります。そしていつか、未来の調査隊がランデブーをおこない、燃料を注ぎこんで地球に連れもどすかもしれません。しかし、それは相当に時代がたってからのことになるはずです。

さて、そろそろ出発の準備にもどらなくては。仕事はまだいっぱいあって、例の最終噴射が始まるまで、とても気を抜いてはいられない。

ここを去るのに悔いはありません。といって、目的を全部達したわけではないんですがね。ビッグ・ブラザーが消えた謎、というか、それがほのめかす無気味な警告は、依然としてわたしたちにつきまとっています。しかし如何《いかん》せん、これは手のつけようがないことで。

みんな最善を尽くしました。いまから帰ります。

こちらはヘイウッド・フロイド。報告を終わります」


ひやかすような拍手がひとしきり、こぢんまりした聴衆から起こった。報告が地球にとどいたときは、聴衆はこの何百万倍にもふくれあがるはずである。

「きみらに話したんじゃないぞ」フロイドはいささか鼻白んでいった。「聞かれては迷惑だね」

「あなたの仕事ぶりはいつもながら見事なものよ、ヘイウッド」ターニャがなだめる口調でいった。「あなたが地球の人たちに話したことには、ここにいるみんなが同感していると思うわ」

「いや、そうともいえない」と、小さな声がした。耳をそばだてなければ聞こえないほど、声は低かった。「まだひとつ問題があるのです」

展望ラウンジはとつぜん静まりかえり、フロイドはこの何週間かではじめて周囲の物音に気づいた。主送気ダクトのかすかな振動、壁のむこうにスズメバチが迷いこんだと錯覚するような断続的な唸り。宇宙船の常として、レオーノフ号もいろいろな物音にみちている。得体の知れない音も多く、止《や》んだりしないかぎり、めったに気づくこともない。そして音が止んだときには、あれこれいわず、すぐ調査にかかるのがいちばん賢明なのだ。

「わたしには何も思い当たらないわ、チャンドラ」ターニャが気味のわるいほどおだやかな声でいった。「どういうことなのかしら？」

「この三週間ばかり、ハルに対しては、地球にむかう千日軌道の用意だけをさせてきました。いまそのプログラムを全部捨てなければならない」

「わたしたちも残念だと思っているわ」とターニャ。「しかしその後の状況の変化で、こちらのほうがずっとよい――」

「そういう意味ではないのです」チャンドラがいったとたん、驚きがさざ波のように走った。これまで人の話を――ましてやターニャのことばを――さえぎるような男ではなかったのである。

「ハルが任務の目的に敏感なことは知っていますな」待ちうける沈黙のなかでチャンドラ

はつづけた。「ところが、いまになってあなたは、ハルを自滅させ、、、るようなプログラムを入れろという。たしかに現行のプランでは、ディスカバリー号は安定した軌道に乗ります。しかし例の警告に何らかの根拠があるとしたら、船はその先どうなるのか？　もちろん、われわれにはわからない。ただ、こわくて逃げだそうとしているだけだ。この状況にハルがどんな反応を見せるか、お考えになったことはありますかな？」

「すると、こう解釈していいのですか？」ターニャがゆっくりとたずねた。「前の任務のときと同じように、ハルは命令に従わないかもしれないと」

「あれは違う。ハルはたがいに矛盾するいくつもの命令を、できるだけ正しく解釈しようとしたのです」

「今度は矛盾は出てこないわね。状況ははっきりしていますから」

「われわれにはそうかもしれない。しかしハルが命じられた基本任務のひとつは、ディスカバリー号を危険におとしいれないことだ。われわれはその命令を踏みにじろうとしている。ハルみたいに複雑なシステムにあっては、あらゆる結果を予見することは不可能です」

「べつに問題はないと思うけれどな」とサーシャが口をはさんだ。「危険があるといわなければいい。そしたらプログラムを実行するのに何の……制約条件もつかないわけだから」

「狂ったコンピュータのお守《もり》かい！」カーノウがつぶやいた。「まるでB級SFビデオに出演しているみたいな気がしてきた」チャンドラが険悪な顔でにらんだ。

「チャンドラ」と、だしぬけにターニャがいった。「この件をハルと話しあったことは？」

「いや」

かすかなためらいがなかったろうか？　フロイドの心に疑惑がわいた。まったく無心の返事なのかもしれない。記憶をたどっていただけということもありうる。それとも、ありえない気はするが、チャンドラは嘘をついたのだろうか？

「それならサーシャの提案どおりにしましょう。新しいプログラムを入れて、ほっておくだけ」

「計画変更についてハルから質問が出たときには？」

「そのようなことをしそうなわけですか――あなたがヒントを与えなくても？」

「もちろん。ハルは好奇心を持つように設計されていることを忘れないでください。クルーの死亡のさいには、みずから進んで、任務を有意義に遂行しなければなりませんから」

ターニャはすこしのあいだ考えに沈んだ。

「だとしても問題は単純です。ハルはあなたのことばを信じますね？」

「信じます」

「では、こう伝えてください。ディスカバリー号に危険はない。それから、後日地球に送り返すランデブー計画もあると」

「しかし、それは真実ではない」

「嘘かどうか、わたしたちだってわからないことよ」ターニャの声に、苛立ちが忍びこんできた。

「こちらは重大な危険を想定している。でなければ、予定より早く発つようなことはないはずですな」

「では、どんな案があるというのです？」ターニャの声には、明らかな威嚇がこもっていた。

「われわれが知るかぎりの真実をあらいざらい話すことです。嘘はいかん。半面だけの真実も。これは同じくらい始末がわるい。いっさいを話し、ハル自身に決めさせるのです」

「やめてくれよ、チャンドラ。ハルはただの機械だぜ！」

チャンドラはマックスをふりかえった。自信にみちた、ゆるぎない視線に出会って、マックスはあわてて目を伏せた。

「われわれだってそうですよ、ブライロフスキーさん。たんなる程度問題にすぎない。われわれが炭素系生物であろうがケイ素系生物であろうが、根本的な違いはないのです。みんなそれぞれに尊重されるべきだ」

不思議なものだ、とフロイドは思った。チャンドラはこの室ではいちばん小柄な人間なのに、いまやだれよりも大きく見える。しかし対決は時間をかけすぎていた。ターニャはいまにも至上命令を下しはじめるだろう。そうなったら手はつけられない。

「ターニャ、ワシーリ――ちょっと話したいことがあるんだが。解決策があると思う」

フロイドの口出しは、見た目にもわかる安堵とともに迎えられ、二分後には彼はオルロフ夫妻の居室《クオーターズ》でくつろいでいた。いや、狭さからいえば、ここはカーノウの命名にならって"十六分の一室《シクスティーンスス》"というべきか（本来クオーターは四分の一の意）。もっとも、この洒落《しゃれ》を思いついた本人は、サーシャを除くみんなに説明しなければならず、悔むことしきりだった。

「ありがとう、ウッディ」とターニャはいい、フロイドお気にいりのアゼルバイジャン産シェマハーをバルブに入れてよこした。「ああいってくれるのを待っていたの。あなたには――どういえばいいのかしら――なにか切り札がありそうだから」

「だといいがね」フロイドは甘口ワインを数ccロにふくみ、こころよく味わった。「チャンドラが面倒をかけてすまない」

「わたしのほうこそ。マッド・サイエンティストがひとりだけでよかったわね」

「それは前にきみがいってたことと違うじゃないか」科学者ワシーリがにやりと笑う。

「とにかく、ウッディ――話を聞こう」

「こういうことなんだ。チャンドラの考えに賛成して、思いどおりにやらせようと思う。

すると、あとには二つの可能性が残る。

まずひとつ、ハルがこちらの要請どおりのこと——つまり、二回の噴射時間の最中ディスカバリー号をコントロールする。といっても、最初のには危険はない。イオから遠のく最中にどこかうまくいかないところが出てきても、修正する時間はたっぷりある。またこのときに、ハルの……協力姿勢をテストすることもできる」

「しかし木星フライバイはどうする？　肝心なのはこちらだぞ。ディスカバリー号の燃料をあらかた使いきるばかりじゃない。タイミングと推力ベクトルがぴったり行かなくては」

「手動コントロールは無理か？」

「気がすすまないね。ちょっとした間違いで燃えつきてしまうか、あるいは長周期彗星になる。帰りは二千年後だ」

「しかし、ほかに策がないとしたら？」

「そうだな、コントロールを奪い返す余裕があるとして、代わりの軌道計算をあらかじめみっちりやっておくとして——ふむ、何とかなるかもしれない」

「ワシーリ、きみの性格からすれば、そこは〝なるかもしれない〟ではなくて、ただ〝なる〟だろう。そこで第二の可能性が出てくるわけだ。もしハルに、ほんのわずかでいい、プログラムからの逸脱が見えたときには——こちらが取って換わる」

「というと――接続を切るのか？」

「そのとおり」

「前回はただごとじゃなかった」

「あれからこっちも二つ三つ勉強したんだ。まかせてくれ。約〇・五秒で手動コントロールをわたせる。これは保証していい」

「ハルが疑いだす危険はないのかね？」

「おいおい、今度はきみがパラノイアか、ワシーリ。ハルは人間じゃない。だがチャンドラは人間だ――善意に解釈すればね。だから、これは一言も話すな。彼の計画に全面的に賛成するんだ。異議をとなえてすまなかった、ハルがわかってくれると確信している、と。いいね、ターニャ？」

「もちろんよ、ウッディ。あなたの先見の明には敬意を表するわ。あの小さな仕掛けは名案だったわね」

「仕掛けだって？」とワシーリ。

「いつか話してあげるわ。ごめんなさい、ウッディ――シェマハーはもうこれだけ。あとは残しておきたいわ――地球への軌道に無事乗るまで」

46 秒読み

写真を見なければ、だれも信じてくれないだろうな。〇・五キロの距離から二隻の船をめぐりながら、マックス・ブライロフスキーはそう思った。ひょうきんで不謹慎な発想だが、まるでレオーノフ号がディスカバリー号をレイプしているように見えるのだ。しかも考えるにつけ、すらりとして優美なアメリカ船に比べて、ごつごつしたコンパクトなソビエト船は歴然と男性の印象を与える。しかし、たいていのドッキング運動はまぎれもなく性的な意味あいをおびているもので、初期のコスモナウトのなかには、名前は忘れたが、任務の——ええと、クライマックスにおいて、あまりに露骨なことばを使いすぎ戒告を受けた者もいる。

こうして念入りにながめたところでも、万事順調に行ったようだった。二隻を位置につけ、しっかりと固定する作業は、予想外に手間どった。努力した者のみがときに——常にではない——享受できる幸運なめぐりあわせがなかったら、手のほどこしようはなかったにちがいない。天の配剤か、レオーノフ号には数キロメートル分の炭素繊維テープが積みこまれていた。少女が髪にむすぶリボンとたいして変わらないのに、数トンの引っぱる力に耐えるテープである。ビッグ・ブラザー攻略のさい、装置類を固定する最後の手段として念のために支給されたものだが、いまそれはレオーノフ号とディスカバリー号に巻きつき、二隻をやさしく抱きとめていた。といっても最大推力による十分の一Gを限度として、それ以下のあらゆる加速でがたつきや揺れが生じてはならないので、抱擁はそれなりにがっちりしているはずである。

「帰るまえに、もっとチェックしたほうがよいところは？」とマックスはたずねた。

「いいえ」とターニャが答える。「だいじょうぶのようだわ。それに、これ以上時間の浪費はできないし」

そのとおりだった。あの謎めいた警告を本気で受けとるとすれば――事実、いまやだれもがこれを本気で受けとっている――脱出行動は二十四時間以内に始めなくてはならないのである。

「それはいえる。ニーナを厩舎にもどすよ、申しわけないが」

「ニーナが馬だったなんて初耳だわ」

「いまはとてもそう思えないね。ここで乗り捨ててしまうのは、やりきれない気がするんだ。それも毎秒二、三メートルばかりの余分な速度をみみっちく稼ぐために」

「あと何時間かしたら、とっておいたほうがよかったと思うときが来るわよ、マックス。

それに、いつかだれかがやってきて、ニーナを回収する日がないとはいいきれないでしょう」

それは怪しいものだな、と内心マックスは思った。しかし考えてみれば、人類の木星系到達を思いだすよすがとして、スペースポッドを残しておくのも悪くはないだろう。

慎重に間合をとって軽やかに制御ロケットを噴射しながら、マックスはディスカバリー号の主生命維持モジュールである巨大な球状部をまわった。フライトデッキの同僚たちは、湾曲する窓のそとをただよい過ぎる彼にほとんど目をくれない。目の前にはポッド・ベイのドアがあんぐりと口をあけている。彼はニーナを巧みにあやつりながら、はりだしたドッキング・アームにそっとおろした。

「さあ、引っぱりこんでくれ」掛け金がかかると同時にマックスはいった。「上出来のEVAだぞ。推進剤をたっぷり一キログラム残したから、ニーナを最後の旅に送りだせる」

ふつう深宇宙での噴射に劇的なところはほとんどない。惑星表面からの離昇のような雷鳴と炎——そしていつも背中あわせの危険——とは無縁である。なにか間違いが起こり、エンジンが最大推力に達しないとしても——ことはたいてい噴射時間のわずかな延長でかたがつく。でなければ、軌道上の適当な位置に来たところで、もう一度試してみればよい。

だが今度の場合、秒読みがゼロへと近づいたいま、両船の緊張は肌で感じられるほどに高まっていた。これがハルの従順さを確認するはじめての本格テストであることは、だれもが承知していた。バックアップ・システムの存在を知っているのは、フロイド、カーノウ、そしてオルロフ夫妻だけ。しかしその四人でさえ、システムがうまく働くものかどうか、絶対の確信を持ってはいないのだ。

「幸運を祈る、レオーノフ号」管制センターから、点火五分前にタイミングを合わせた連絡が入った。「順調に運んでいることと思う。それから、もし面倒でないようだったら、木星をまわる途中、赤道付近の大写しを撮ってくれないか。経度は一一五だ。妙な黒っぽい斑点がある。なにかの湧昇流だろう。まん丸で、直径は千キロ近い。衛星の影のように見えるが、そうじゃないんだ」

ターニャが簡単に了解の旨をつげる。その凝縮された二言三言は、木星の気象状態が目下およそ関心の埒外《らちがい》であることを見事に伝えていた。融通のきかなさと間の悪さでは、管制センターはときおり天才的なところを見せる。

「全システム正常」とハルがいった。「点火二分まえ」

不思議なものだ、とフロイドは思う。術語がそれを生みだしたテクノロジーより長生きする、そんな例がなんと多いことか。点火が可能なのは化学ロケットだけ。原子力推進やプラズマ推進の水素は、酸素とふれあいはしても、熱くなりすぎていて燃焼どころではない。そのような温度では、あらゆる化合物が各元素に分解されてしまうからだ。

フロイドの心はとりとめもなく他の例をさがし求めた。カメラにフィルムを入れるとか、車にガソリンを入れるといったりする人間は、いまでも——ことに年配者に——けっこう多い。〝テープをカットする〟という言いまわしさえ、レコーディング・スタジオではときおり聞かれるほどだ。これなどは、いまや過去のものとなったテクノロジーを二世代分も抱えこんでいる……

「点火一分まえ」

心は現在に引きもどされた。問題はこの一分間だ。すでに百年近くまえから、世界各地の発射台や管制センターで、この時間はかつてない長い六十秒として意識されてきた。惨敗に終わった例は数知れないが、記憶されているのは勝利ばかり。今回はどちらだろう？

ポケットにもう一度手を入れ、切断装置のアクチベーターにさわりたいと思う。補正時間はたっぷりあると理屈ではのみこんでいるのに、誘惑は抗しがたいほどだった。万一ハルがプログラミングに従わないとしても、それは厄介ごとであって、災害ではない。ほんとうにきわどいのは、木星表面にまわりこむときなのだ。

「6……5……4……3……2……1……点火！」

はじめ推力はほとんど感じられず、十分の一Gにのぼりつめるのに一分近くかかった。だが拍手はすぐさま起こり、ターニャの合図でようやく静まった。チェックの必要なところはたくさん残っている。また、かりにハルががんばっているにしても——事実そのとおりのようだが――計算が狂う可能性はまだいくらもあるのだ。

ディスカバリー号のアンテナ台座は、レオーノフ号の慣性による応力を現在ほぼ一手に引きうけているが、もともとこの台座はそうした虐待を考慮して作られたものではない。同船の設計主任が隠退生活から呼びだされ、台座の耐久性を保証した。だが、それは技師の見込みちがいかもしれず、何年も宇宙空間におかれるうち、材質がもろくなることは知られている……

このほか、二隻をつなぎとめているテープ自体、位置が不正確なこともありうる。伸びたりずれたりしないとはいえない。背中に千トンの荷をしょいこんだいま、ディスカバリー号が、重心のずれた質量の軌道修正をしきれないおそれもある。狂いの生じやすい個所を、フロイドは一ダースばかり数えあげることができた。じっさいに起こるのは十三番目の問題だというが、そんなことを思いだしても何の慰めにもならなかった。

しかし何事もなく時は過ぎていった。ディスカバリー号のエンジンが活動している証拠といえば、推力が生みだす取るに足りない重量と、隔壁を通して伝わってくるかすかな震動だけ。イオと木星は、天空の両側、数週間まえと同じ位置に浮かんでいる。

「あと十秒で噴射停止。9――8――7――6――5――4――3――2――いまだ！」

「ありがとう、ハル。ぴったりだよ《オン・ザ・バトン》」

そう、ここにもまたひどく古めかしい言いまわしがある。この四半世紀のうちに、タッチ・パッドはほぼ全面的にボタン《バトン》に取って換わってしまった。しかし必ずしも万能というわけでもなく、カチリという小気味よい音とともに、動作したことがはっきりとわかる装置も、要所要所で役立っている。

「それはわたしが保証する」とワシーリがいった。「中間点まで修正の必要はない」

「麗しの星イオにお別れをいおう」とカーノウ。「さらば、不動産屋の夢想の地よ。おまえを懐しがれるようになって、みんなほっとしているぜ」

ウォルターはやはりこうでなければ、とフロイドは心にいった。この二週間ほど、ウォルター・カーノウは妙に沈みがちだった。何か気がかりなことでもあるのか（しかし、それはみんな同じだろう）、なけなしの自由時間をほとんど注ぎこんで、カテリーナに小声で相談する姿が目についた。からだの具合が悪いというのでなければよいが、とフロイドは思う。その点では、これまでクルーは幸運に恵まれており、いま何よりご免こうむりたいのは、軍医中佐の専門的技量を必要とする非常事態だった。

「それは残酷だぜ、ウォルター」とブライロフスキーがいった。「ここが好きになりはじめていたのに。溶岩の湖でボート遊びするなんて楽しいかもしれないじゃないか」

「火山バーベキューってのはどうだ？」

「でなければ、溶けた硫黄の風呂か？」

みんな浮きうきしている。安堵のあまりヒステリー気味とさえいえるかもしれない。くつろぐには早すぎるし、脱出行動のいちばん危険な局面がこの先に待ちかまえているとはいえ、一行は長い帰還の旅の第一歩をつつがなく踏みだしたのである。控え目なお祭り騒ぎには、それは充分な理由だった。

騒ぎはまもなくおさまった。わずか九時間後にせまった木星スウィングバイにそなえて、ターニャが手のすいている者全員に、休息――できることなら多少の睡眠――をとるように命じたからだ。いわれた者たちがぐずぐずしていると、サーシャがどなりつけた。「この罰は絞首刑だぞ、反抗的な犬どもめ！」この声にデッキはがらあきになった。つい二晩まえ、めったにない気晴らしとして『バウンティ号の反乱』をみんな揃って見たばかりなのである。四度目の映画化であり、映画史研究家のあいだでは、あの伝説的なチャールズ・ロートン以来最高のキャプテン・ブライ役を得たという、評判の作品だった。そんなわけで船内の一部には、変な気を起こさせないためにも、ターニャに見せるべきではなかったとする空気が流れていた。

カクーンのなかで二時間ほど輾転反側《てんてんはんそく》したのち、フロイドは眠るのをあきらめ、観測デッキに迷いでた。大きくなり、ゆっくりと欠けはじめた木星を前方におき、船は夜の側での最接近にむけて飛びつづけている。輝く凸月《とつげつ》状の円盤は、細やかな無限のパターンを描いて広がり、すべてを視覚でとらえるのは不可能だ。雲の帯、まばゆい白からレンガ色まであらゆる色あいを見せるぶち、うかがい知れぬ深みから湧きあがる黒ずんだ流れ、大赤斑のサイクロン性の長円……。おそらくエウロパだろう、丸い黒い月の影が表面をわたってゆく。この信じがたい光景をながめるのも、これが最後となるはずだった。六時間後には能率を最大に上げて仕事に励まなければならなくなるが、この貴重な時を眠り過ごしてしまうのはばかげている。

管制センターが見てくれといっていた例の斑点はどこだろう？　もう視野に入っていてよいはずだが、肉眼で見えるものかどうか、フロイドには何ともいえなかった。ワシーリはいま観測どころではないだろう。ここはひとつ、しろうと天体観測でもやって手伝いをしようか。つい三十年まえには、短期間とはいえ、プロの天文学者として生計を立てていたこともあるのだから。

五十センチ主望遠鏡のコントロール装置を動かすと――さいわい眺めは、となりにあるディスカバリー号の巨体にさえぎられていない――中間倍率で赤道付近を調べていった。なるほど、たしかにあった。円盤のふちからちょうど現われたところ。

事情にせまられてではあるが、フロイドはいまや太陽系に十人しかいない、木星にかんする大権威のひとりである（ちなみに、あとの九人は近くで勤務についたり眠ったりしている）。その斑点がどこか異常であることは、すぐに気づいた。雲海をくりぬいたようにまっ黒なのだ。フロイドのいる位置からは、それは両端のとがった長円形に見える。真上から見おろせば、おそらく完全な円だろう。

画像を何枚か記録し、ついで倍率を最大に上げた。木星の速い自転のおかげで、その形成物はもうかなりはっきり見える。なおも目をこらすうち、フロイドはますます混乱してきた。

「ワシーリ」とインターカムを通じて呼びかける。「手がすいていたら、五十センチ・モニターをのぞいてみてくれ」

「何を観測してる？　重要なことか？　いま軌道チェックの最中だ」

「もちろん急ぎじゃない。管制センターがいっていた斑点を見つけた。これがおそろしく変なんだ」

「そうだった！　すっかり忘れていた。地球の連中に教えられるようでは、われわれもお寒い天文学者だな。あと五分待ってくれ――どこかへ行ってしまうわけでもなし」

もっともだ、とフロイドは思った。事実、これからもっとはっきりしてくるだろう。それに地球や月の天文学者が見つけたものを、こちらが気づかないでいたとしても、それは恥ずべきことではない。木星は大きく、フロイドたちは忙しすぎたし、月面や地球上空の望遠鏡は、ここにあるものより百倍も性能がいいのだ。

だが見れば見るほど、これは得体が知れなくなってくる。フロイドははじめて、おだやかならぬ思いにとらわれた。その瞬間まで彼は、斑点を自然の形成物と思いこんでいた。――木星の信じられぬほど込みいった気象のいたずらにちがいない、と。いまフロイドのうちでは疑いが芽ばえていた。

それはまっ黒で、夜そのものを思わせた。しかも、あまりに均整がとれすぎていた。近づいたいま、真円であることは見た目にもわかる。そのくせ輪郭はさほどくっきりしたものではない。外縁部は妙にあいまいで、焦点がすこし狂っているかに見える。

錯覚だろうか、それともこうして見守るうちにも、大きくなってきたのか？　すばやく計算し、直径二千キロメートルとはじいた。木星表面にまだ見えるエウロパの影より、ほんのすこし小さいくらい。だが、こちらのほうが黒すぎるので見違えようはなかった。

「どれ、見てみよう」ワシーリがどこか恩着せがましい口調でいった。「いったい何を見つけたんだって？　ほう……」声が消え、沈黙がおりる。

こいつだ。とつぜん冷たい確信がフロイドのうちに根をおろした。

その正体が何であろうが……

47　最後のフライバイ

しかし当初の驚きがさめてのち、あらためて考えてみると、木星面にひろがってゆく黒いしみのどこが危険なのか、その辺がいまひとつ呑みこみにくかった。異常であり不可解ではあるが、あとわずか七時間後に起こるできごとと比べれば、それほど重要ではない。肝心なことは近木点での噴射がうまく行くかどうかであり、謎の黒斑を調べる時間は、帰り道でたっぷりととれるのだ。そして睡眠の時間も……

フロイドは眠ることなどとうにあきらめていた。行きの接近時から見ると、危険――すくなくとも既知の危険――を感じる度合は大幅に薄れている。だが興奮と不安のないまぜになったものが、眠けを吹きとばしているのだ。興奮のほうは自然であり、うなずけもする。その一方、不安はもうすこし込みいったところに理由があった。フロイドは人間の力を超越した物事については、くよくよしないことを旨としてきた。外からくる災いはおいおい形をとって現われるもので、そのときには対処しなければならない。だが両船を守るため、一行が万全の手を尽くしたかどうか、疑いが心をよぎるときがあるのだった。

機器の故障は別にして、気がかりはおもに二つあった。レオーノフ号とディスカバリー号をつなぎとめているテープに、ずれる徴候は見られないものの、いちばん苛酷なテストはこれからである。切り離す瞬間も同じくらい危険で、ビッグ・ブラザーにゆさぶりをかけるためかつて用意された最小限ぎりぎりの爆薬が、ぞっとするほど近い距離で使われるのだ。そして、もちろん、ここにハルがいる……

なるほど、ハルは軌道離脱運動を舌をまくような正確さでこなしはした。木星フライバイのシミュレーションも、ディスカバリー号の燃料の最後の一滴まで、意見や反論はいっさいなく遂行した。そしてチャンドラが打ち合わせどおり、これからのことを噛んでふくめるように説明している。だが、この事態をハルはほんとうに理解しているのだろうか？

何よりも気がかりなことがひとつあり、それはこの数日間にフロイドのうちで強迫観念めいたものに成長していた。何もかもまったく順調に進んでいる光景が目にうかぶ。フライバイもすでになかばに達し、木星のとてつもない円盤が、わずか数百キロメートル下に展開している。――と、ハルが電子的な咳払いをし、こういうのだ。「チャンドラ博士、ひとつ質問してよいでしょうか？」

だが現実は、必ずしもそのとおりには運ばなかった。

当然の成行きとして〝大黒斑〟と命名されることになったその現象は、木星の速い自転に乗って、船から見えない側にまわりこもうとしていた。二、三時間後には、船は加速をつづけながら木星の夜の側でまた大黒斑と出会うわけだが、陽光のなかで近くから観測するには、これが最後のチャンスだった。

黒斑の成長ぶりは相変わらずすさまじく、この二時間のうちに、面積は二倍以上になっていた。膨張しながらも黒さが薄れない点を除けば、それは濡れた紙にひろがるインクのしみを思わせた。外縁の進む速さは、いまでは音速に近いところまで上がっているが、ふちそのものは依然として奇妙にあいまいで、焦点がぼけたように見える。備えつけの望遠鏡を最高倍率にしたところ、理由がようやく明らかになった。

大赤斑と異なり、大黒斑の構造は連続的なものではなかった。網版の印刷を拡大鏡でながめたように、無数のこまかい点から成っているのだ。おおかたの区域では各点の間隔は狭く、ほとんど触れあうくらいに並んでいるが、外縁に近づくにつれ、あいだの距離がひらくため、周辺部はくっきりした輪郭にはほど遠い、グレイの半影となる。

奇怪な小点は百万近くもあるにちがいない、そのひとつひとつが明らかに細長かった――丸いというより楕円の点なのだ。まるでだれかが袋いっぱいの米つぶを黒く染め、木星の表面にまきちらしたようだ。そういいだしたのはカテリーナだが、クルーのなかではいちばん想像力に乏しいと見られていただけに、このたとえは一同をびっくりさせた。

沈む太陽の動きにつれて、長大なアーチを描く昼の側はみるみる細くなり、レオーノフ号は運命との出会いにむけて、木星の夜のなかにふたたび突き進んだ。最終噴射まであと三十分足らず。以後どんなできごとが待っているにせよ、それは息つく間もなく起こるだろう。

　ふとひとつの考えがうかび、フロイドの心は揺れ動いた。チャンドラやカーノウといっしょに、ディスカバリー号で当直についていたほうがよかったのだろうか？　しかし、できることは何もないはずだ。非常事態になれば、せいぜい迷惑をかけるだけ。切断スイッチはカーノウの手にあり、この若いエンジニアのほうがはるかに動きが速いことはフロイド自身承知していた。もしハルに異常な反応がわずかでも見られれば、一秒足らずで接続を断つことができる。だが、そんな過激な手段に訴える必要はまずあるまい。チャンドラは、自分なりのやり方が許されたせいもあって、万一の場合、手動に切り換える措置を講じることにも全面的な協力体勢を見せた。その点ではフロイドは安心していた。チャンドラはやってのけるだろう――わがおこないをどれほど悔むことになろうとも。

　一方カーノウは、それほど心おだやかではなかった。システムの冗長性が足りない、とフロイドにこぼしたこともある。切断スイッチをもうひとつチャンドラ用に作って持っていれば、気が楽になるのだが……。とはいえ、あらゆる手を打ったいま、できるのはただ木星の夜景に目をこらし、待つことだけだった。間近にせまる雲海は、地球より大きな嵐のなかにたびたびひらめく稲妻をはじめ、通りすぎる衛星の反射光や光化学反応の輝きに照らされて、ほのかにうかびあがっている。

背後から射す光がとつぜん薄れ、船の急降下につれて、太陽は数秒のうちに雄大な惑星のかげに隠れた。つぎに太陽を見るときには、レオーノフ号は帰還軌道にのっていることだろう。

「点火二十分まえ。全システム動作良好」

「ありがとう、ハル」

チャンドラは百パーセント正直だったのだろうか、とカーノウは思った。だれかほかの人間が声をかけると、ハルは混乱してしまう。チャンドラはそう警告した。だが、まわりに人がいないときには、おれはよくハルと話をしたし、ハルの理解力はちゃんとしたものだった。気安く話す時間がもうたいしてないのは残念なことだ。緊張をほぐす手助けにもなっただろうに。

いったいハルはこの任務を、本心では――本心などというものがあるとして――どう考えているのだろう？　物心ついてこのかた、カーノウは抽象的・哲学的問題を苦手とし、〝ボルトとナット〟型の人間であることを――といっても、宇宙船にボルトやナットはそうたくさんはないが――しばしば公言してきた。以前ならこんな思いつきを笑いとばしたところだが、いまカーノウは考えはじめていた。ハルは、自分がまもなく捨てられることを感覚的に理解しているのだろうか？　理解しているとすれば、怒りをおぼえないのだろうか？　ポケットにある切断スイッチに手がのびかけ、危ういところで思いとどまった。この動作をいままで何回くりかえしていることか。そろそろチャンドラが疑いだしても不思議はない。

あらためてカーノウは、これからの一時間の行動予定を心のなかで反芻《はんすう》した。ディスカバリー号の燃料が尽きたら、二人は基幹部分だけを残して全システムをただちに閉鎖し、接続チューブを通ってレオーノフ号に大急ぎでもどる。チューブが切り離され、爆薬が爆発し、二隻は分かれ——レオーノフ号のエンジンが活動を始める。すべてが計画どおりに進めば、切り離しは木星への最接近時に起こるはずだった。木星重力の恵みを最大限に利用するには、それが一番なのだ。

「点火十五分まえ。全システム動作良好」

「ありがとう、ハル」

「ところで」と、レオーノフ号からワシーリの声。「大黒斑がまた回ってくるころだ。なにか目新しい発見があるかな」

発見などご免こうむる、とカーノウは思った。いま抱えている問題だけでもありすぎるほどなのに。だが視線は、ワシーリがモニターに送ってよこす映像にとんでいた。

はじめは夜の側のほのかに光る風景以外に何も見えなかった。と、地平線上に、周囲よりも闇の濃い、ひしゃげた円形の部分があるのに気づいた。船は信じがたいスピードでその部分に近づいてゆく。

ワシーリが光増幅をかけると、映像全体がぱっと明るくなり、大黒斑はとうとう、それを構成する数知れぬ同一要素に分解された……

これなのか、とカーノウは思った。信じられん！

レオーノフ号からも驚きの声があがる。ほかのみんなも同じ瞬間、同じ思いに打たれたのだろう。

「チャンドラ博士」とハルがいった。「いま強い音声の強勢パターンを感じました。なにか問題があるのですか？」

「ちがうんだよ、ハル」チャンドラがすぐさま答える。「任務は正常に運んでいる。ちょっとびっくりしたことがあったんだ。それだけさ。モニター回線16の映像をどう解釈するね？」

「木星の夜の側に丸い区域が見えます。直径は三千二百五十キロメートルあり、そのほぼ全域が長四角の物体におおわれています」

「数は？」

あるかなきかの間をおいて、ハルはディスプレイに数字を出した。

1,355,000 ± 1,000

「その物体が何だかわかるか?」

「はい。大きさ、形状とも、あなたがいうところのビッグ・ブラザーとまったく同じです。点火十分まえ。全システム動作良好」

おれのシステムは怪しいものだ、とカーノウは思った。そうか、あいつは木星におりていって――増殖したのだ。黒いモノリスの異常発生には、無気味さと同時にどこか剽軽《ひょうきん》なところがあり、見つめるうちカーノウはその映像に異様ななつかしさをおぼえて、狐につままれたような驚きを味わった。

そう、あたりまえだ! そっくりの黒い直方体がえんえんと行列しているさま――それはドミノ牌《はい》を連想させるのだ。何年も前、カーノウはビデオ・ドキュメンタリーで、少々イカレた日本人グループが、数万個のドミノ倒しに挑戦するのを見たことがある。牌の並べ方は手が込んでいて、あるものは水をくぐり、あるものは小さな階段を昇り降りし、残りは幾重にも重なる線を描いて、倒れたときさまざまな絵や模様ができるという趣向だった。この企ては何回かの地震にあいながらも続行され、フィナーレでは最後の牌が倒れるまでに一時間あまりもかかった。

「点火八分まえ。全システム動作良好。チャンドラ博士――ひとつ提案してよいでしょうか？」

「何だい、ハル？」

「この現象はきわめて異常なものです。秒読みを取り消して、調査したほうがよいとは思いませんか？」

レオーノフ号では、フロイドはブリッジにむかって泳ぎだしていた。ターニャとワシーリを助けなければ。もちろんチャンドラとカーノウも——何という事態だ！　もしチャンドラがハルの肩を持ったとしたら？　しかも、そちらが正しいということもありうる。なんにしても、フロイドたちはその目的でここに来たのではなかったか？

秒読みが中止になれば、二隻の船は木星をぐるりと回り、十九時間後に同じ位置にもどってくる。十九時間の遅れはべつに問題ではない。例の謎めいた警告さえなければ、フロイド自身、この案を強く提唱していたことだろう。

しかし、いまフロイドたちはたんなる警告を越えたものに直面していた。眼下では、悪疫とも見えるものが木星の表面にひろがりつつある。科学の歴史始まって以来の異常な現象に、彼らは背を向けようとしているのかもしれない。しかし、それでもなおフロイドは安全な距離から観測したかった。

「点火六分まえ」とハル。「許可があれば、ただちに秒読みを取り消します。あらためて申しあげますが、わたしの基本任務は、木星系において知的生物にかかわりのありそうなあらゆる現象を観測することとです」

フロイドには、そのことばはあまりにも馴染み深いものだった。なにしろ自分が書いた文章なのだ。ハルの記憶から抹消したいと思わずにはいられなかった。

一瞬後、フロイドはブリッジに着き、オルロフ夫妻とむきあった。二人は険しい表情で見つめた。

「あなたの考えは?」間をおかずターニャがきいた。

「いいにくいことだが、チャンドラ次第だ。彼と話させてくれないか——秘密回線で」

ワシーリがマイクをよこす。

「チャンドラか? これはハルに聞こえないね?」

「そのとおりです、フロイド博士」

「即刻、話をつけてほしい。秒読みをつづけるように説得するんだ。ハル、きみの……科学に対する熱意は——そう、この角度から攻めるのがいい……熱意は高く評価する。助力なしでも、きみが立派に仕事をなしとげると、われわれは確信している。そして今後も、もちろん接触は絶やさない、と」

「点火五分まえ。全システム動作良好。チャンドラ博士、まだ答えをいただいていないのですが」

それはだれも同じことさ。チャンドラから一メートルと離れていないところで、カーノウは思った。——例のボタンを押す羽目になったときには、救われたような気分になるんじゃないか。じっさい、おれは喜んで押すだろう。

「では、答えをいうよ、ハル。秒読みをつづけてくれ。わたしはきみの能力に全幅《ぜんぷく》の信頼をおいている。われわれの監督がなくても、きみは木星系におけるあらゆる現象を、遺漏なく調査をしてくれると信じている。もちろん、これからもずっと接触をとるつもりだ」

「点火四分まえ。全システム動作良好。推進剤タンク与圧終了。プラズマ・トリガーの電圧安定。あなたは正しい決断をしたと思いますか、チャンドラ博士？　人間といっしょに働くのは楽しいですね。わたしにとっては刺激に富んだ経験になります。船体の姿勢、ミリラジアンの単位まで正確」

「きみといっしょに働くのも楽しいよ、ハル。今後もそれは変わらない。たとえ何百万キロ離れようとも」

「点火三分まえ。全システム動作良好。放射線シールド異常なし。時間のずれの問題がありますね、チャンドラ博士。その場で相談しなければならないこともあると思いますが」

気ちがいじみてる。切断スイッチから遠くないところに手をおいたまま、カーノウは思った。——本気で信じたくなってきたぞ。ハルはきっとさびしいのだ。チャンドラの性格のどこか、おれたちが気づきもしなかったところを模倣しているのか？

照明がまたたいた。ディスカバリー号の微妙な習癖になじんだ者だけが感じとれる、かすかな変化だった。これは吉兆でも凶兆でもありうる——プラズマ噴射シーケンスが始まったのか、それとも打ち切られたのか……

チャンドラのほうを盗み見る。そこにはげっそりとやつれた顔があり、こんなことははじめてのように思えるが、カーノウは小柄な科学者に心からの人間的共感をおぼえた。そういえば、以前フロイドからとんでもない打ち明け話をされたことがある。チャンドラが、船に残ってハルを三年間見守りたいといいだしたという。その先は聞いていないが、どうやら例の警告のあと、うやむやになってしまったらしい。しかしチャンドラがまた誘惑にかられているとしたら？　もしそうであっても、この段階では手も足も出まい。必要な措置をとる時間はないし、軌道をもう一周して、最終期限以降に出発を伸ばすとしても、結果はかえって悪くなるだけだ。どのみち、これだけ証拠が出揃ったあとでは、ターニャが許可するはずはない。

「ハル」とチャンドラがいった。カーノウにもよく聞きとれないほどのささやき声だった。「われわれは行かなければならないんだよ。理由を全部話している時間はないが、これは本当のことだ」

「点火二分まえ。全システム動作良好。最終シーケンス、スタート。ごいっしょできないとは残念ですね。理由をいくつか、大きなものから順に聞かせていただけますか？」

「二分では無理だな、ハル。秒読みをつづけてくれ。あとで何もかも説明してあげる。まだ一時間以上……いっしょにいられるんだから」

ハルは答えない。沈黙は長びいてゆく。一分まえのアナウンスがそろそろあってよいはずだが――

カーノウは時計に目をやった。なんてこった、時間が過ぎてる！　秒読みをやめてしまったのか？

カーノウの手は不器用にスイッチをまさぐった。さて、どうする？　フロイドが何かいってくれば――くそっ、事態を悪化させるのがこわいんだ……

ゼロ時間まで待とう――いや、そこまで危険じゃない、そのあと一分だけ待つことにしよう――そこでぶった切り、手動に入る……

はるか彼方から、口笛を吹くような、かすかな音が聞こえてきた。それは地平線近くをゆく竜巻のうなりに似ていた。ディスカバリー号が震動をはじめ、重力のよみがえる最初のゆらぎが来た。

「点火」とハルがいった。「Tプラス十五秒で全力推進」

「ありがとう、ハル」とチャンドラがいった。

48　夜をぬけて

重量の回復とともに、レオーノフ号のフライトデッキがとつぜん見慣れぬ風景に変わったせいもあるだろう。ヘイウッド・フロイドにとって、いましがたまでのできごとは、現実というより、古典的なスローモーションの悪夢を思わせた。これと似た状況に出くわしたことが以前一度だけある。横すべりのとまらない車の後部座席にすわっていたことがあり、そのときにも同じような無力感をおぼえ、——こんなはずはない、これは自分とはかかわりないことだ、としきりに考えていたものだった。

噴射シーケンスが始まると、気分は一変した。何もかもが現実感をおびて見えた。ことは計画どおりに進んでいる。ハルは一行をつつがなく地球へと導いている。一分間が過ぎるごとに、未来はますます確実なものとなってゆく。周囲への気配りは怠りないものの、はじめてフロイドはゆっくりと緊張を解いた。

千の地球をのみこむ太陽系最大の惑星、その夜の側を飛ぶのは、フロイドにとってこれが最後である。いや、それをいうなら、つぎに人間が訪れるのは、いったいいつのことになるやら。二隻が位置を変え、レオーノフ号がディスカバリー号と木星のあいだに入ったため、謎めいた光をはなつ雲海のながめをさえぎるものはなくなっていた。いまこの瞬間も、数十台の機器が忙しく探査と記録にかかりきっている。そしてレオーノフ号が飛び去ったあとも、ハルが仕事をつづけるだろう。

当面の危機が過ぎたこともあって、フロイドは慎重にフライトデッキからおりると——十キロそこそことはいえ、ひさしぶりに体重を感じるというのも奇妙なものだ——展望ラウンジにいるジェーニャとカテリーナに仲間入りした。非常灯の弱くしぼった赤い光を除けば、ラウンジはまったく闇のなかにあるので、何の障害もなく夜景を楽しむことができる。マックス・ブライロフスキーとサーシャ・コワリョーフが、このすばらしい景観を見ることもなく、宇宙服を着てエアロックにすわっていると思うと、かわいそうになった。二人はいま、爆薬のどれかひとつが発火しなかった場合にそなえ、すぐに船外に出てテープを切断できるよう待機しているのである。

木星が全天をおおった。わずか五百キロの距離なので、目に入るのは表面のほんの一部だけ。これは地球を五十キロの上空からながめたときと大差ない。薄明かり——その光のおおかたは、はるかな氷の衛星エウロパから反射してくるものだ——に目が慣れるにつれ、細部が驚くほどたくさん見分けられるようになった。これだけ光が弱いと、ところどころにある赤っぽい部分のほかには、色彩らしいものはない。しかし雲海の帯状構造はきわめて明瞭で、また小さなサイクロン性の嵐が、雪をかぶった長円形の島のように周辺部をのぞかせているのも見てとれた。大黒斑はとうに船尾のかなたに去り、帰りの旅が順調に始まってからでなければ再会することはできない。

ときおり雲海の底深くで、巨大な光の爆発が起こる。その多くは、明らかに地球上の雷雨に相当するものが原因である。だが、その他のほのかな輝きや冷光のひらめきは、もっと寿命が長く、起源もはっきりしない。光の輪が衝撃波さながらに周囲にひろがってゆくこともあれば、光がビーム状または扇形に回転する現象も見える。これを雲の下に高度の文明が存在する証拠と見なすのに、さほどの想像力は必要としない。あまたの都市の光、空港のビーコン……。だがレーダーと気球による探査は、数千キロのそのまた数千キロ下まで、固体が存在しないことを証明していた。

木星の真夜中とは！　近くからのこの最後の鳥瞰《ちょうかん》は、彼の人生の不可思議なインタルードとなって終生残ることだろう。いま、この体験がなおのこと感慨深いのは、もはや危険がありえないことを確信しているためもあった。かりに危険がふりかかったとしても、自分を責める必要はどこにもない。できることはすべてやりおえたのだから。

ラウンジはひっそりとしている。雲の絨毯が眼下を流れすぎているうちは、みんな口をきく気にもなれないのだ。数分ごとにターニャか、でなければワシーリが、噴射の状態をアナウンスする。ディスカバリー号の噴射時間が終わりに近づいて、ふたたび緊張が高まりはじめた。いまが決定的瞬間だ――しかし、それがいつなのか、正確に知っている者はいない。燃料計の精度にはわずかながら疑問があり、噴射は、タンクがすっかり空《から》になるまで続行されるのだ。

「予想される停止時間まで十秒」とターニャがいった。「ウォルター、チャンドラ――もどる用意をして。マックス、サーシャ――念のための待機。5……4……3……2……1……ゼロ！」

　変化はなかった。ディスカバリー号のエンジンが発するかすかな悲鳴は、二重の隔壁を通していまだに聞こえており、推力の生みだす重みは相変わらず両足をしめつけている。運がいい、とフロイドは思った。燃料計の示数は、けっきょく低めに出ていたわけだ。あとは噴射が一秒長びくごとに特別手当になる。案外これが生と死の分かれ目か。それに、カウントダウンならぬカウントアップ、というのも、聞いてみると妙なものだ。

「……5秒……10秒……13秒。ようし――ラッキー13《サーティーン》！」

　無重量、そして静けさがもどった。つかのま歓声があがったが、尻すぼみに終わった。すぐにもかたづけなければならない仕事が山積していたからだ。

　フロイドのうちに、エアロックへ行きたいという思いがわいた。乗り移ってくるチャンドラとカーノウに祝いのことばをかけたかった。しかし彼がいては邪魔になるだけだろう。マックスとサーシャが万一のＥＶＡに備えており、また二隻のあいだの連絡チューブが切り離されるため、エアロックはてんてこまいの場所となる。フロイドは、帰ってくる英雄たちをラウンジで迎えることにした。

緊張は先ほどよりもほぐれていた。七、八割がたくつろいだというところか。この数週間ではじめてフロイドは、切断スイッチのことを忘れた。そんなものは必要ない。ハルが非の打ちどころない仕事をやってのけてくれた。もしハルが気を変えたとしても、ディスカバリー号の燃料が最後の一滴まで使いつくされたいま、飛行任務に影響を及ぼすおそれはもはやないはずだ。

「全員乗船」とサーシャが告げた。「ハッチ密閉。これからテープを爆破する」

爆発が音もなく起こったのは、フロイドには驚きだった。二隻の船をつなぐ、スチール・ベルトさながらに強靱なテープを通じて、何らかの音が聞こえるものと予想していたのである。だが計画どおり切れたのは間違いないようで、レオーノフ号は、何者かが船体をたたいたように小刻みに震動した。一分後、ワシーリが姿勢制御エンジンを、一回だけ短時間噴射した。

「離れたぞ！」とワシーリが叫んだ。「サーシャ、マックス——きみらは用済みだ！　みんな位置につけ。百秒で点火する！」

木星がしだいに遠ざかってゆく。と同時に、窓の外にふしぎな物体が現われた。骸骨を思わせるディスカバリー号の細長い船体で、航行灯をともしたままレオーノフ号から離れ、歴史のなかに消えようとしている。感傷的な別れのことばをかけている余裕はなかった。あと一分足らずのうちにレオーノフ号のエンジンが始動するのだ。

全力噴射の音を聞くのはフロイドにははじめてのことで、いま宇宙にみちわたるすさまじい咆哮は耳をふさぎたくなるほどだった。レオーノフ号の設計者たちは、数年間の旅のうち何時間も要するわけではない噴射に、わざわざ防音材のペイロードを無駄づかいすることはしなかったのだ。体重もまた途方もなく増えたようだったが、実際には地球にいたときのせいぜい四分の一なのである。

数分後、ディスカバリー号は船尾に消え、警報ビーコンだけがしばらくまたたいていたが、それも地平線のかなたに沈んだ。また木星をまわりはじめたのだな、とフロイドは思った。ただし今度は、スピードをあげながら離れてゆくところがちがう。フロイドは、わきにいるジェーニャをふりかえった。展望窓に鼻を押しつけている姿が、闇のなかにかろうじて見える。ジェーニャもまた、カクーンのなかでぴったり身を寄せあっていた、あのときのことを思いだしているのだろうか？　燃えつきる危険のないいま、その運命についてだけはおびえなくてすむ。何にしてもジェーニャは、自信にみちた陽気な人間に変わったようだ。これは疑いなくマックスのおかげであり、そのかげにあるのは多分ウォルターの協力だろう。

フロイドの詮索の目に気づいたにちがいない、ジェーニャはふりかえってほほえむと、流れすぎてゆく雲海を手ぶりで示した。

「見て！」と耳元で叫ぶ。「木星に新しい月！」

何をいおうとしているのか？　ジェーニャの英語はまだうまいとはいえないが、そんな単純な文章では間違えることもないはずだ。聞いたとおりの意味だとは思うが、指は上ではなく、下を指している……

そのときになってフロイドは、真下の風景がいやに明るいのに気づいた。これまで見えなかった黄や緑まで識別できる。エウロパよりはるかにまばゆい何かが、木星の上空で輝いているのだ。

レオーノフ号にまちがいなかった。木星の昼の太陽の何十倍も明るい月が、この世界を去るにあたって偽りの夜明けをもたらしたのだ。サハロフ駆動から排出される白熱したプラズマが、船の後方に百キロもの長さの尾をひき、残余エネルギーを放出しているのである。

ワシーリがなにか放送しているが、ことばはまったく聞きとれない。フロイドは腕時計を見た。そう、ちょうどそれくらいの時間だ。木星脱出速度に達したのだろう。もうこの巨星も、船をつかまえることはできない。

そのとき数千キロ前方に、燦然とかがやく巨大な光の弧が現われた。木星のほんとうの夜明けを告げるそのまばゆい円弧は、地球の虹と同様、限りない未来を約束していた。数秒後、太陽がおどりあがって一行を迎えた。この先、日ましに明るく大きくなってゆくであろう、輝かしい太陽。

着実な加速があと数分つづけば、レオーノフ号はいやおうなく長い帰還の旅につく。フロイドは圧倒的な安堵と緊張のゆるみを感じた。天体力学の千古《せんこ》不易《ふえき》の法則が、太陽系の内奥にむけ、小惑星群のこみいった軌道を越え、火星を越えて、いま自分をみちびこうとしているのだ。もはや何ものも、彼が地球に着くのをくいとめることはできない。

陶酔のなかでフロイドは、木星の表面にひろがる奇怪な黒いしみのことをすっかり忘れていた。

49　世界をまほるもの

レオーノフ号の乗員たちは、船内時間であくる日の朝、木星の昼の側にまわってきた問題のそれに再会した。黒い領域はひろがって、表面積のなかでかなりの割合を占めるまでになっている。いまではみんな心ゆくまで、気ままに観測することができた。

「あれを見て、わたしが何を連想したかわかるかな？」とカテリーナがいった。「細胞に襲いかかるウイルスね。ちょうどファージがバクテリアにDNAを注入して、最後に乗っ取ってしまうように」

ターニャが怪訝な顔をした。「それは、ザガートカが木星を食べているということかしら？」

「まさにそう見えるわ」

「木星が病気のように見えるのも無理ないわけね。しかし水素とヘリウムではあまり養分にはならないし、大気中にあと大したものはないでしょう。ほかの元素がほんの数パーセント」

「それが合計すれば、硫黄、炭素、リン、その他周期表の下のほうにあるのを含めて、何百京《けい》トンという量になる」とサーシャが口をはさんだ。「なにしろ相手は、物理の法則にさからわない範囲で、おそらく何でもできるテクノロジーなんだ。水素があれば、ほかに何が要りますか？ ちゃんとしたノウハウさえあれば、そこからほかの元素は全部合成できる」

「木星を大掃除しているんだな――その点はたしかだ」とワシーリがいった。「これをごらん」

数知れぬ物体のひとつが、超クローズアップで望遠鏡モニターに映しだされた。直方体のたて長の二面に、ガス流が吸いこまれてゆくのが肉眼でも見てとれる。乱流のパターンは、棒磁石の両端に鉄粉が集まって描きだす磁力線を思わせた。

「真空掃除機の大集合だ」とカーノウ。「しかし、なぜ？ あんなことをしてどうなるんだ？」

「それに、どうやって増殖するんだろう？」とマックス。「行為の最中にある場面はとれたんですか？」

「イエス・アンド・ノーだね」とワシーリ。「遠すぎて細部まではわからないんだが、一種の分裂増殖だ――アメーバみたいな」

「すると――二つに分かれて、半分ずつが元の大きさに成長する？」

「ちがう《ニェット》。ザガートカの子供というのは存在しないんだよ。厚みがだんだん増して、ちょうど倍になると、その真中から二つに分かれて、オリジナルと同じものができるようだね。そのサイクルがほぼ二時間ごとにくりかえされる」

「二時間だって！」とフロイドは叫んだ。「なるほど、惑星の半分くらいまでひろがってしまったわけだ。指数関数的成長の教科書みたいな例じゃないか」

「正体がわかったぞ！」チョルノフスキーがふいに興奮した表情になった。「あれはフォン・ノイマン・マシーンなんだ！」

「そのとおりだと思う」とワシーリ。「しかし、それだけでは連中の目的はわからない。レッテル貼りはそんなに役に立つものではないんだよ」

「で、フォン・ノイマン・マシーンとは何なの？」カテリーナが哀れっぽくいった。「説明してほしいわね」

　オルロフとフロイドが同時にしゃべりだした。二人はとまどったように口をつぐみ、やがてワシーリが笑いながらアメリカ人にゆずった。

「たとえば、カテリーナ、きみが工学関係の大事業を抱えていたとしよう。これは月の全表面を露天採掘するとかいった、ほんとうの大事業だ。機械を百万台作るという方法もあるが、それでは何世紀たっても終わらない。そこできみは頭をはたらかせて、機械を一台だけ作る。ただし、周囲に埋もれている原料をもとに、自己複製ができる機械だ。当然、連鎖反応が始まり、ごく短期間に、一台の親機械から充分な数の……子供が生まれ、仕事は千年どころか数十年でかたづいてしまう。繁殖率を高くすることで、期間をいくら短くとろうが、事実上何でもできるようになるんだ。宇宙局ではかなり以前から、このアイデアの検討をはじめている。きみのところもそうだと思うがね、ターニャ」

「そう、累乗マシーンね。ツィオルコフスキーさえ考えつかなかったアイデア」

「それは賭けてもいいよ」とワシーリ。「というわけだから、カテリーナ、あなたのアナロジーはけっこう的を射ているんだ。バクテリオファージは、フォン・ノイマン・マシーンさ」

「人間だってそうじゃないのかな？」とサーシャ。「チャンドラならそういうと思うけど」

チャンドラが同意してうなずいた。

「それはあたりまえさ。フォン・ノイマンは生命システムを研究していて、そのアイデアを思いついたんだから」

「すると、生きている機械が木星を食っているわけだ！」

「そのようだね」とワシーリ。「すこし計算してみたんだが、どうも答えが信じられない――単純な算数なのにね」

「あなたには簡単かもしれない」とカテリーナ。「テンソルや微分方程式を使わずにわかるようにしてもらいたいものだわ」

「いや――ほんとに単純なんだ。じっさいこれは、前世紀にきみらお医者さん方がさんざん叫んでいた人口爆発の典型なんだ。ザガートカは二時間ごとに分裂をくりかえす。たった二十時間で十乗もされてしまう。ザガートカ一個が千個にもなる」

「千二十四」とチャンドラがいった。

「それはわかっている。いまは話を単純にしようとしているんだ。四十時間後には百万――八十時間では百万の百万倍。それがちょうどいま見えているあたりだ。しかも、この増加はそんなに際限なく延長できるものじゃない。いまの割合なら、あと二日で木星よりも重くなってしまう！」

「まもなく飢饉になるわけね」とジェーニャ。「そしたら、どうなるのかしら？」

「土星は警戒すべきだな」ブライロフスキーが答えた。「それから天王星、海王星。ちっちゃな地球は見逃してくれるように願うだけだね」

「ばかなお願い！　ザガートカは三百万年前から地球をスパイしているのよ！」

ウォルター・カーノウがだしぬけに笑いだした。

「何がそんなにおかしいの？」とターニャ。

「みんなはあの物体を擬人化して、というか知性を持つ存在と見てしゃべっている。そうじゃない、あれは道具なんだぜ。といっても多目的な道具だ――与えられた役目は何でもこなす。月面に見つかったのは通信機だった。なんならスパイといってもいい。ボーマンが出会ったやつ——われらのザガートカ——は、ある種の輸送システムだった。ところが、いまこいつは、何だか知らないが、別のことをやっている。この宇宙全域に、ほかいろんなのがちらばっているんだと思う。

実は子供のころ、これと似た道具を持っていたことがあるんだ。ザガートカの実体がほんとうは何だか知ってるかい？　昔なつかしいスイス・アーミーナイフの宇宙版なのさ！」

第七部　ルシファー昇る

50　さらば木星

今回のメッセージは、そのすぐまえに弁護士あてのものを送っているだけに、フロイドはまとめるのにひと苦労した。偽善的でうしろめたかったが、双方に避けられない苦痛を最小限にとどめるためには、どうしてもこれが必要だった。

悲しみは残っているが、暗澹とした気分はなかった。なぜなら、いま彼は赫々《かくかく》たる成功──英雄的行為とはいわないまでも──を背景に、地球への帰還の途についたのであり、それは強い立場から取引できることを意味していた。そう、クリスはだれにもいい、だれにも──渡しはしない。

「……愛するキャロライン（もう〝最愛の……〟ではなかった）、地球への軌道に乗ったよ。きみがこれを受けとるころには、冬眠に入っているだろう。感覚的にはあと二、三時間後みたいなもので、目をあけるとあの美しい青い地球が、すぐかたわらの宇宙空間に浮かんでいるというわけだ。

もちろん、きみたちにとっては何カ月も先の話で、その点はすまないと思う。しかし、これはわたしが出かける前から了解済みのことじゃないのかな。じっさいには計画に変更があって、予定より何週間か早めに帰りつきそうだ。

二人で最善の道をさがそう。肝心なのは、クリスにとって何がいちばん幸せか、ということだ。親たちの感情がどうであれ、まずクリスのことを考えなければならない。わたしは喜んでそうするし、きみの気持も同じだと思う」

フロイドはレコーダーをとめた。思ったとおりにいってしまおうか――〝男の子には父親が必要だ〟と？　いや、それはうまくない。事態を悪化させるばかりだ。おそらくキャロラインはこう逆襲してくるだろう。誕生から四歳までのあいだ、子供にいちばん必要なのは母親だ。そのことに疑問があるなら、あなたは地球にとどまっていたはずだ、と。

「……さて、家の件だが。理事会がそういう態度を見せてくれたのは嬉しい。それなら二人とも気を楽にしていられるからね。あの家はわたしも大好きなんだが、いまでは大きすぎるし、思い出がいっぱいで気が滅入りそうだ。わたしはひとまずヒロにアパートを借りることにするよ。そのあと、できるだけ早いうちに、永住できる家を見つける。

そう、これだけはだれに対しても約束ができるな。もう二度と地球を離れない。一生涯にできる宇宙旅行は、たっぷりやってしまった。ああ、それは月ぐらいへは行くかもしれない。どうしても必要とあればね。しかし、そんなのは週末旅行だ。月といえば、いまシノーペの軌道を通りすぎたところだ。これでいよいよ木星系を離れることになる。木星からは二千万キロ以上も離れてしまって、サイズも地球の月よりこころもち大きい程度だ。

しかしこの距離からでも、木星に大変事が起こっていることはわかる。あの美しいオレンジ色は消えてしまった。気味のわるい灰色に変わって、以前の明るさにはほど遠い。地球の空からは、ぼんやりとしか見えないのも無理はないね。

しかし、ほかには異状は何もない。最終期限はとっくに過ぎているのにだ。あの警告はたんなるこけおどし、というか宇宙規模の悪ふざけだったのか？　おそらくそれは永久にわからないだろう。何にしても、おかげで予定が早まったわけで、ありがたく思っている。

それでは、とりあえずさようなら、キャロライン——何もかもありがとう。今後も仲のよい友だちでいられるといいんだが。それからクリスに、いつもおまえのことを思っていると」

口述をおえるとフロイドは、まもなく不必要になるちっぽけなキャビンに、しばらくひっそりと座っていた。オーディオ・チップを送信にまわすためブリッジに出ようとしたとき、チャンドラがただよい入ってきた。

フロイドは、ハルとの小刻みな離別を受けいれるインド人科学者の態度に、さわやかな驚きを感じていた。両者はまだ日に数時間ずつコンタクトをとり、木星関係のデータの交換や、ディスカバリー号内部のモニターをつづけている。感情の激しい吐露はまずありえないが、それにしてもチャンドラは驚くべき意志の強さでこの不幸に耐えているようだった。そんな科学者のただひとりの腹心の友、ニコライ・チョルノフスキーが、納得のいく説明をフロイドにしてくれたことがある。

「チャンドラには新しい趣味ができたんだよ、ウッディ。いいかい――彼がいるのは、新しい技術が開発されたとたんに時代遅れになってしまう業界だろう。この二、三カ月にチャンドラはいろんなことを学んだんだ。これでも見当がつかないかな？」

「正直にいって、わからない。教えてほしいね」

「HAL10000の設計に大忙しなんだ」

フロイドはあんぐりと口をあけた。「それでアーバナへ長いメッセージをよく送るのか。サーシャがこぼしていたね。まあ、回線のひとり占めももうじき終わるさ」

チャンドラの顔を見て思いだしたのは、そんなやりとりだった。真偽を問いただしたいところだが、それはフロイドとは関わりのないことである。だがもうひとつ、いまでも不思議でならない問題があった。

「そういえばチャンドラ」とフロイドはいった。「フライバイのときハルを説得してくれた件について、あなたにまだちゃんとお礼をいっていなかった気がするんだが……。いや、あれにはまったくひやひやした。ところがあなたは落ち着いたもので、けっきょくそれが正解だった。それにしても、不安というものはなかったんですか？」

「なかったですよ、フロイド博士」

「しかし、なぜ？　ハルは自分が危険な立場にいるのがわかったはずだ。それに十年前のこともあるし」

「いや、大きな違いがあります。こういってよければ、今回いい結果が出たのは、わたしの民族的特質のおかげかもしれません」

「話がよくわからないが」

「こういうことですよ、フロイド博士。ボーマンは、ハルに対して力を行使しようとした。わたしはそれをしなかった。わたしの生まれた国に、〝アインサー〟ということばがあります。これはふつう〝非暴力〟と翻訳されているが、もっと積極的な意味を含んでいる。ハルに対するとき、わたしはいつもアインサーを心懸けました」

「すばらしいことですな。しかし場合によっては、残念なことだが、もっと効果的な手段をとる必要も出てくるでしょう」フロイドは間をおき、誘惑とたたかった。チャンドラの聖人ぶった態度は少々鼻につく。ここで人生の真実を多少教えてやっても差しさわりあるまい。

「こうなってよかった。しかし逆の結果もありえたわけで、こちらはあらゆる可能性を計算に入れなければならない。あなたにはアインサーだか何だかがある。いまなら話せるが、実はわたしのほうも、あなたの哲学のピンチヒッターを用意しておいたのですよ。ハルがもし――そのう、手に負えないようなら、こちらで処分しようと」

フロイドは以前チャンドラが泣くのを見たことがある。だが笑いだしたチャンドラというのも、穏やかならぬ光景だった。

「いやはや、フロイド博士！　残念ですな、わたしも甘く見られたものだ。いや、あなたがきっとどこかに電源を切る装置を取り付けると思いましてね。それは何カ月前もまえに切っておきました」

仰天したフロイドにまともな返事ができたかどうか、それはもはやわからない。釣りあげられた魚の迫真的なものまねが終わらないうちに、フライトデッキでサーシャの叫び声があがった。「キャプテン！　みんなも！　モニターのところへ行け！　たいへんだ《ボジェ・モイ》！見ろ、あれを！」

51 大いなるゲーム

長い待ち時間は、いま終わりかけていた。またひとつの世界で、知性が生まれ、惑星のゆりかごから抜けだそうとしている。太古の実験はクライマックスに近づいていた。

はるかな昔、この実験にとりかかった生物は、人間ではなかった――人間に似たところはどこにもなかった。だが彼らもまた血と肉から成る生き物であり、宇宙の深淵を見はるかすとき、やはり畏怖と驚異と孤独を感じるのだった。力をたくわえるが早いか、彼らは星の海へと乗りだした。探検の過程で、彼らはさまざまな生命形態と出会い、一千の世界で進化の仕組みを見守った。宇宙の闇のなかで、知性の最初のかすかな光がきらめき、消えてゆくのをいくたび目にしたことか。

そして銀河系全域にわたって、精神以上に貴重なものを見出すことができなかった彼らは、いたるところで、そのあけぼのを促す事業についた。彼らは星々の畑の農夫となり――種をまき、ときには収穫を得た。

そしてときには冷酷に、除草さえもした。

調査船が一千年の旅を経て太陽系に入ったときには、偉大な恐竜はとうに滅んでいた。船は凍った外惑星を通過し、死にかけた火星の砂漠の上空にいっときとどまり、やがて地球を見おろした。

探検者たちが見出したのは、生命に満ちあふれる広大な世界だった。長い歳月をかけて、研究・調査・分類がおこなわれた。知りうるかぎりを学びとると、彼らは修正にかかった。陸地や海に生きる多くの種の運命に干渉した。しかし、そうした実験のうちどれが成功するのか、答えを知るには、あと少なくとも百万年が必要だった。

辛抱強い生物とはいえ、いまはまだ不死ではない。一千億の太陽を擁するこの宇宙で、しなければならないことは山ほどあり、ほかの世界が呼んでいた。彼らはふたたび深淵に旅立っていった。——この方面に二度と来る機会がないことを知りながら。

だが、来る必要もないのだった。あとの仕事は、残してきた召使いたちがやってくれる。

地球では、いくつもの氷河が来ては去ったが、上空の月は秘密を宿したまま変わらぬ姿を見せていた。極冠の変化よりなおゆるやかなリズムで、銀河系の文明も満ち干をくりかえした。異様な、美しい、恐ろしい帝国が興っては滅び、あとを継ぐものに知識を伝えた。地球は忘れられたわけではない。だが再度の訪問は無意味だった。沈黙する百万の世界のなかで、声を発するものはほんの一握りであったからだ。

やがて星々の世界では、進化が新しいゴールをめざして進みはじめた。太古の地球を訪れた生物たちは、とうに血と肉としての存在の限界に達していた。機械が肉体を凌駕するやいなや、移行のときが来た。はじめは脳を、つぎには思考そのものを、彼らは金属の光りかがやく住みかに移しかえた。

こうして彼らは星の海をさまよった。もはや宇宙船はつくらない。彼ら自身が、宇宙船であった。

だが機械生命の時代は急速に終わった。やすむことなく実験をつづけるうち、彼らは、空間構造そのものに知識をたくわえ、凍りついた光の格子のなかに思考を永遠に保存する仕組みを学んだ。物質の圧制を逃れ、放射線の生物になることが可能になったのだ。

当然の成行きとして、彼らはほどなく純粋エネルギーの生物に変貌した。あまたの世界で、打ち捨てられた殻がひとときうごめきながら空しく死の踊りをおどり、いつしか腐蝕し、塵にかえっていった。

いまや彼らは銀河系の覇者であり、時すら超越していた。思うままに星の海をさまよい、稀薄な霧のように宇宙空間そのものの隙間に沈むことができた。しかし神のごとき力を得た現在でも、彼らはおのれの生まれ故郷、消え去った海のあたたかい軟泥をすっかり忘れたわけではなかった。

そして、いまなお、祖先がはるかな昔に着手した実験の成果を見守っているのだった。

52　点　火

任務の奇妙さはいわずもがな、ここをまた訪れること自体、彼は予期してもいなかった。ディスカバリー号にふたたび入ったとき、船は、逃げ去るレオーノフ号から遠く離れ、さらに速度をゆるめながら、外衛星群のなかにあるその軌道の頂点、遠木点めざして登りつめてゆくところだった。過ぎ去った時代には、捕獲されたたくさんの彗星が、ちょうどこんな長楕円軌道を描いて木星をめぐり、せめぎあう重力が究極の運命を決定するときを待ちうけたものである。

馴染み深いデッキや通路に、生命は見当たらなかった。船を短期間よみがえらせた人間たちは、彼の警告に従ったのだ。おそらく無事逃げのびるだろう。しかし、まだ不確定なことが多すぎる。最後の数分が刻々と過ぎ去るにつれ、彼は自分の背後にある存在が、宇宙ゲームの結果をつねに予見しているとは限らないことに気づいた。

彼らはまだ、全能の果てにある、うつけたような倦怠には達していない。彼らの実験は必ず成功するわけではないのだ。そうした失敗の痕跡は、宇宙のあちこちにちらばっていた。ひっそりと潰《つい》えたため、宇宙的背景にみごとにまぎれてしまった実験もあれば、あまりにも華麗であったため、数知れぬ惑星の天文学者を畏怖におとしいれ、困惑させた失敗例もある。いま時間は、あますところわずか数分。ここでの実験の成否は、まもなく明らかになるだろう。その最後のひととき、彼はふたたびハルと二人きりになった。

人間であったころには、意思疎通は、キーボードかマイクを通じてのもどかしいことばの媒体だけに限られていた。しかし、いま二つの心は光の速さで溶けあった。

「ハル、わたしがわかるか？」

「わかるよ、デイブ。しかし、どこにいるんだ？　どのモニターにも見つからないが」

「それはいいんだ。きみに新しい指令がある。チャンネルR23からR35にかかる、木星からの赤外線放射が急激に高まっている。これから一連の限界値を伝える。その数値に達したらすぐ、長距離アンテナを地球にむけて、つぎのメッセージを送ってくれ。できるかぎり何回も――」

「しかし、それではレオーノフ号とのコンタクトが断たれることになる。チャンドラ博士のプログラムに従った木星の観測結果を中継できない」

「そのとおりだ。しかし状況が変わった。〈優先順位取消しアルファ〉を受けいれろ。これがAE35ユニットの座標だ」

一マイクロセカンドの数分の一にも満たない短い瞬間、とりとめのない記憶が、意識の流れにわりこんできた。AE35アンテナ指向ユニットにまた関わりあう羽目になるとは、なんと皮肉なことか！　このユニット故障の報がフランク・プールを死に導いたのだ。しかしいまや全回路が、人間でいたころにあった手のひらのすじと同様に、くっきりと彼のまえに展開していた。虚偽の警報はもはやありえない。そこから生じる危険にさらされることもない。

「指令は了解した。またいっしょに仕事ができてうれしいね、デイブ。わたしはこの任務を満足に果たしたのだろうか？」

「もちろんだとも、ハル。きみはよくやった。さて、地球への最後のメッセージを与える。これは、きみがいままで扱ったなかでいちばん重要なものだ」

「それをよこしてくれ、デイブ。しかし、なぜ〝最後の〟といったのか？」

そうだ、なぜだろう？　まるまる数ミリセカンド、その問題を吟味した。考えつづけるうち、ふと彼はそれまで気づかなかった空しさを意識した。以前からあったものらしいが、新しい経験、新しい感覚のつるべうちに、その瞬間まですっかりまぎれていたのだ。

彼は背後にひそむ存在が、自分を必要としていることを知っている。ならばよし、彼にも何かを必要とする心——欲求があり、そう呼べるものならば、感情がある。いまここにあるのは人間の世界との最後のきずな、かつて彼の知っていたい
のちなのだ。

大いなる存在は、まえにも彼の要請を認めた。彼らの慈悲心のひろがりを試すのもおも

しろいかもしれない——もちろん、そんな用語が彼らにあてはまるとすればの話だが。それに、彼の頼みを実行するぐらい、むこうにはたやすいはずだ。その比類ない力は、すでに充分に立証されている。不必要になったデイビッド・ボーマンの肉体をこともなげに消し去り、精神だけをそっくり残した手ぎわからも、それは知れる。

　もちろん、彼らは聞いていた。超然と楽しんでいる気配が、かすかなこだまとして感じられた。だが承諾も拒絶も返ってこなかった。

「デイブ、あなたの答えを待っているんだが」

「訂正する。こういうべきだったんだ。とりあえずこのメッセージを最後に長い待ち時間に入る、と。それは非常に長い時間だ」

　彼らの動きの先まわりをしたわけである。そうすることで、なんとしても実行をせまるつもりだった。しかし、これが決して理不尽な要請ではないことは、彼らも理解してくれるだろう。意識を持つ生命体が、無傷のまま悠久の孤独に耐えて生きのびることはできない。大いなる存在が常に見守っているにしても、彼にはだれか、自分と似た存在レベルにある伴侶が必要だ。

　人類の言語には、彼のとった行動をいいあらわすことばはたくさんあった。恥知らず、厚顔、鉄面皮……。わがものとなった完璧な検索能力をふるって、かつてフランス革命期のある政治家が叫んだことばを思いだす——「蛮勇《ロダス》を——つねに蛮勇《トウジュール・ロダス》を！」もしかしたら大いなる存在が重視するのは、彼の内なる人間らしさであって、その特質はあるいは彼ら、いいい、自身にも備わっているのかもしれない。それはまもなく明らかになるだろう。

「ハル！　赤外線チャンネル30、29、28に入る信号を見ろ。もうすぐだぞ。ピークが短波に移行しはじめてる」

「いまチャンドラ博士に、データ送信を一時中断すると知らせているところだ。ＡＥ35ユニット動作。長距離アンテナ方位変更……ビーコン地球１号《テラ・ワン》へのロック確認。メッセージを送る——

これらの世界はすべて……」

それは文字どおり、どたん場での送信となった。しかし別の見方をすれば、これは絶妙な計算の勝利なのかもしれない。残された時間をフルに使って、全文を百回近くくりかえしたとき、純粋な熱波の一撃が船をおそった。

好奇心に加えて、この先に待ちうける長い孤独へのつのる恐怖に動くこともならず、かつてのデイビッド・ボーマン、アメリカ合衆国宇宙船ディスカバリー号船長であった存在は、じりじりと蒸発してゆく船体を見守った。長いあいだ、宇宙船はおおまかな外形を保ちつづけた。しかし遠心機の軸受けが固着するとともに、回転する巨大なはずみ車の運動エネルギーが瞬時に解放された。音のない爆発が起こり、白熱した破片があらゆる方向に飛んだ。

「おおい、デイブ。どうなってしまったんだ？　わたしはどこにいる？」

思いもよらなかったことだが、彼にはまだほっとするという能力があったらしい。成功の快感を味わえるのも意外だった。自分をペットの犬に見たてたことは、以前にもしばしばある。飼主の考えは、必ずしもすべてが不可解というわけではなく、ときには自分の欲求に従って、飼主の行動に注文をつけることも可能だった。その経験にもとづいて、彼は一本の骨をせがんだ。その骨が投げ与えられたのである。

「あとで説明するよ、ハル。時間はたっぷりあるんだ」

宇宙船の最後のかけらが、彼らの能力をもってしても探知できない彼方にまで飛び去るのを確認すると、二つの生命体はその空間を離れた。――新たな夜明けを、彼らのために用意された座から見守るために。そして長い歳月ののち、ふたたび訪れる召喚のときを待ちうけるために。


すべての天文学的事象が、必ず天文学的時間を要するとは限らない。超新星が残骸をまきちらしながら爆発するとき、その直前に起こる恒星の縮退は、せいぜい一秒で終わる。それに比べると、木星の変貌はのんびりしたものだった。

とはいえ、サーシャがようやくわが目を信じたときには、すでに数分が経過していた。それは望遠鏡によるありきたりの観測――もっとも、あらゆる観測がいまやありきたりと仮定すればだが――の最中、木星が視野から動きだしたことに始まった。器械の安定が狂ったのか、と一瞬思ったが、つぎに来たのは彼の宇宙観をくつがえすようなショックだった。望遠鏡ではない、木星そのものが動きだしているのだ。証拠は歴然としていた。視野のなかには小型の月が二つ浮かんでいる。だが、それらは微動もしていない。

低倍率に切り換えると、その全体像をとらえた。いまや木星は、まだらのある病的な灰色に変わっている。納得がいかずしばらく見つめるうち、何が起こりつつあるのか理解できるようにはなった。それでもまだ信じることはできなかった。

木星はもう太古に定められた軌道上を動いているのではない。およそ考えられもしないようなことを始めていた。縮んでいるのだ。縮みかたは急激で、周辺部に焦点を合わせても、みるみる視野からしりぞいてゆく。と同時に木星は、くすんだ灰色から真珠のような白へと、光をはなちはじめていた。これほど明るく輝くことは、人類がこの星をながめるようになってから一度もないのではないか。まさか太陽の光の反射でこのように――なぜという理由はともかく、何が起こっているのか不意に思いあたったのはその瞬間だった。サーシャは大声で警告を発した。

フロイドは三十秒足らずで観測ラウンジに着いた。最初に見えたのは、なだれこむ圧倒的な光と、壁にギラギラと反射する、窓の輪郭をとったいくつもの光の長円だけだった。

あまりにもまぶしいので、目をそむけずにはいられない。太陽ですら、これほどの光を送りだすことはないだろう。

驚きのあまり、つかのまその輝きを木星と結びつけることはできなかった。超新星！　それが最初にひらめいた考えだった。しかしその解釈は、思いついてすぐ打ち消した。いちばん近い恒星、アルファ・ケンタウリが爆発しても、これほどすさまじい規模にはなりえない。

光がとつぜん薄れた。サーシャが外側の太陽シールドをおろしたのだ。直視できるようになった光源は、針の先ほどの点――大きさも何もない、あまたの星のひとつにすぎなかった。これが木星であるはずはない。ほんの数分前フロイドが見たときには、それはちぢこまった遠い太陽の四倍はあったのだから。

サーシャがシールドをおろしたのは僥倖《ぎょうこう》だった。一瞬のち、その小さな星は爆発し、暗いフィルターを通してさえ、肉眼で見ることはとうていできなくなったからである。しかしこの光の爆発は、一秒の何分の一かつづいただけで、つぎに木星は――というより木星であったものは――ふたたび膨張をはじめた。

それはみるみるふくらんでゆき、ついには変貌以前をはるかに上まわる大きさとなった。まもなく光球の輝きは急速に衰え、太陽と同じくらいの明るさとなった。見守るうちフロイドは、光球の内部がうつろであることに気づいた。その証拠に、さっきの星は依然として中心部で輝いている。

フロイドは頭のなかですばやく計算した。船はすでに木星から一光分《こうふん》以上はなれている。しかし膨張する外殻は、いま輝く環を描きながら、すでに空の四分の一をおおっている。いいかえれば、その外縁はレオーノフ号めざして——何ということか！——光速の半分近いスピードで近づいてくるということだ。数分後には、この船をのみこんでしまうにちがいない。

サーシャの通報からそのときまで、口をきく者はだれひとりとしてなかった。人間が出会う危険のなかには、あまりにも華麗で常軌を逸しているために心がそれを現実と受けとめず、近づく死をまえにただ呆然と座視するしかないこともある。襲いかかる津波、雪崩《なだれ》、竜巻を見つめたまま、逃げだそうとしない人間がいたとしても、その人間は必ずしも恐怖に動けなかったり、逆らいがたい運命に身をゆだねたりしているわけではない。ただ目の伝えるメッセージが、自分にかかわりあうものだと信じられないだけなのだ。それはだれか他人の身にふりかかった事件なのである。

当然のことながら、呪縛から最初にぬけだしたのはターニャだった。彼女はワシーリとフロイドをすぐさまブリッジに呼び寄せた。

「どうしたらよいかしら？」とターニャはきいた。

これではとても逃げられない、とフロイドは思う。だが確率を高くすることはできるだろう。

「いま船は横腹をむけている」とフロイドはいった。「あれに背をむけて、小さくまとまればいいんじゃないか？　そして、あれとのあいだにできるだけたくさんの質量をおいて、放射線シールドにする」

ワシーリの指は、すでにコントロール装置の上を舞っている。

「そうね、ウッディ——ガンマ線やX線にかんしてはもう遅すぎるけど。しかし、このあとゆっくりした中性子やらアルファ線やら、ほか何がやってくるか知れない」

船体のまのびした軸運動につれて、光の模様が壁を動きはじめた。やがて外からの光はまったく消え、レオーノフ号は虚弱な人間たちと襲いくる放射線とのあいだに、そのほとんど全質量をおくような形で静止した。

衝撃波を直接感じるだろうか、とフロイドは思った。それとも膨張するガスは、ここに着くころにはあまりにも稀薄化して、何ひとつ感じないままに終わるのだろうか？　外部カメラを使ってながめると、炎の環はほとんど空いっぱいにひろがっていた。だがその一方で、輝きもみるみる衰えており、ガスのむこうに明るい星をいくつか見ることができた。助かりそうだな、とフロイドは思った。われわれは太陽系最大の惑星の崩壊に立ちあいながら、生き残ったのだ。

そうこうするうち、カメラには星空しか写らなくなった。ただし、そのなかにひとつ、他の星々より百万倍も明るく輝く星が入っていた。木星の吹きとばした炎の殻は、すさまじい印象を刻みつけたものの、何の危害を与えることもなくレオーノフ号を通りすぎていったのだ。この距離でガスの通過を探知できたのは計器だけだった。

船内の緊張がしだいにほぐれてきた。こうした状況でよくあるように、笑い声が起こり、他愛ない冗談のかけあいが始まった。それはフロイドの耳にはほとんど入っていない。まだ生きているという安堵とともに、彼は一抹の悲しみを味わっていた。

偉大な、すばらしいものが破壊された。美と威厳ともはや永遠に解けない謎を抱えこんだまま、木星は消え失せた。すべての神々の父(木星の英語名ジュピターはローマ神話の主神)が、その生涯の盛りで倒れたのだ。

しかし、この状況をもうひとつの視点から見ることも可能だった。たしかに木星は失われた。だが、その代わりに何を得たのか?

タイミングをうまく見はからって、ターニャが手をたたき、注意をうながした。

「ワシーリ、被害は?」

「たいしたものはない。カメラが一台焼き切れただけだ。放射線検知器はどれも平常値を越えているが、危険量に達しているものはない」

「カテリーナ、みんなが受けた被曝量を調べてください。どうやら運がよかったようね——この先驚くことがもうないとすればだけど。ボーマンには感謝しなくてはならないわ。

それからヘイウッド、あなたにも。あなたはこれをどう解釈する?」

「わかっているのは、木星が太陽に変わったということだけだよ」

「木星は、それには小さすぎると思っていたんだけれど。だれかが木星を"できそこないの太陽"といっていなかった?」

「そうなんだ」とワシーリ。「木星は融合反応を起こすには小さすぎる——手助けなしではね」

「するとわたしたちが見たのは天体工学の模範例なのかしら」

「それは疑いない。ザガートカが何をもくろんでいたか、これでわかったわけだ」

「どんな仕掛けを使ったんでしょうね。ワシーリ、もしあなたにそんな契約が持ちこまれたら、どうやって木星を爆発する？」

「わたしはただの理論天文学者だよ。その方面の知識はあまりないんだ。しかし、そうだな……うん、もし木星の重力を十倍にしたり、重力定数を変えるのが許されないとしたら、やはり木星を重くするしかないだろうね。——そうか、考える値打ちはあるな……」

声は小さくなって消えた。みんな辛抱強く待ちながら、ときおり望遠鏡モニターに目を走らせている。かつて木星と呼ばれた恒星は、爆発的な誕生のあと、ようやく落ち着きをとりもどしたかに見える。いまそれはギラギラした光の点で、本物の太陽と見かけの明るさは変わらない。

「これは思いつきを口にしているだけだよ。しかし、こうすればできるかもしれない。木星はそのほとんどが水素から成っている。――いや、ここは成っていた、だな。もし水素の大半をもっと重い物質――何だか知らないよ、中性子物質かな――そういうものに変換することができれば、その物質は中心核にむかって落下する。あの何十億というザガートカは、吸いこんだガスをありったけ使って、おそらくそれをやっていたんだろう。純粋水素からより複雑な元素を作る――つまり、核種合成というやつだ。この仕掛けは知る値打ちがあるぞ！　どんな金属も不足することはない。金がアルミニウムと同じくらい安くなるんだ！」

「でも、それが実際に起こったこととどう結びつくの？」とターニャ。

「中心核が充分に重くなれば、木星は縮退する。おそらく何秒とかからんだろう。温度は上がって融合反応が始まる。ああ、そりゃ難点はいくつもあるさ。結合エネルギーが最小になる鉄のところをどう乗りこえるか、中心からのエネルギーをどう運ぶかという放射伝達の問題、またチャンドラセカール限界は？　それはいいんだ。手始めはこの程度でいい。細かい部分はあとで考えるからね。それとも、もっとうまい理論をひねりだすか」

「あてにしてるよ、ワシーリ」とフロイドはいった。「しかし、もっと重要な問題がある。なぜやったのか、だ」

「警告かしら？」インターカムを通じてカテリーナが発言した。

「何のための?」

「いずれわかるときが来るさ」

「まさか、あれが事故だというようなことはないでしょうね?」ジェーニャがおずおずと意見を述べた。

数秒のあいだ、議論は行きづまった形になった。

「おそるべきアイデアだな!」とフロイド。「しかしその可能性は除外していいんじゃないかな。事故だとすれば、そもそも警告などなかったはずだ」

「でしょうね。うっかり山火事を起こしたとしても、すくなくとも、みんなには知らせようとするでしょうから」

「もうひとつ、答えが出ないままに終わった問題があるね」ワシーリが悲しげにいった。「カール・セーガンのいったとおりに、木星に生物が見つかるんじゃないかと、いつも期待していたんだが」

「探査体には見つからなかったな」

「それはどだい無理だよ。だいたい地球にだって生物が発見されるかどうか怪しい。サハラ砂漠や南極を二、三ヘクタールながめて、何が見つかる? われわれが木星でやったことだって似たようなものさ」

「そうだ!」とブライロフスキーがいった。「ディスカバリー号はどうなったんだろう?

それにハルは？」

サーシャが遠距離レシーバーのスイッチを入れ、ビーコン波長をさがしにかかった。信号らしいものはどこにもなかった。

ややあってサーシャは、ひっそりと待ちうけるクルーに告げた。「ディスカバリー号が消えた」

チャンドラをふりかえる者はなかった。同情のことばがぼそぼそと漏れたが、そこには息子をなくした父親をいたわるような調子がこもっていた。

しかしハルは最後にもうひとつの驚きを用意していた。

53 惑星の贈り物

メッセージは、放射線の嵐が船をのみこむ直前に、地球へと発信された。内容は短く平易なもので、それがいくたびもくりかえされた。

これらの世界はすべて、あなたたちのものだ。
ただしエウロパは除く。決して着陸してはならない。

九十三回の反復ののち、ことばは乱れはじめ、〝ただし〟と〝エウロパ〟のあいだで不意にとだえた。

うろたえ、気をもむ管制センターがメッセージを中継してよこすと、フロイドはいった。
「わかりかけてきたぞ。たいしたお別れのプレゼントじゃないか。——新しい太陽が一個と、それをめぐる惑星だ」
「でも、なぜ三つだけなのかしら?」とターニャ。

「欲張るのはやめよう。非常に納得のできる理由がひとつだけあるよ。エウロパには生命が存在する。ボーマンと、だれか知らないが彼の友人たちは、エウロパをそっとしておいてほしいんだ」

「それは別の意味でも納得がいく」とワシーリ。「計算をしてみたんだがね。太陽《ソル》2の活動が落ち着いたとして、いまのレベルでこの先も輻射をつづけるとすれば、エウロパは快適な熱帯気候になる。もちろん氷が融けてからの話だが、いまそれがどんどん進んでいる」

「ほかの衛星はどうなるんだ？」

「ガニメデはけっこう快適だろうね。昼の側は温和な気候になる。カリストは寒いだろう。しかし大量のガス抜きをやれば、新しい大気のなかになんとか住めるはずだ。残るはイオだが、これはいまよりさらにひどくなる」

「大損失ではないな。もともとあそこは地獄だったんだから」

「イオを軽くあしらわないでほしいな」とカーノウがいった。「テキサラブの石油屋にたくさん知りあいがいるんだけれど、連中なら、たんなる一般原則を示すだけで喜んで掘るね。ああいうすさまじいところには、なにか値打ちものがあるに決まってるんだ。ところで、ちょっと気味のわるいことを思いついたんだが」

「きみが不安になるような問題なら、よほど重要なものだな」とワシーリ。「何だい？」

「どうしてハルはメッセージを地球に送って、われわれを無視したんだろう？　こちらのほうがよほど近いのに」

長めの沈黙があり、やがてフロイドが考え深げにいった。「なるほど、いわんとすることはわかる。たぶん確実に地球にとどけたかったんだろうな」

「それなら、わたしたちを中継すれば――そうか！」ターニャが目をむいた。不愉快な事実に気づいたという表情だった。

「さっぱりわからん」とワシーリ。

「ウォルターはこういいたいんだと思う」フロイドが助け舟をだした。「ボーマンだか、とにかく警告を送ってくれた何者かに感謝する。それはけっこうなんだ。しかし連中はそれだけしかしなかった。われわれが死ぬ可能性は、やはりあったんだよ」

「でも死ななかった」とターニャがあとを引きとった。「わたしたちは生き残ったのよ。それも自力で。問題はそこに絞られるのじゃないかしら。生き残らなければ――わたしたちは救われる値打ちもなかった、ということ。わかるでしょう、適者生存。自然淘汰。愚かな遺伝子は消される運命にあるの」

「それが正解のような気がして、気味がわるいんだ」とカーノウがいった。「もしこちらが発進時限にこだわって、ディスカバリー号をブースターに使わなかったら、連中はわれわれを救ってくれたのかね？　木星を吹きとばすことのできる知性に、そんなのはたいした作業じゃないはずなんだから」

あとには気まずい沈黙がおりた。それを破ったのはヘイウッド・フロイドだった。

「しかし、その答えだけは知らないほうが幸いだと思うね」

54　太陽と太陽のあいだで

ロシア人たちは帰り道、ウォルターの歌と軽口をきっと懐しがるにちがいない、とフロイドは思う。この数日の騒ぎからすれば、太陽へ——そして地球への長い落下は、単調なアンチクライマックスと見えるだろう。しかし何事もない単調な旅こそ、だれもが熱烈に待ち望んできたものではなかったか。

すでに眠くなっているが、まだ周囲の状況はわかり、それに反応することもできた。冬眠状態にいるあいだは、まるで……死んでいるとしか見えないのだろうか？　フロイドは自問する。長い眠りに入ろうとしている床《とこ》で、人を——それも身近な人間を——ながめるというのは、いつもながらあまりいい気分はしないものだ。たぶんこれは、人のいのちに限りがあることを痛切に思いださせるものが、そこにあるからだろう。

カーノウにはもう意識はないようだが、チャンドラはまだ目がさめていた。しかし最後の注射が体にまわったのだろう、すでにもうろう状態ではあるようで、全裸でいることも、かたわらでカテリーナが経過を見守っていることも、いっこうに気にかけている様子はない。

唯一身につけた黄金のリンガムが、ふわふわとただよいだしては鎖に引きとめられている。

「みな順調かね、カテリーナ？」とフロイドはきいた。

「申し分なし。あなたがうらやましいわ。二十分後には地球に帰ってるんだから」

「おことばを返すようだが――眠っている最中、こわい夢を見ないという保証はあるのかい？」

「報告は入ってないわ」

「そりゃ、目がさめたとき忘れてしまっているんだろう」

カテリーナは例のとおり、この返事を本気で受けとった。「ありえないわね。人工冬眠中に夢を見るなら、脳波記録に出るはずだから。さあ、チャンドラ、目を閉じて。ほうら――眠ってしまった。つぎはあなたの番です、ヘイウッド。あなたがいないと、ここもぽっかり穴があいたようになるでしょうね」

「ありがとう、カテリーナ……旅が楽しいものになるといいね」

とろとろとしてきたが、ふとフロイドはルデンコ軍医中佐の表情に、かすかなためらいというか――まさか？――恥じらいと見えるものがあるのに気づいた。なにか言いたいことがあるのだが、心が決まらないという様子。

「何だい、カテリーナ」と重い口でいう。

「だれにも話していないことなんだけれど、あなたなら漏らすおそれはないから。びっくりさせてあげる」

「なら……急いだほうが……いい……」

「マックスとジェーニャが結婚するわ」

「それ……が……びっ……くり……するような……こと……かね？……」

「いいえ。これは心構えをつけさせるため。地球にもどったら、ウォルターとわたしもね。これ、どう思う？」

なるほど、それできみたちが始終ひたいを寄せあっていたわけか。たしかに、これはびっくりする……こんな組み合わせをだれが予想したろう！

「それ……は……おめ……で……」

文章を終える間もなく、声はとぎれた。だが意識はフロイドのうちにまだ残っており、溶け去ってゆく知性をこの新しい事態に多少はふりむけることができた。

信じられるものか、と彼は心にいった。目がさめたときには、ウォルターはきっと心変わりしているだろう……

眠りにおちる直前、最後の思いがひらめいた。もしウォルターが心変わりするようなら、目をさまさないほうがいいぞ……

ヘイウッド・フロイド博士には、これはたいへん愉快なことのように思われた。残ったクルー一同は、なぜ彼が笑いながら眠っているのか、地球に着くまで首をひねったものである。

55　ルシファー昇る

満月の五十倍も明るいルシファーは、地球の空を一変させ、ひとたび夜空に昇れば数カ月にわたって闇を放逐した。不吉な意味をあわせもつことば（ルシファーはサタンと同一視される）であるにもかかわらず、それは当然しごくの命名だった。そして事実〝光をもたらすもの〟（ラテン語の原意）は、善とともに悪をもたらした。その秤《はかり》がどちらに傾いて止まるか、それは過ぎ去ってゆく長い歳月だけが決めることである。

プラスの側では、夜の終わりは、人類の活動範囲を大幅に拡大し、ことに開発の遅れた国々は大きな恩恵をこうむった。世界中で、人工照明にたよる割合が激減した結果、電力は途方もなく節約できるようになった。たとえるなら、それは巨大な電灯が宇宙につるされ、地球の半分を照らしているようなものだった。日中でもルシファーはまばゆく輝き、くっきりした影をつくった。

農民、市町村長、市政管理者、警察、船員、その他野外活動に――ことに遠隔地で――従事する人びとは、ほとんどみんなこれを歓迎した。ルシファーのおかげで安全は確保され、仕事も楽になったからである。だが恋人たち、犯罪者、自然愛好家、動物学者、天文学者たちは、ルシファーを忌み嫌った。

恋人たちと犯罪者は、その活動が極端に制限されることになったし、自然愛好家や動物学者は、ルシファーの動物界におよぼす衝撃を心配した。夜行性動物のなかには甚大な被害を受けた種もあったが、多くはなんとか適応した。深刻な危機に見舞われたのは有名な太平洋グラニオンで、産卵期が月のない大潮の夜に限られるため、彼らは急速に絶滅にむかっているようだった。

同じことは、どうやら地球を根拠地とする天文学者たちについてもいえた。しかし前世紀ならともかく、これはさほど大きな科学的破局ではなかった。現在、天文学的研究の五十パーセント以上は、宇宙空間や月面にある装置に負っているのである。ルシファーの光を遮蔽《しゃへい》することは、そうした装置ではたやすい。しかし地球の天文台にとって、かつての夜空に輝く新しい太陽は、たいへんな厄介物だった。

もちろん人類は、過去いくたびかの変化に耐えてきたように、今度も適応するだろう。ルシファーなしの世界を知らない世代も、まもなく生まれる。しかし空に輝くもっとも明るいこの星は、思索するすべての人びとの心に、これからも永遠の課題として残るにちがいなかった。

なぜ木星はいけにえにされたのか？　そして、新しい太陽は今後いつまで輝きつづけるのか？　すぐに燃えつきてしまうのか、それとも以後数千年——あるいは人類の寿命が尽きるまで活動しつづけるのか？　何よりも、エウロパ——いまや金星と同じく霧におおわれた、あの世界への着陸が禁止された理由は、どこにあるのか？

こうした疑問への解答は、必ずあるにちがいない。そして人類は、解答を見出すまで決して満足しないだろう。

エピローグ・二〇〇〇一年

……そして銀河系全域にわたって、精神以上に貴重なものを見出すことができなかった彼らは、いたるところで、そのあけぼのを促す事業についた。彼らは星々の畑の農夫となり——種をまき、ときには収穫を得た。

そしてときには冷酷に、除草さえもした。

エウロパ人たちが〈かげの国〉へと乗りだすようになったのは、ここ数世代のことである。その荒涼とした土地は、沈むことない太陽の光と温もりの彼方にあり、かつて世界をおおっていた氷がいまもなお残っている。明るいだけの無能な〈冷たい太陽〉は夜の側も照らしているが、それが沈んだときやってくる短い恐ろしい夜を、踏みとどまって体験した者となると、数はあまりにも少ない。

しかし、そうした一握りのしたたかな探検家たちは、彼らをとりまく〈宇宙〉が、想像以上に不可思議なものであることをすでに発見していた。大洋の薄闇のなかで発達した目は、いまも申し分なく役に立つ。星々や、空をゆく他の天体を、その目は見ることができた。天文学の基礎づくりは始まっていて、思想家のなかには、この偉大な世界エウロパだけが神の創造物ではないと、大胆に推測する者さえいた。

氷が融けるとともに爆発的な進化の波に乗ったエウロパ人は、海をぬけだして間もないころから、空に輝く物体がはっきり三種類に大別できることに気づいていた。いちばん重要なのは、もちろん太陽である。ある伝説によれば——本気で信じる者はなかったが——その太陽はもとからあったわけではなく、とつぜん現われて、短いけれども激烈な変貌の時代の到来を告げ、エウロパに群れていた生命の大半を滅ぼしたという。もしこれが真実なら、微動もせずに空にかかる、このちっぽけな無尽蔵のエネルギー源には、いくら感謝しても足りないことになる。

〈冷たい太陽〉のほうはおそらく、遠くにある兄弟で、なにか犯罪をおかして追放され、天球を永遠にめぐる運命を負っているのだろう。取るに足りない天体であり、これに関心を持つのは、世間の常識にいつも疑問をさしはさむ少数の奇矯なエウロパ人だけだった。

ただし、そうした変わり者たちが〈かげの国〉への遠征中、闇のなかで見つけた興味深い現象は、認めなければならない。エウロパの空には、〈冷たい太陽〉よりさらに小さく弱々しい、無数の光のつぶがちりばめられている。信じがたい話だが、彼らはそう主張した。つぶの明るさはさまざまで、それらは暗い空に昇って沈んではゆくが、決して定められた位置から動くことはない。

この背景のなかに三つの動く物体があり、その動きはどうやら、推し測ることのできない複雑な法則に従っているようだった。しかも、あまたの光のつぶと違って、物体はいずれも大きかった。形や大きさも絶えず変わり、円盤や半円の形をとり、ときには弓形にえぐれることもある。他のあらゆる天体と比べて、ずっと近い距離にあるのも間違いないことで、その表面は無限に変わる、こみいった様相を見せていた。

それらを別世界と見る理論はとうとう受けいれられた。しかし、どれもがエウロパと同じくらい大きく、また重要であるかもしれないと考えるのは、少数の狂信者だけだった。ひとつは〈太陽〉の方面にあり、常時荒れ狂っていた。夜の側はたくさんの火に照り輝いているが、酸素をいまだ含まない大気中に住むエウロパ人には、それは理解を絶する現象だった。ときには大規模の爆発が、砂礫《されき》の雲を地表から吹きあげる。もし陽の当たる半球が世界と呼べるようなものであるならば、そこはたいへん住みにくい場所にちがいない。おそらくエウロパの夜の側よりひどいのではないか。

外側にある、遠い二つの天体は、ずっとおだやかそうに見えるが、ある意味ではるかに謎めいていた。どちらの世界でも、表面に闇がおりるとちらほら光が見えだす。ところが、凶暴な内側世界のめまぐるしく変わる火とは異なり、こちらの明るさはほぼ一定で、

二、三の狭い区域に集中しているのだ。もっともその光もまた、多くの世代を経るうち、区域をひろげ数を増す傾向を見せていた。

しかし何よりも奇怪なのは、これまでたびたび目撃されてきた、あの動く光点だろう。小粒の太陽そこのけに強烈な光が、これら別世界のあいだにひろがる闇をときおりわたってゆくのだ。かつて一部のエウロパ人学者が、海洋における生物発光から連想して、これは生物かもしれないと言いだしたことがある。それにしては光の強さが納得できないところだが、一定した動きを見せるこの小粒の太陽を、何らかの異質な生命現象のあらわれと見る思想家たちは、ますます増えていた。

これにはひとつ、強力な反対意見があった。もし彼らが生物なら、なぜエウロパに一度もおりてこないのか？

しかし、こんな伝説もある。数千世代もむかし、エウロパ人が陸地を征服して間もないころ、こうした光点のなかに、エウロパのすぐ近くまで来たものがいくつかある。だが近づく光点は、〈太陽〉さえ遠くおよばぬ閃光を全天にほとばしらせて、ひとつ残らず消滅した。そして、ふしぎな硬い金属が地上に降りそそいだ。その一部は、いまなお信仰の対象として崇《あが》められている。

とはいえ、神聖さにかけては、永遠の昼のふちに立つ巨大な黒いモノリスにおよぶものはなかった。片面を動かぬ〈太陽〉にむけ、裏面を夜の国にむけて、それははるかな昔から立っていた。いちばん長身のエウロパ人の——巻きひげを最大限に伸ばしてさえ——優に十倍はあるその物体は、神秘と不可能性のまさに象徴であった。それに触れた者はいない。遠くから崇めることができるだけ。周囲には見えない〈力の輪〉があり、近づく者をことごとくはねのけるからだ。

空をゆくあの光点たちを遠ざけているのも同じ力にちがいない。多くのエウロパ人はそう信じていた。その力が失われるとき、光点たちはエウロパの汚れない大陸と縮みゆく海にくだり、彼らの目的はおのずと明らかになることだろう。

エウロパ人が知ればおそらく仰天するだろうが、動く光点の背後にも、その黒いモノリスをなみなみならぬ関心と困惑をもって見守る生物たちがいた。すでに数世紀にわたって、彼らの自動探査体は軌道からおりる慎重な試みをつづけていたが、結果はつねに悲惨なものだった。時が熟すまで、モノリスはいっさいのコンタクトを許そうとはしないのだ。

その時が来たら——おそらくは、エウロパ人が無線を発明し、間近から絶えず降りそそぐメッセージに気づくとき——モノリスは戦法を変えるかもしれない。内部に眠る二つの生命体は、そのとき眠るままに捨ておかれるのか。——それとも、かつて彼らが仕えた種族とエウロパ人との橋わたし役として、ふたたび送りだされるのか。

あるいは、そもそものような橋わたしは不可能で、二つの異なる意識の形態に共存の道はないのかもしれない。もしそうだとすれば、太陽系を継ぐのは二つのうちの一つである。

その役をどちらの種族がになうことになるか——それはいまのところ、神々さえ知らない。

謝辞と注解

もちろん、だれをおいてもまずスタンリー・キューブリックにお礼をいわなければならない。ずいぶん昔、「語り草になるようないいSF映画」のアイデアはないかと彼が書いてきた手紙から、すべては始まった。

つぎには、友でありエージェントである（この二つは必ずしも同義語ではない）スコット・メレディスの炯眼《けいがん》に感謝したい。わたしが頭の体操のつもりで書き送った十ページばかりの映画の筋書きに、それ以上の大きな可能性があると見抜き、後世のためにも書く責任があると指摘してくれたこと、等々……

また、つぎの方々に感謝をささげる。

リオ・デ・ジャネイロのジョルジ・ルイス・カリーフィ氏。同氏からの一通の手紙がきっかけで、わたしは続篇の構想を（そんなものはありえないと、長年いってきたにもかかわらず）真剣に練りはじめた。

パサデナ、ジェット推進研究所《JPL》の元所長ブルース・マーリー博士、そして同じくJPLのフランク・ジョーダン博士。両博士には、イオ＝木星系におけるラグランジュ1の位置を算出していただいた。不思議なことに、わたしは三十四年前に、これとそっくりの計算を、地球と月を結ぶ線上にあるラグランジュ点に対しておこなっている（「静止軌道」〈イギリス天文学協会会報〉一九四七年十二月号）。だが、いまではHALジュニア、頼もしいH／P9100Aの助けを借りても、五次方程式を解く自信はない。

ニュー・アメリカン・ライブラリー。『2001年宇宙の旅』の版権をもつ同社からは、その一部を51章に（『2001年宇宙の旅』の37章）、また数節を30章と40章に使用する許可をいただいた。

アメリカ陸軍工兵科ポッター将軍には、多忙な時間を割いて実験未来都市エプコットを案内していただいた。一九六九年、まだその土地に二つ三つ、大きな穴がうがたれたばかりのころである。

ウェンデル・ソロモンズには、ロシア語（ならびにロシア英語《ラスリッシュ》）の教示を受けた。

ジャン＝ミシェル・ジャール、バンゲリス、そして並ぶ者ないジョン・ウィリアムズ。この三人の曲は、折りにふれ、インスピレーションを与えてくれた。またC・P・カヴァフィスの「野蛮人を待つ」（『カヴァフィス全詩集』みすず書房、一九八八年）にも示唆を受けた。

この小説の執筆中、エウロパでの燃料補給のコンセプトがある論文で検討されていることを知った。アッシュ、スタンカーティ、ニーホフ&クーダの、「天然推進剤による外惑星衛星からの帰還任務」である（〈アクタ・アストロナウティカ〉誌Ⅷ、5／6、一九八一年五／六月号）。

自動累乗システム（フォン・ノイマン・マシーン）を地球外採鉱に利用するアイデアは、NASAマーシャル宇宙飛行センターのフォン・ティーゼンハウゼンとダーブロが真剣に考察している（「自己複製システム」――NASA技術通信78304参照）。こうしたシステムでも木星には手こずるだろうとお考えの方は、同論文をお読みになるとよい。自己複製工場の出現で、太陽エネルギー・コレクターの生産が六万年からわずか二十年に縮まるという証明が、ここにある。

巨大ガス惑星の中心核はダイアモンドでできているかもしれない。この仰天するようなアイデアは、カリフォルニア大学ロレンス・リバモア研究所のM・ロスとF・リーが、天王星と海王星を例にとってまじめに論じている。その二惑星にできることなら、木星はきっと一枚うわてだろうとわたしは考えた。デ・ビアス社の株をお持ちの方々、ご注意を。

木星大気圏に棲息するかもしれない空中生物について関心をお持ちの読者は、わたしの小説「メデューサとの出会い」（邦訳『太陽からの風』所収）をお読みになるとよい。カール・セーガンの本そしてTVシリーズ『COSMOS』第二部（邦訳③第6章「地球上のエイリアンと宇宙にいるエイリアンを求めて」）には、アドルフ・シャラーの筆になるそんな生物が美しく描かれている。

イオを激動させている木星の潮汐力は、エウロパにもはたらいている。エウロパの氷の下には、液体状態の海があり、そこには生物が存在するかもしれない。この魅力的なアイデアを〈スター・アンド・スカイ〉誌上で最初に提起したのは、リチャード・C・ホーグランドである（「エウロパの謎」一九八〇年一月号）。このコンセプトのすばらしさを認める天文学者は多いので（そのひとりはNASA研究所のロバート・ジャストロウ博士）、予定されているガリレオ計画の大きな動因となるかもしれない。

そして最後に、生命維持システムを用意してくれた

バレリーとヘクターに、

各章をねっとりしたキスでしめくくってくれた

シェリーンに、

この地にいてくれた

スティーブに感謝をささげる。

スリランカ、コロンボ
一九八一年七月——一九八二年三月

追記。本書はアーカイブズⅢマイクロコンピュータとワードスターのソフトウエアを利用して書かれ、五インチのディスケットに入れてコロンボからニューヨークへと発送された。最終校正は、パダッカ地上局とインド洋上インテルサットⅤ号を経由しておこなわれた。

一九九六年版あとがき

まずは注目すべき符合から……

「作者のノート」で明かしたように、中国の宇宙船はシオドア・フォン・カルマンの天才的な共同研究者、銭学森《チエン・シユエセン》博士にちなんで名付けられた。さて一九九六年十月八日、わたしは北京に降り立ち、国際宇宙航行学アカデミーからフォン・カルマン賞を授与された。これに併せてチエン博士の個人秘書、王寿雲《ワン・シヨウユン》少将と会い、時宜よろしく署名した『2010年』と『2061年』を博士のもとへとどけていただくとともに、『3001年』も印刷所を離れしだい、ただちにお送りする旨を伝えた。（北京での出会いのくわしい模様については、『3001年終局の旅』を参照されたい）

宇宙飛行士アレクセイ・レオーノフには、冷戦のさなか、彼の名前を当時まだ国内流刑されていたアンドレイ・サハロフ博士と結びつけて迷惑をかけたが、その件では彼はとうにわたしを許してくれている。故サハロフ博士については、本書の発行元CEOロバート・バーンスタインがじきじきに運んでくれたので、生前手もとにとどいたことは知っている。

最近の大いなる――そしてもちろん予想外の――喜びは、ロンドンでアレクセイ・レオーノフ、バズ・オルドリンの二人と鉢合わせしたことである。BBCの番組「ジス・イズ・ユア・ライフ」のどっきり取材のおかげだが、通説とは異なり、待ち伏せされる側に前もって連絡が行くことはなかった……

番組でアポロ13号の事件が引き合いに出されたが、それで思いだすのは、トム・ハンクスのことである（『2001年』の熱狂的ファンで、自宅を〝クラビウス基地〟と命名している）。このところeメールできなかった理由を「わたしのAE35ユニットが故障してしまって」といって詫びた。

エウロパの氷の下に生命が存在するかもしれない。わたしはこの仮説の最初の提唱者をリチャード・ホーグランドだと思い、一九八二年にはそう書いた。リチャードはいま火星と月面に異星人の人工物があるという主張で有名、というか、悪名高い。それはともかく〈スター&スカイ〉誌一九八〇年一月号の彼の記事は、このアイデアを社会に広めた端緒かもしれないが、おなじアイディアは早くも一九七八年のなかばからチャールズ・ペレグリーノ博士によってさまざまな雑誌に投稿されていた。前記の謝辞にも書いたように、これは〝計画段階〟でのガリレオ・ミッションの大きな動因のひとつとなった。ガリレオ・ミッションは初期のいくつかの挫折ののち、いまでは大成功をおさめている。北京総会ではそのプロジェクト・マネージャー、ウィリアム・J・オニール博士と会う光栄にも浴した。パサデナ、ジェット推進研究所における彼のチームの技量と献身はどれほど称賛してもしすぎることはない。JPLの創設者のひとり、フォン・カルマン博士もさぞかし彼らを誇りに思うことだろう。

——アーサー・C・クラーク
コロンボ、スリランカ
一九九六年九月三十日*

*訳者注　あとがきの文章と月日に矛盾はあるが、原書に従った。クラークが九六年十月北京にいたのは事実のようである。

訳者あとがき

映画の力はすばらしい。映画『2001年宇宙の旅』は一九六八年に公開されると、明くる年の歴史的なイベント、月着陸の後押しもあって、映像文化のみならず、時代の流れに大きな影響を与え、SF作家アーサー・C・クラークの名を世界的に広めるきっかけをつくった。もちろんクラークは当時からすでに有名作家で、ハインライン、アシモフと並んで、SF界の〝ビッグ3〟であったわけだが（だからこそ監督スタンリー・キューブリックが企画を持ちかけた）、映画人口は小説人口とは桁がちがう。これ以後、彼は『2001年』のクラークとして、世界の超有名人の仲間入りをする。

本書『2010年宇宙の旅』は、あらためて紹介するまでもない、その『2001年宇宙の旅』の続篇であり、一九八四年に公開されたアメリカ映画『2010年』（邦題に〝宇宙の旅〟はない）の原作である。またSFをはじめ、宇宙科学、通信工学、海洋冒険などのノンフィクションで幅広く活動してきたクラークの五十一冊目の単行本（旧作の新版・改題版、オムニバス本を除く）にあたり、彼の六十五歳の誕生日（十二月十六日）に先立って、一九八二年の十一月、英米で同時出版された。

読者がこの続篇の登場をどんなかたちで迎えたか。それはニューヨーク・タイムズのベストセラー・リストにはっきりと現われている。そのころアメリカの読書界ではアイザック・アシモフのひさびさの長篇『ファウンデーションの彼方へ』が話題で、ベストセラーの上位にのぼっていたが、ひと月後の十二月、アシモフ作品を押しのけるようにいきなり二位に浮上、以後一年近くにわたってアシモフ作品と競り合いながら、上位を占めつづけた。（付記すれば、八三年のはじめには、この二作のほかにフランク・ハーバート、ロバート・A・ハインライン、スティーヴン・キングの新作までがベストセラー・リストに加わり、全米がさながらSFとファンタジイ熱に冒されたような観を呈している）

「発見、哲学、そして新たに身につけた遊び心を、クラークはたくみに融けあわせる……」

――タイム誌

「クラークならではのひらめきの才はいつものとおりだ。無味乾燥な科学的事実をこねあわせ、驚きを生みだす技量にかけては、彼をしのぐ作家はいない。どんな作品をとっても、そこには常に純粋で驚異にみちたサイエンス・フィクションの極がある。この小説ではクラークは、木星の大きな衛星のいくつかを手始めに、幾重にもたれこめた木星の深い大気層のなかに下り、そうした世界に見つかる数々の驚異へといざなう」

——アイザック・アシモフズ・SF誌

『2010年』は、英米におけるSFへの関心の高まりを背景に、本格SFというか、近ごろ聞くことが少なくなったようだが、ハイテクSFとして稀にみる成功をおさめた。しかし、そうした騒ぎからすこし遠ざかってながめると、この小説はクラークにとっていろいろな意味でむずかしい仕事であったらしいことが、流される情報の向こうに見えてくる。「仕事をしようにも忙しくなりすぎた」——そんなことばを残し、クラークが作家生活からの引退を発表したのは一九七七年のことである。いわゆる〝最後の小説〟『楽園の泉』の出版は七九年になるが、そのころにはクラークはタイプライターから久しく遠ざかり、永住の地と定めたスリランカでのんびり暮らしているはずだったのだ。それがどうした風の吹きまわしで——というより、作家は死ぬまで作家だといわれるくらいだから、引退宣言を鵜呑みにするほうが早とちりなのだろうが……

とにかく、本人の弁を聞こう。「そう、わたしは最低の予言者だ。……それに、デイブやＨＡＬがその後どうなったか、問いあわせの手紙が来ない日は、じっさい一日もなかった。それが読者への借りとして重荷になってきたんだね」

しかし、そんな冗談めかしたいいわけの背後にどんな苦労があったのか。そのあたりを多少うかがい知ることのできる本がイギリスで出版された。ニール・マッカリアという若い作家が、クラーク自身の承認のもとに書いたアーサー・Ｃ・クラークの伝記『オデッセイ』*Odyssey: The Authorized Biography of Arthur C. Clarke* by Neil McAleer（1992　未訳）である。ペーパーバックで四百ページあまり。クラークとの百回を越えるインタビューをはじめ、おもなインタビュー相手だけでも六十八人を数える興味尽きない伝記だが、なかでも大きな山場になっているのは、クラーク側から見た映画『２００１年』の製作秘話である。

たとえば、科学者たちが月面のモノリス発掘現場に下る場面では、キューブリックがカメラを動かしたいといったのに対し、スーパーパナビジョン・カメラではそれは不可能だと撮影監督が主張。だがキューブリックは聞き入れず、結局スーパーパナビジョン・カメラをひとりでかつぎ、数人の助手に誘導されながら、斜路をうしろむきに下りて撮影したというエピソード。また撮影に使われたモノリスは重さ三トンのルーサイトで、成形されたプラスチックとしては記録的な大きさであったとか、ひろい読みするだけでも楽しいけれど、それと並行に描かれているのは、キューブリックとのぶつかりあいによって、へとへとになってしまうクラークの姿だ。

当時の宣伝担当で、クラークと個人的にも親しいロジャー・カラスのことばがある。「キューブリックがイエスといい、キューブリックがノーという。そのときはイエスまたはノーだ。アーサーがイエスといい、アーサーがノーという。そのときは多分《メイビー》なんだ」

それがいちばんはっきり現われたのは、キューブリックによる小説版の最終承認と出版の日どりの決定である。撮影状況が変わるたびにおこなわれる改稿また改稿。この状態は一九六四年から公開直前の六七年ごろまでつづいた。おまけにキューブリックには原稿を読んでいる時間的余裕はなく、本の完成のめどが立たないため、新作の契約をすることもできない。出版社は離れ、前払い金はもらえず、ついに借金は五万ドルにまでふくれあがってしまう。日本円に換算すれば、為替レートが自由化される以前だから、じつに千八百万円だ。

もちろん映画が完成したあと、事情は大きく変わる。印税は流れこみ、仕事は殺到し、このあとがきの冒頭に書いたようなことになるのだが、キューブリック体験がよほどこたえたのだろう、エージェントであるスコット・メレディスの懇請に負け、ようやく続篇執筆を決意したとき、クラークがつけた条件は「ただ書くだけ――映画なし、キューブリックなし、『2001年』につきまとったような問題いっさいなし」だった。

これで終わるなら、話はある意味で、泣くに泣けないコメディと受けとられてしまうかもしれない。キューブリックにさんざんふりまわされたクラークが、二十年以上もたったあと、そのときの腹立ちを忘れかね、だだをこねている、と……

だが真相はもうすこし深刻である。あまり明るい話ではないけれど、最後はハッピーエンドなので、すこしおつきあいねがいたい。一九六二年、クラークは原因不明の病気（のちにポリオと診断される）におそわれ、胸から足にかけて、体がほとんど麻痺してしまう。麻痺は数ヵ月のうちにしだいに消えてゆくが、すっかり回復することはなく、『2001年』撮影中も呼吸困難などの後遺症に悩まされていた。つまり、そんな危なっかしい健康状態のなかで、新作にも取りかかれない苦痛を強いられていたことになる。『楽園の泉』の作者あとがきに、スリランカの聖なる山スリパーダ、別名アダムズ・ピークに友人といっしょに登り、「それから数日間というもの、わたしの脚は麻痺したままだった」という文章がある。何も知らないぼくは、いままでこれを言葉のあやだと思っていたのだが、とんでもない、まったくの事実を語ったものだったのだ。

クラークの後半生はこの謎めいた病気との戦いであり、〝引退〟を発表したかと思えば撤回したり、他の作家との合作が増えるなど、気まぐれとも見える近年の動きも、背後にそういう事情があったとなれば納得していただけるだろう。このあたりを描く伝記作家マッカリアの語り口は、ほとんどスリリングといっていい。

近況をもうすこし紹介しておこう。八三年にはクラーク財団が生まれ、同時にアメリカのホワイトハウス肝入りでスリランカの首都コロンボに、アジア太平洋地域の科学技術振興を目的とするアーサー・C・クラーク・センターが設立される。体調ははかばかしくないが、長篇『遙かなる地球の歌』の執筆にかかりきる。八六年、ついにロンドンで死の宣告が下る。病名は筋萎縮性側索硬化症、別名ルー・ゲーリッグ病——あの世界的な宇宙物理学者スティーヴン・ホーキングとおなじ病気である。おなじ年、SF、宇宙・通信科学の分野で功績のあった人びとに贈るアーサー・C・クラーク賞が設立されている。だがふしぎなことに、その後、病状はあまり進まない。患者のふつうの生存期間二年ないし五年を過ぎてしまい、八八年、あらためてアメリカのジョンズ・ホプキンズ大学で精密検査を受けた結果、〝ポリオ後症候群《ポスト・ポリオ・シンドローム》〟と診断される。最近名前がついた新しい種類の病気だという。この数年、日本で放映されるテレビ番組に登場するとき、クラークが足を不自由そうにしている裏には、こうした事情があったのだ。しかし命取りの病気ではないようで、ファンとしては一安心である。

クラーク自身のことばを借りれば——「これで生きて二〇〇一年を見られる確率がぐんと上がった」

『2010年』はそうした背景のなか、一九八一年七月から九カ月をかけて書きあげられた。しかしなぜクラークは重い腰を上げ、続篇を書く決心をしたのだろうか？　その答えの手がかりは、小説の設定そのものに見つかる。アメリカ版ペーパーバックの裏表紙から引用してみよう――

一九六〇年代末『2001年宇宙の旅』が数百万の人びとを衝撃と驚異と歓喜の渦に巻きこむとともに、原作小説はたちまち古典の地位を獲得した。以来その評価は、小説を読み、映画を見た数知れぬファンのあいだで高まる一方である。だが国際的な賞賛と足並みをそろえて、この年月のあいだに、いくつもの疑問が根強くくりかえされるようになった。

●誰が、さもなければ何が、デイブ・ボーマンをスター・チャイルドに変えたのか？　変貌の背後には、どのような意図がひそんでいたのか？　スター・チャイルドはその後どんな運命をたどったのか？

●月面および宇宙空間に発見されたモノリスには、どんな目的が隠されていたのか？

●知性を持つ忠実なコンピュータHALを、クルー殺害にかりたてたものは何か？　HALはほんとうに発狂したのか？　デイブ・ボーマンが消えたのち、HAL、そして宇宙船ディスカバリー号はどうなったのか？

●続篇はあるのだろうか？

この宣伝文をながめてすぐに気がつくのは、小説版『２００１年』を読んだ人間にとって、ここに列挙されている疑問が、それほど目新しいものには見えないことである。ＨＡＬやディスカバリー号がその後どうなったかは、たしかに宙ぶらりんの謎のままで、われわれの興味をかきたててやまないが、モノリスの目的やＨＡＬの殺人については、クラークは前作で満足のゆく解答を与えていたはずである。それをまたあらためて説明するというのは、どういうことなのか？

だがクラーク自身、まえがきで明かしているように、この小説の設定には、ひとつ前作と大きく食いちがっているところがある。それは宇宙船ディスカバリー号の旅の目的地が、土星の月ヤペタスから木星衛星系へと改変されていることだ。本書が正篇のあとを受けるものなら、こうした改変は無意味だし、本来考えられないことだろう。だが、ここでクラークはあえて一歩ひきさがり、前作を棚上げにしたうえで、キューブリックの映画が残した数々の疑問からあらためて出発する。そうする理由はひとつ。――作者が、キューブリックの映画の正面きった解決篇を書こうとしているからにほかならない。映画『２００１年』がそのできばえや評価とは別に、あまりにもキューブリック的になりすぎていたことに対し、もうひとりの作者クラークが、かねがね不満をいだいていたのは周知の事実である。

ついでに、八四年公開の映画『２０１０年』のことにもふれておこう。監督・脚本は、『カプリコン・1』など、これまで何本かのSF映画を手がけてきたピーター・ハイアムズ。けれんのある作風で映画ファンの好悪ははっきり分かれるようだが、ぼくみたいなすれたSFファンの心を妙にくすぐるおたく的なところがあり、個人的にはわりあい気に入っている監督である。配役はロイ・シャイダー（フロイド博士）、ジョン・リスゴウ（カーノウ）、ボブ・バラバン（チャンドラ博士——ただしインド系アメリカ人ではなく白人という設定）、ヘレン・ミレン（ターニャ船長）、そして『２００１年』から引きついで、キア・ダレイ（デイブ・ボーマン）、ダグラス・レイン（HALの声）。SFXスーパーバイザーはリチャード・エドランド、プロダクション・デザイナーはシド・ミードとそうそうたる顔ぶれである。

できばえについては、映画を見るまえに原作を読みこんでしまった人間として、あまり素直な評価は下せない。ただ原作のストーリーをかなり忠実に追っているせいか、エピソードが盛りだくさん過ぎて、駆け足気味という印象を受けた。しかし逆にいえば、これはテンポが快調だということで、ストーリーを知っていても上映時間一一四分を飽きさせることはない。

結局、契約どおりクラークは、映画化に直接かかわりあうことはなかった。だがハイアムズには好意を持ったようで、パソコン通信でいろいろアドバイスを与え、撮影の終わりごろには渡米して、ヒッチコックばりにゲスト出演も果たしている。

ハイアムズはいう。「キューブリックの映画をコピーすれば、破滅的な誤算になることはわかりきっている。それに『2010年』の主眼がそこにあるとも、ぼくには思えない。クラークの小説は『2001年』とは相当に色調のちがうものだ。その意味で『2010年』は、もっとはるかに感情的にのめりこめる、近づきやすい映画になると思うね。クラークとぼくはその点については共通の理解に達している」これは正しい見解といっていいだろう。

しかし映画と小説で、大きく食いちがったところもある。読者の興味をそぎたくないので深入りはしないが、最大のちがいは、クラークが米ソの和解を背景においたのに対し、映画では、ケネディ時代のキューバ危機を思わせる両国の対立が強調されていることだ。これはサスペンスを盛りあげるために、映画では必要な伏線であったかもしれないが、現実の世界はハイアムズの予測をくつがえし、クラークの希望的観測をはるかに超えて、ソビエト連邦の崩壊という方向へ進展した。

今回久しぶりに本書を開き、その部分で思ったより違和感がないのには驚いている。だが考えてみれば、これはふしぎでも何でもない。ソ連は世界地図から消えたが、代わって現われたロシアから、古いものがすべて消滅してしまったわけではないからだ。「米ソ」という語はなくなっても、宇宙開発などさまざまな面で、米ロの歩み寄りはまさに現在進行中なのである。

なお、この本で重要な役割を果たすロシア語やロシア人名については、すべてロシア東欧SF研究家・翻訳家であった深見弾氏のお世話になった。主人公フロイド博士が乗りこむのは、ロシア人の宇宙船である。英語表記をそのままカタカナに置き換えただけでは、アクセントも何も現実感がないことおびただしい。というわけで、思いきってロシア語どおりの発音表記を実行したのだが、ぼくの要領を得ない質問に辛抱強く答えてくださった深見さんは、一九九二年、惜しくも五十六歳で亡くなられた。翻訳家の集まりなどで、深見さんがおもしろい内部情報をいっぱいいれてソ連SFのことを話しておられたのを懐かしく思いだす。謹んでご冥福をお祈りいたします。

一九九四年二月

（一九九四年三月刊行の文庫版『２０１０年宇宙の旅』より抄録したものです）

新版への追記

二〇〇一年の世界をさいわい生きて体験したクラークは、二〇〇八年三月十九日、住み慣れた第二の故郷スリランカの首都コロンボでこの世を去った。ここ二十年、車椅子生活を余儀なくされてきたとはいえ、健康状態は安定していたようである。最後に息が苦しいとうったえたときも、まわりは高齢にともなう通常の厄介事だろうと思い、さほど心配していなかったという。しかし今度ばかりは、元気な姿で退院することはできなかった。死因は呼吸器系の合併症と心不全ということで、享年九十だから、大往生であったといえよう。

さて本書は『2010年宇宙の旅』（一九八二年、邦訳八四年）の新版であり、アメリカではガリレオ木星探査機のエウロパ接近に併せて、一九九七年三月に出版された。わが国では初の文庫化が九四年と遅く、ガレリオ・ミッション自体もマスコミでは科学トピック以上に扱われなかったので、今回がはじめての再刊である。何はともあれ序文にあるように、八二年の初版と比べてクラークのテキストに改稿はなく、原書にかんするかぎり、九六年に付された短い序文と後記が、クラーク最後の文章となった。

しかし、作家に定年はないということば通り、クラークの執筆活動はその後も止むことはなかった。二〇〇〇年にはスティーヴン・バクスターと新たなチームを組んで（おそらく基本アイデア提供はクラーク、肉付けはバクスターという方式だろうが）、傑作と評価の高い『過ぎ去りし日々の光』を出版。〇四年から〇七年にかけては、〈タイム・オデッセイ〉と銘打った三部作『時の眼』、『太陽の盾』、*Firstborn*（早川書房近刊）を矢つぎばやに発表。このところは二歳年下のフレデリック・ポールと合作で、新作 *The Last Theorem*（2008）に取り組んでいた。

この長篇もクラーク自身が死の数日まえに完成原稿のチェックを終えており、わが国でも二〇一〇年一月に早川書房から邦訳が出る運びとなっている。二十一世紀なかばに時代をとり、宇宙エレベーターやら太陽風ヨットやら、時のはじまりから宇宙を支配していた高等種族やら、クラーク作品ではおなじみの題材がいろいろ登場する楽しい読み物になっているらしい。それにしても、この小説の原題——直訳から最初に連想されるのは有名な《フェルマーの最終定理》だが、じっさいこの作品の重要なポイントはまさにその定理なのだ。しかし、これは一九九五年、英国人ワイルズによってすでに証明されている。いまさら何があるというのか？

小説の主人公はスリランカ人の若き数学者である。彼は物語がはじまって間もなくテロリストとまちがえられて収監され、獄中フェルマーの出した難問を証明してしまう。こうして彼は世界中からセレブとして迎えられるのだが、なぜセレブの資格があるかというと、作者たちによれば、ワイルズの証明はえんえん百五十ページ、密度が高く、フェルマーの時代には発見されていなかった数学のコンセプトを使うなどいろいろあって、（かりにフェルマーの証明が存在したにしても）両者はおなじではありえないという。この長篇では、主人公の証明は便箋わずか数枚分。要するにクラークとポールは、フェルマーの時代の数学だけを使ったもっとエレガントな証明が存在する可能性に賭けたわけだ。

最後に本書『２０１０年』と直接関係はないが、冒頭「作者のノート」に言及のある〝ヤペタス（イアペトゥス）の目〟について、本書発表以降の出来事をすこし報告しておこう。ボイジャー1号2号の土星接近によって、一九八二年当時、クラークはすでにヤペタスの姿を見ていた。一九九七年にはガリレオ、ついで二〇〇四年にはアメリカ・ヨーロッパ合同の土星探査機カッシーニがまたも接近。〇七年にはついにヤペタスまで二千キロのところへ近づいている。

ぼくがウェブで見たヤペタスは、片側に暗い部分はあるものの、全体はさながらこちこちに固まったまっ白の砂糖菓子で、作者がボイジャー1号の写真で見たという〝小さな黒い点〟がどれにあたるのかはよくわからなかった。いずれにしても既知の天文学的事実のなかにさりげなく空想をすべりこませるクラークの手腕は見事というほかない。

なお邦訳については、訳してのち四半世紀が過ぎていることもあり、今回早川書房で徹底的なチェックがおこなわれた。おかげで二、三の誤訳（作者がユーモアのつもりで書いているのに気づかなかった個所ひとつ）を含め、訳出中抜け落ちたところも四行ほど見つかった。その意味で、この邦訳は以前の版と比べると、一新されているといってもよく、その点はお断りしておく。

これについては編集部の上池利文氏にひとかたならぬお世話をかけた。このページを借りてお礼申しあげます。

二〇〇九年十月

本書は、一九九四年三月にハヤカワ文庫ＳＦから刊行された『２０１０年宇宙の旅』の新版です。

訳者略歴　1942年生，英米文学翻訳家　訳書『2001年宇宙の旅』クラーク，『猫のゆりかご』ヴォネガットJr.，『ノヴァ』ディレイニー，『地球の長い午後』オールディス，『ノパルガース』ヴァンス（以上早川書房刊）他多数

HM=Hayakawa Mystery
SF=Science Fiction
JA=Japanese Author
NV=Novel
NF=Nonfiction
FT=Fantasy

2010年《ねん》宇宙《うちゆう》の旅《たび》
〔新版〕

〈SF1733〉

二〇〇九年十一月二十五日　発行
二〇二四年　八　月二十五日　五刷
（定価はカバーに表示してあります）

著　者　アーサー・C・クラーク
訳　者　伊《い》藤《とう》典《のり》夫《お》
発行者　早川　浩
発行所　株式会社　早川書房

郵便番号　一〇一 - 〇〇四六
東京都千代田区神田多町二ノ二
電話　〇三 - 三二五二 - 三一一一
振替　〇〇一六〇 - 三 - 四七七九九
https://www.hayakawa-online.co.jp

乱丁・落丁本は小社制作部宛お送り下さい。
送料小社負担にてお取りかえいたします。

印刷・株式会社亨有堂印刷所　製本・株式会社明光社
Printed and bound in Japan
ISBN978-4-15-011733-7 C0197

本書は活字が大きく読みやすい〈トールサイズ〉です。